—— 想象,比知识更重要

幻象文库

图书馆员
与
追寻
鹅妈妈

[美]
格雷格·考克斯 —著
赵阳 —译

GREG COX

新星出版社　NEW STAR PRESS

献给戴维·哈特韦尔
——如同图书馆员一样热爱书的人，
感谢你为我做的一切。

1

·华盛顿州·

"我有没有说过,我特别讨厌托加长袍派对①?"

皎洁的月色中,伊芙·贝尔德上校冲过大学校园,身上还披着皱巴巴的床单,这是她改用作大学生联谊会统一着装的服饰。贝尔德是从北约组织退伍的反恐特工,这位高挑挺拔的金发女郎更喜欢朴素点的衣服,尤其是在工作时,但有时候卧底工作就是需要……随机应变,当图书馆聘用她时,她就是这样,没有更多奇异的打扮。

"有时候吧,是挺烦人的。"杰克·斯通在她一旁也拼命奔跑,他们在一条连接学生活动中心——友爱堂的林荫道上跑着。他临时凑合做成的托加长袍让他跑起来比平日里更费力,虽然它暴露了他健美的体形。"所谓的希腊生活,"他厌烦地哼了一声——"这回懂了吧,这就是我一直从网上申请学位不上实体大学的原因。"

健硕的身材和粗鲁的举止掩饰了他的真实身份,斯通是艺

---

① 袍是古罗马时期的衣着,托加派对是一种以古罗马为主题的变相化装派对,参加者往往穿着自制的托加长袍(一般用白床单围在身上)和露趾凉鞋参加。——译者注

术史和建筑等领域的世界一流专家，虽然名义上这些荣誉都属于他的假名和化名。说实话，贝尔德知道的职业间谍都没有斯通的假名多，尽管有无数的学术荣誉，但她怀疑斯通根本就不像是会参加大学生联谊会的派对男孩。可以说他是脾气暴躁的石油钻井工人，也可以说他是偶尔冲动好打架的莽汉，但就是很难称他为"派对男孩"。

多谢老天帮了个小忙，贝尔德心想。

当他们从ΓΓP会堂①热闹的狂欢中匆匆跑出来时，震耳的音乐和此起彼伏的笑声在他们身后高声回荡。他们脚下的平坦步行道是一条连接友爱堂的小路，友爱堂坐落在一座小山上，可以俯瞰整个西凯斯凯德大学②，小路的另一边是山下的主教学楼区。考虑到是周六晚上，贝尔德预料此刻大多数学生会去参加派对狂欢，而不是埋头读书——或者说她希望是这样。潜在受害者越少越好。

他们身后传来兽蹄踏向地面的沉闷声响，盖过了托加派对上的喧哗。一声愤怒的鼻息让贝尔德脊背发凉。

"它还在追我们！"她说，"继续跑！"

"好。"斯通自言自语，尽管原本就是这么计划的。他抱着一个金光闪闪的雪花石雕像。那雕像大约有0.6米高，经过联谊会上的"啤酒洗礼"仪式后，它开始散发着浓烈的啤酒味。雕像原本纯朴端庄的面庞被胡乱涂抹了口红和腮红。斯通已经亲自检验过，它确实是古物真品，正是古希腊一座神庙里供奉的

---

① "Γ"和"P"分别是希腊字母的第三个字母和第十七个字母，ΓΓP会堂是作者虚构的建筑物名称。——译者注
② 凯斯凯德是华盛顿州的一处山区名称，西凯斯凯德大学是作者虚构的大学名称。——译者注

真正神像。而这座神像,就是此刻他们疲于奔命的罪魁祸首。

沉重的踏地声越来越大。贝尔德扭头看过去,瞧见一只身躯庞大的动物发疯一样朝他们冲过来,张开的大鼻孔"呼哧呼哧"地往外喷着热气,猩红的眼睛犹如地狱之火,长长的獠牙在夜色中闪烁。

至少我们已经引诱它离开派对现场了,她想,算是种幸运吧。

奔到山脚下后,他们两个跑进一处红砖墙的四方院子,这院子四面是大学的各种建筑物:教室、实验室、会议室。玻璃和钢材结构的新建筑坐落在老房子旁边,这些可以追溯到建校伊始的老房子外墙上爬满了常春藤。一座碟形的喷泉朝空中喷洒出一缕水柱花,喷泉四周环绕着低矮的铁制长凳。一条条帆布告示挂在建筑物的外墙上,上面写着从和平集会到旧书交换活动等各种信息。大多数房间都被黑暗笼罩,但仍有一些房间亮着灯,证明还有些勤奋的学生或是教员在周末学习、工作。和山上参加派对的那些学生不同的是,有几个大学生还待在院子里,他们有的全神贯注地玩弄手机,有的学习或交谈。这些学生看到两个穿着托加长袍的陌生人闯进院子,吓了一跳。

"快跑!"贝尔德朝他们大喊。原本她以为校园里这个地方应该不会有什么人,但这显然只是自己一厢情愿的想法罢了。"快跑!跑!"

过去的她习惯了下命令,但不幸的是,此刻她面对的不是训练有素的战士或者图书馆员,而且她可笑的着装也丝毫没有威信可言。她把托加长袍的上半部分甩到肩膀上头,尽管这样做有可能会走光,但眼下,她并没有心思管这么多了。

"你们听到这位女士的话了吗!"斯通也说,"快离开这儿!

这里不安全！"

一位看上去很勤奋的女生仍然迷惑地盯着他们，手里还抱着一大摞书。和其他同学一样，她没有离开，也没有快跑，没有任何举动。

"你说什么呢？"那个学生问，"你们是谁？"

"我们是图书馆员。"斯通说，尽管严格上来说，贝尔德是守护者，并不是一位真正的图书馆员。他紧紧抱着浸满啤酒的神像。"相信我，你不会想待在这里的。"

还没等到他进一步解释，一只凶恶的野兽就踏过一片生物教学楼前的有机草药园，冲着院子奔过来。几根高高的路灯杆，照射出这只神话生物的骇人模样。

卡吕冬魔猪①至少有普通猪的两倍大，体重至少有227千克。硕大的脑袋上有双凶恶的红色眼睛。它脊背上长着浓密的黑色鬃毛，致命的獠牙从下颌突出来。咬得"咯咯"响的大嘴旁挂着白沫，鼻孔喷出一团团热气。在古罗马时期，它曾经被女神阿尔忒弥斯②用来惩罚不尊敬她的人类，于是，在今天的美国，这只野猪又恢复了它的职责，这要归功于某些愚蠢的派对男孩，他们刚刚在醉酒仪式上对一尊真正的文物神像十分不敬。

有些人就是这么不尊重历史——或者说魔法。

为了报复人类对女神的不敬，野猪朝着贝尔德和斯通进攻起来，他们刚刚从联谊会上偷走了神像，以免这只怪物会把托加长袍派对变成大型屠杀现场。派对上，学生们纵酒狂欢，人

---

① 卡吕冬魔猪，希腊神话中的怪兽。传说卡吕冬国王俄纽斯在收获季节献祭时，遗忘了狩猎女神阿尔忒弥斯。于是，女神阿尔忒弥斯在卡吕冬的原野上释放了一头巨大的野猪，去破坏卡吕冬的庄稼和牲畜。后来，卡吕冬王子号召希腊城邦中的英雄前去围猎卡吕冬魔猪，最终将其杀死。——译者注
② 阿尔忒弥斯，希腊神话中月亮女神的象征。——译者注

声鼎沸,几乎没人留意他们把神像偷走。一条铸铁长凳挡住了怪物的去路,在它坚固的猪蹄踩踏下,长凳瞬间被踏成了一堆废铁,野猪獠牙和粗短的上嘴咬得"咔咔"响。

又是一个周六的夜晚,换句话说,至少对图书馆员而言,又是一个难以平静的周末。

受惊吓的学生丢下书、手机和约会对象,尖叫着奔往各个方向,院子里顿时爆发一阵混乱。一时间,野猪被这些喧闹声分散了注意力,脑袋摇来晃去,仿佛没有决定好先撕碎哪个讨厌的人类。贝尔德本能地想要去掏手枪,忽然又想到她的托加长袍别不住枪套。算了,她心想。反正大概子弹也打不透这只该死怪物的厚皮。

根据神话,唯一能杀掉野猪的武器是……

"呼伊!"斯通大声喊出来。他把被玷污的神像举过头顶。"过来啊,来抓我啊!"

野猪嘴里吐着白沫,掉头对准斯通,它的体型使它冲过院子的速度实在令人惊叹。斯通及时地躲闪开,避免了被它的尖牙捅伤或被踩踏,但这只野猪顽固得要死。它很快掉头,暂时不理会那些受惊慌乱的学生,又跑动起来攻击他。

对平民来说很好,贝尔德心想,但对她的同伴而言,就很糟了。

"斯通!"她朝着院子的另一端跑过去。"把神像扔给我!"

斯通立刻明白了她的用意,"接住!"

神像在空中划过一道弧线,然后稳稳地落入贝尔德怀中。"看看现在谁拿着神像呢?"她朝着野猪大喊,"你是不是因为长得太大太丑被哈里豪森①封杀了？才生这么大的气？"

野猪被激怒，转过身，又朝着贝尔德冲过去，这时，贝尔德对自己之前的行为有些后悔了。它沉重的蹄子踩碎了地砖，砖灰高高扬起。为了不让这怪物太靠近她，贝尔德又把神像扔给了斯通，斯通动作熟练地接过神像，动作灵敏得让人很难相信这是个博士学者。他藐视一切学究气，这算是对学究气的一次反击吧。

"这里！"他呼喊，"跑错了，你个培根大肉排！"

野猪紧急刹住脚步，又踩坏了院子的另一排地砖，接着，它掉头又向斯通冲过去。就在贝尔德快跑几步准备随时接住抛过来的神像时，她心里不禁猜测起来，她和斯通能保持多久这种挑战极限的抛物运动呢？她的胳膊已经累了。神像毕竟重量不轻……

"扔给我！"她高喊，"快点！"

"我知道，你不用一直喊！"

他又把神像朝她掷过去，但这次神像在空中的旅程短了些，"哗啦"一声掉进喷泉的水池中。贝尔德屏住呼吸，希望野猪能够朝神像冲过去，但它仍然继续攻击斯通，这让她明白：这个怪物并不是要取回神像，它的目的只是惩罚那些不尊敬神像的人，简单一点说，是惩罚那些不尊敬女神的人。

"糟糕。"她自言自语。

斯通转弯，然后接着跑，但那满嘴喷白沫、脊背长刺毛的家伙仍然紧跟在他身后。贝尔德从墙上撕下一张帆布条幅抖动起来，弄出很大动静，吸引野猪的注意力。她像拿着斗牛士的

---

①哈里豪森（1920—2013），美国定格动画大师、电影视觉特效大师。——译者注

红斗篷一样挥舞着手里的条幅。

"嘿,小猪猪!哦嘞!"

"那是斗牛的,不适合野猪!"斯通纠正。

"别说没用的!"

总之,抖动斗篷的动作吸引住了野猪。它暂时放弃了攻击斯通,"隆隆"地冲向贝尔德。刹那间,贝尔德怀念起过去的美好时光,那时,她唯一需要对付的只是恐怖分子和叛乱分子,而不是神话怪物。最后一秒时,她把斗篷挥到了身子一侧,这样野猪就冲进了斗篷里,而不是撞上她,那件帆布条幅瞬间被野猪的獠牙撕碎成几条。当野猪长满鬃毛的厚皮从她身侧刮蹭过去时,野猪冲进帆布条幅的力道很大,使得条幅从她手中挣开,将她摔倒在地。

"贝尔德!"斯通大喊。

被撕碎的条幅挂在野猪头上,进一步激怒了这只怪物。它剧烈地摇晃脑袋,想要摆脱头上让它心烦的条幅,贝尔德趁机站起身。她倚靠在一根高高的路灯杆上,大口喘气。她的右腿被暴怒的野猪跑过时擦伤了,疼得钻心。

现在该怎么办?她心里很着急。他们不能让这只狂暴的野猪继续撒野。过去古希腊时,卡吕冬魔猪让整个国家都胆寒,所经之处全部被毁,直到最后,它被……

"小心!"斯通大叫,"它又来了!"

他不是在开玩笑。贝尔德能真切地闻到野猪呼出的恶臭气味,它一边凶恶地瞪着她,一边冲向她。无路可逃,她摇晃着爬上灯杆。据她所知,野猪——即使是神话中的野猪——都不会爬树。

但是,此举没有让野猪停下,野猪继续狠劲地冲撞灯杆,打算把它连根拔起，而野猪自身丝毫没有受伤。贝尔德为了保命紧紧抓住灯杆，随着一次次撞击，灯杆危险地倾斜到六十度。野猪"哼哧"地后退几步，打算对灯杆进行新一轮攻击，那根路灯杆似乎无法再承受更多这样的撞击。

为什么还不来人？贝尔德焦急地想，现在正是需要他们过来的时候啊……

就在这个时候，一道刺眼的白光从院子尽头的大学图书馆前门传来。那扇门被打开，另外两个图书馆员忽然出现。卡桑德拉·基里安和伊齐基尔·琼斯都累得气喘吁吁，看上去都衣衫不整，两人恰好在贝尔德迫切希望见到他们的时候赶来了。他们的衣服满是褶皱，破破烂烂的，头发也乱成了鸟窝一样，伊齐基尔弄丢了一只鞋，而卡桑德拉头上戴着一对……鹿角？

"我们拿到啦！"卡桑德拉挥舞着一张古老的弓和箭。娇小的红发女子兴奋地举着武器，大大的蓝眼睛里闪烁着兴奋。"我们找到啦！"

"早该来了！"贝尔德紧抓着摇摇晃晃的路灯杆，"你们怎么耽搁这么久？"

"嘿。"伊齐基尔抱怨道，"你去试试从一个遗失数千年的古希腊神庙抢东西——恰巧还要应付里面性情暴躁的哈耳庇厄[①]。"他朝贝尔德撇过去自负的笑容，看上去明显对自己的功绩很满意。他的口音略微带一点澳大利亚味道，"顺便说一句，不用客气。"

"这个你可以……晚些时候再详谈。"贝尔德说，"眼下，我需要你们的帮助。"

[①]哈耳庇厄，希腊神话中一种外形为鹰身女头的怪物。——译者注

尽管被新来的陌生人吸引走片刻注意力，但野猪很快又开始用它的巨大脑袋撞击路灯杆底部。它的獠牙撞上金属杆，迸出很多金色火花。当倾斜的路灯杆又掉下去大约十五度时，让贝尔德距离那只脊背长刺的家伙更近了一点，她紧张地喘起粗气。重力让她往下坠，她赶忙抱紧了高高的金属灯杆，胳膊和腿都用力贴在灯杆上。贝尔德紧紧悬挂在灯杆下面，后背对着损毁的人行道地面，她使劲用力，爬到灯杆的上面。

"好的，抱歉。"卡桑德拉急忙说。她把箭搭到弓弦上，但怎么使劲都拉不开绷紧的弓弦。"哇哦，这东西用起来可比电影里看到的难多了。"

传说中，卡吕冬魔猪最后是被希腊著名女英雄阿塔兰忒①的一支箭射杀的。追寻数千年前阿塔兰忒遗失的弓箭绝非易事，但这种追寻工作却是图书馆员们非常擅长的。现在，贝尔德只希望这种历史——或者说神话中的故事情节能重现于世。

"把它给我。"斯通跑过去，从卡桑德拉手中接过弓和箭。他停顿了一下，欣赏起手中的艺术品。"一把古希腊使用的经典反曲弓，按照传统，用打磨光滑的牛角做成。从工艺和细节来说，符合埃托利亚②早期风格，那可是公元前15世纪甚至更早的时候……"

贝尔德翻起白眼。图书馆员啊。

作为他们的守护者，她的使命就是保护她智力超群的队员，

---

①阿塔兰忒，希腊神话中的女猎手，善于疾走，是女神阿尔忒弥斯的女伴，她向女神发誓终身不嫁。在卡吕冬王子的召集下参与了围捕卡吕冬魔猪的行动，并成为射中魔猪的第一人。——译者注

②埃托利亚，希腊中部山区名称，山中野生动物繁多，传说中的卡吕冬围猎就发生在此地。此地曾是古希腊城邦联盟——埃托利亚同盟的核心位置。该同盟最初是一支松散的部落联盟，公元前367年形成比较巩固的埃托利亚同盟。——译者注

有时候甚至是从他们自己手中拯救他们。

"别盯着欣赏了,快射击!"

"准确来说,是放箭,而不是射击。"斯通说,"不过……我这就来了。"

事实证明,他上半身用力,足够向后拉开那张弓的弓弦。他松开箭尾,木箭飞出,正好射中了野猪两肩之间的脊背上。野猪随即发出愤怒的尖叫声,上下颌疯狂地磨咬起来。

"射得不错,伙计!"伊齐基尔说。

斯通耸耸肩。"嗯,我以前用弓箭打猎过……"

"注意,我也能射得那么准的。"伊齐基尔说,"如果情况允许,就能。"

"唔喔。"斯通假笑着说,"可别自欺欺人地以为,你只要一直这么对自己说就行,哥们儿。"

伊齐基尔咧嘴,嘲笑他朋友凌乱的托加长袍。"顺便提一句,衣服不赖啊。简直像给家纺公司做行走的广告呢。"

斯通皱起眉头。"别没事找事……"

"唔,伙计们。"贝尔德冲他们喊道,"我们这里还没搞定啊。"

尽管野猪受了伤,但是它还能活动。怪物喘着粗气,尖叫着把后背蹭到摇摇欲坠的路灯杆上,试图磨掉那支从后背突出来的木箭。血从伤口冒出来,顺着厚皮淌下来,但这只怪物似乎还和之前一样出奇地勇猛。摇晃的路灯杆随着贝尔德紧张的动作而更加颤抖。一段露出的电线被切断,"嘶嘶"地冒着火星乱窜,犹如一条愤怒的毒蛇。

"我不明白。"卡桑德拉看上去很疑惑,"为什么这支箭没有效力呢?"

"这难倒我了。"斯通说,"神话中……"他接着把话讲完,眼睛忽然亮了起来。"神话中,在所有男猎手都失败后,那头野猪是被著名的女英雄打败的。"他朝着贝尔德说,"你听到我说的话了吗?"

"一清二楚。"她无奈地叹了口气,"我猜,该换我出马了。"

她松开倾斜的灯杆,跳到野猪后背上。野猪脊背上的硬鬃毛扎进她皮肤里,但她此刻顾不上这些,双手紧紧抓住突出的箭尾,怕被旮蹶子的猛兽甩掉。她绝不会让野猪把自己甩出去,绝不要摔到地上任由这疯狂的蹄子践踏。她宁愿死在魔法变身、时空旅行或者末日大灾难里,总之不要被一头超大个的大肚子野猪踩死。

"是时候,把你永远地解决掉了!"

她用尽力气握紧木箭,朝着野猪庞大笨重的身躯里面又插进了几厘米,试图插进她猜测是心脏的地方。当古老的木箭在野猪身体内刺破某种柔软、脆弱的东西时,这头怪物报以痛苦的惨叫。野猪从头到脚止不住地颤抖起来,几乎让贝尔德无法抓稳。很快,这头实体怪物消融成一团厚厚的灰色浓烟,闻起来隐约有种猪嘴的臭味?随着怪兽从她身下消失,贝尔德摔到破碎的人行道上。

"噢!"她尖叫道,"这提醒了我,下次动手之前得到草地上。"

图书馆员们立刻冲到她身边。"你成功了!"卡桑德拉脱口而出,"你战胜了野猪……就像阿塔兰忒一样!"

"不,是我们战胜的。"贝尔德松开手中的木箭,箭"哗啦"掉落到地上,"这是团队合作的结果,就像往常一样。"

斯通扶她站起来。"这样就算好了吧?我们把这件案子完结了?"

"差不多吧。"她掸去身上的灰尘,然后蹚进喷泉的水池,拿回神像。"现在,我们只需要把这尊神像送回图书馆,这样詹金斯就可以用某种方式把它'免除亵渎'。"

"呃,我想你要说的其实是'圣化'这个词吧。"卡桑德拉说,"或者也可以说是'再次圣化'?"

"管它呢。"贝尔德说,"只要能够平息这东西的魔法就行。"

"等一下。"伊齐基尔转身面对喧闹的来源——山上的派对。伴随一阵刺耳的欢呼声,空中绽放出绚丽的烟花。烟花的爆破声暂时打断了跳舞的音乐,直到有人把音乐调到最大声。"急什么呢?听上去现在正是热闹的时候。"他搓搓双手,跃跃欲试。"这就意味着,我们说的可是醉醺醺的男大学生,他们现在可是完全不在意自己的贵重物品。"

即使身为图书馆员,作为一位偷盗大师,伊齐基尔经常会有他私自的、让人难以忍受的偷盗冲动。

"你就别想了。"贝尔德斩钉截铁地说,给他立下规矩。她把湿透的托加长袍扔到破碎的步行道上。"我已经受够了今晚参与的所有希腊狂欢。"

卡桑德拉捡起木箭。"我同意贝尔德的话。太累人了,真是漫长的一天……一夜……管它是什么。"她忍不住打了个呵欠。"我从美国飞到希腊又跑回来,时差还没倒回来。"

伊齐基尔想要再次抗议。"但是——"

"没有但是。"贝尔德伸出手打断了他的话,以免听到他更多争辩。"还是回家吧。"她仔细打量起卡桑德拉。"那这对鹿角是怎么回事啊,我的红发姑娘?"

红发矮个子姑娘瞬间红了脸,把头上戴着的鹿角摘下来,好像她完全忘记了头上还戴着东西。

"说来话长了。"她说。

"等不及听你好好讲这个故事了。"贝尔德引领图书馆员们朝着打开的门走去。在大学图书馆的门后面，还有一座图书馆在等待他们。

魔法图书馆。

2

不久前
俄亥俄州

玛丽·西蒙轻轻地哼着小曲，冲洗着水槽中脏盘子上的油渍，她准备接下来把这些碗碟放进洗碗机。阳光从厨房窗户洒进来，窗外是宜人的田野风光和谷仓。乡村手工艺品和碎花壁纸装饰着这户农家整洁的厨房，玛丽和丈夫戴尔一起住在这栋房子里。她是一位丰腴的老妇人，穿着蓝色的格纹长裙，外面罩着一件围裙。站在水槽边，她不禁感叹水槽里堆起来的脏碗碟居然有这么多。很难想象两个人在一两天时间里会使用这么多杯子、盘子和银餐具。

估计别人会以为我们经营了一家提供住宿和早餐的小旅馆呢，她想。

一阵"吱吱"和"窸窣"声交织从她身后传来，她吓了一跳。她转过身，惊奇地发现——三只超大个的丑陋鼠类动物正站在厨房中间水槽对面的松木平台柜上，它们正贪婪地在水果盘中觅食。说不出是家鼠，还是田鼠，或是囊地鼠，也或是其他什么吧，它们的体型有虎斑猫那么大，全身油腻腻的灰色皮毛，它们的鼻子和胡须抽动着，长着令人恶心的黄色牙齿，簇长的耳朵……根本没有眼睛。

原本应该长着亮晶晶眼睛的地方，只有肉和皮毛。

她惊恐地倒吸一口凉气。一只瓷茶碟从她手中滑落，摔到地上，发出很大的声音。但无论是瓷器摔碎的声音还是玛丽受惊的尖叫，都没有吓跑那几只怪物。相反，它们把没有眼睛的脸庞转向她，挑衅地发出"咕噜"声和"唧唧"声。玛丽倚靠在身后的厨房台面上，惊慌失措；一般看到老鼠或者蝙蝠之类的，她都不会害怕、吃惊，但就她看到的这种怪异生物来说，真的有点太病态了。更不要说它们准备要做什么了。

"去！"她朝这群动物嚷道，"滚开，你们这群肮脏的东西！"

那群老鼠一样的东西没有逃开，反而朝她猛扑过去。它们露出锋利的牙齿和利爪，扑向她。

好家伙！

快速的反应能力拯救了她，令她免遭抓伤和啃咬。她非常及时地躲开了攻击，以至于让那群狂暴的老鼠扑进了水槽和厨房平台上，撞倒了盘子、碗、玻璃瓶和一个咖啡壶。器具掉在地上的嘈杂声加剧了混乱局面，很容易会引来戴尔，如果他此刻不是出去干杂活的话。玛丽现在还是一个人对抗这群无眼的入侵害虫。

但也不是手无寸铁。

她从台面上的刀架拔出一把超大号牛排刀，对着最近那只要从水槽里爬出来的老鼠使劲挥砍起来。她疯狂地挥动手里的刀，错过了那东西的脑袋，但切到了它的一截儿尾巴。老鼠反抗似的尖叫着，然后慌乱地逃窜。

"这就对了！你们最好是逃走！"她朝另外两只老鼠挥起刀，

向它们逼近，嘴里不断大喊，"你们呢？也想让我把你们切成两截是吗？"

面对着挥舞利刃动真格的玛丽，剩下的两只怪物决定不做无谓的冒险。它们从台面跳下，和地上之前那只同伴一起拼命奔逃，它们朝一扇关着的纱门冲过去，打算逃往门外的后花园。逃窜的老鼠直接撕破了钢丝网，好像那纱网不存在一样，接着就匆匆逃走了，不见踪迹。

终于走了，谢天谢地！

一股愤怒冲上头，她差点就冲动着追上去，但她往老鼠消失的方向跑了几步就冷静下来。她累得气喘吁吁，倚靠在厨房平台上大口喘气，让自己平静下来。肾上腺素平息下去，她的手微微颤抖，手上还紧紧握着刀，防止那些丑恶的小动物再回来作乱。便鞋踩在破碎的瓷器上，发出"嘎吱"的声响，提醒了她：地面上还散落着被摔坏的碗碟。和老鼠大作战后，厨房一片狼藉，外加被割破的纱门，平台上还有一根血淋淋的老鼠尾巴。玛丽头晕起来，摇了摇脑袋。

她丈夫一定不会相信这些。

英国，诺森伯兰郡

一周一次的农产品集市正在进行，珀西·麦奎因对一天的预期销量很乐观。很多商店老板都蜂拥到他的蔬菜摊位前，不仅仅是被他新鲜蔬菜的种类和数量吸引，更多的是被他摊位正中展示的那个南瓜比赛冠军瓜引来。冠军南瓜接近700公斤重，橙黄色的巨无霸绝对引人注目。珀西觉得，它的重量和个头足可以充当招牌广告了。

忽然,这个南瓜开始摇晃。

出人意料的是,没有任何明显的原因,这个南瓜开始前后滚动,就像墨西哥跳豆①一样。一个之前近距离观赏大南瓜的小男孩被吓得往后跳了一步,周围的行人和挑菜的商店主也都同样惊呆了。珀西也很疑惑。

"该死的,到底怎么回事?"他自言自语。

珀西环视了市场一周,好像在看是否有突然的地震或者地下爆炸,但没有,似乎没有任何震动,其他的水果蔬菜都没有动静。

只有这个南瓜,好像经受了某种震动。珀西急匆匆从摊位后面走到前面查看,这个时候,南瓜的古怪已经吸引了很多疑惑的围观群众,他们都看向珀西,想知道是怎么一回事,但可惜没有得到答案,他们都想问他这其中的缘由,可惜他不知从何解释。

"让一下道!"他挤过人群,来到蹦蹦跳跳的南瓜面前。

"让我出去!"

一声被捂住的沉闷叫喊声传入他耳际,他忽然震惊地发觉这叫喊声来自南瓜里面。侧耳倾听,他觉得能隐约听得懂这些呼叫:

"救命!请救救我!"

"我的上帝啊!"一位商店主大声说,"这里面有个人!"

"不会啊。"珀西小声地说,"这不可能啊。"

从外观来看,这个弹跳的橙黄色巨无霸外面的瓜皮很完整。没有任何可以出入的地方。他一定是幻听了,其他人也是。或

---

①跳豆,是中美洲一带一种矮灌木的种子,豆子本身不会跳,但藏在豆子内部的蛾类幼虫会活动,带动豆子跳起来。——译者注

者是有个口技表演家正在搞恶作剧?

一只沾满黏糊糊瓜瓤的拳头从南瓜里戳出来。这只手的手指疯狂地挠起南瓜外皮,想要把南瓜撕开。这次,一个女子的声音清晰地从被戳破的南瓜里传出来。

"救救我!谁来救救我!帮我逃出去!"

听到她的叫喊,周围的群众都赶忙跑过来帮她。人们一拥而上,开始徒手撕掉南瓜外皮,他们紧急地扔掉厚厚的南瓜皮,撇开软乎乎的南瓜瓤,要从这只巨大南瓜里把困在其中的人救出来。珀西吃惊地看着,没过几分钟,他的冠军瓜就被人们撕抓得粉碎,一个虚弱的年轻女子被大家从浆状的南瓜瓤里拽出来,好像是被这个大南瓜孕育出来的一样。

"谢谢!太感谢你们了!"她说,"我使劲儿踢,使劲儿喊,但我不知道会不会有人听到我……"

黏黏的瓜瓤糊满了女子身体,看不清她的面容。南瓜籽沾到了她头发、皮肤和衣服上。一件肥大的大学T恤黏满了南瓜汁,护住了她的隐私部位,她说话时的北方口音证明她是本地人,并不是说珀西立刻能在这些黏糊糊的东西下认出她是谁。女子大口喘着气,迷惑地看了一眼周围。

"我在哪儿?我是怎么到这里的?"

她低头看到了被砸烂的南瓜——她之前的囚笼。

"一个南瓜?我刚才在南瓜里?"

听上去,她和其他每个人一样目瞪口呆,甚至更震惊。

"你刚才的确是在瓜里,小姐。"珀西主动开口道,"我想,你也不知道自己是怎么进入这个……不寻常的困境中的?"

她摇起头。

"一点儿也不知道是怎么回事。"

佛罗里达州

一辆高空作业平台车停在繁忙的高速路旁。在高高伸缩臂上头的工作平台里,乔治·科尔勤奋地修剪着一排隔离带上的棕榈树,这圈隔离带保护后面的郊区不受公路的噪声影响。他是一位二十五六岁的黑皮肤年轻人,头戴安全帽,身穿工作制服。他耳朵上戴着耳机,里面播放着过去的经典说唱音乐,他一边随着音乐节奏轻轻晃动脑袋,一边锯掉一根可能会妨碍交通的枯枝。根据本州法律规定,棕榈树至少一年要修剪两次。科尔很满意工作时提供的安全防护措施。

谢谢你,大自然母亲,他心想。

当然,修剪树木只是他白天的工作,在他觉得随时有可能崛起的正式职业之前,这份工作能帮他还清账单。与此同时,他对目前的工作也真没什么好抱怨的,尤其是像今天这样好的天气。阳光灿烂,空气新鲜,天气晴好……

真不该夸得这么早。

他一把抓住最近的树枝,但这个下意识的挽救动作太慢了。没有任何防备,也不符合清晨天气预报的说法,天气忽然就变糟了。不知道从哪里聚集起来的一团团厚重乌云出现,遮蔽了天空。猛烈的大风刮起,吹得工作平台"咔嗒"作响。

"哇啊!"他喊起来,"这风从哪儿来的?"

起重机很重,能够经受得住大风,但升起的高空作业平台就像狂欢节的彩车一样摇摆不定,科尔感谢还有安全绳把他绑在工作平台上。为了安全,他放下电锯,摘掉耳机。Run.D.M.C

乐队[①]的声音消失了，随之而来的，是狂风的怒号，犹如人山人海的体育场里亢奋观众的呐喊声。令他担心的是，由起重机金属伸缩架支撑的作业平台开始大幅晃动。

这下惨了，他想，我算是完蛋了。

他靠在作业平台的栏杆上，使劲朝起重机的操作间喊，叫喊声却被忽来的大风淹没。

"喂！快放我下来——"

还没来得及把话说完，一阵龙卷风刮起的狂风就袭击了他。狂风将他从安全保护带上撕掉，径直卷入距离地面有10多米高的空中。他喉咙发出惊恐的尖叫，但声音却被猛烈大风的呼啸声掩盖住。他惊慌地想抓住树尖，却根本抓不住。狂风的力道太强悍了。

哦，糟糕，他想，这回我死定了。

反复无常的狂风像猫玩弄老鼠一样捉弄着他，将他拍进高空，让他有足够多的时间去设想很快到来的着陆会如何惨烈。从这么高的地方落下，不可能生还。他的未来……就是"啪"的一声。

再见，迈阿密。你不知道你失去了什么样的人物。

他等着生前的种种回忆遍历在眼前，但脑海里很快就设想起：他的葬礼会有谁来，他们会和他说些什么。他祈祷，至少葬礼会来很多人吧。

大风一直玩耍着他。狂风并没有让他直接摔在高速路上，而是一直裹挟着他越过树梢，来到居民区上方。在至少18或者21米高的空中翻滚，他瞥见下面的屋顶、房子、车库、车道、

[①] Run.D.M.C是1982年一支由美国纽约黑人组成的说唱组合。——译者注

草坪、后院、滑梯和秋千。他心里默默地对即将要掉落的某户家庭说抱歉……

狂风忽然走了,就像它来时那么突然。突然没有大风的吹拂,他直直地朝下面一处种满青草的庭院砸下去。他闭上眼睛,心里对即将到来的撞击做好了准备,暗暗祈祷不要太痛苦。

死得多莫名其妙啊……

他撞上了某种绷紧的织物表面……然后又弹回到空中。

接着,又来了几次弹跳。

原本以为自己会"啪"的一声摔落到地上,所以他愣神了好一会儿才恍然大悟:自己还活着……只是比他预想的电影《意外的春天》[①]里那种撞击更有活力。他睁开眼睛,惊奇地发现自己坐在某家后院的蹦蹦床上。

"老天爷开什么玩笑?"他自言自语,"竟然会发生这种事?"

真是幸运,一定是幸运,只能这么认为,简直是打破世界纪录的幸运啊。对我来说简直像中了彩票一样,他想,刚刚这次掉落,耗尽了我一生的善业。

但是,起初那股狂风到底从哪儿来的?

尽管从死亡边缘逃了回来,他仍皱起眉头。

有什么东西不对劲。一点都不对劲。

[①]《意外的春天》,1997年一部加拿大影片,讲述了小镇一辆校车发生车祸造成多名儿童伤亡后的故事。——译者注

3

· 俄勒冈州 ·

"这还差不多。"贝尔德说。

多亏了简短的冲澡和换身衣服,这位带着胜利喜悦的守护者不论是看上去还是切实感受,心情都更舒畅。她大步走进图书馆波特兰附件馆一楼的办公室,这里和主图书馆相连,当然,通过延伸到现实空间的魔法门口,这里和世界任何地方都相连。古老的电灯发出昏黄的灯光,笼罩在富有光泽的木质书架上,因为装满了数不清的书卷,这些书架都向下凹陷了几分。书架上的书卷主题深奥、神秘,完全在杜威十进制图书分类法[①]的范畴之外。老式的卡片目录挂在通往中层楼的弧形楼梯侧立面。贝尔德很高兴地看到其他团队成员也已经洗漱一新。

终于不再有托加长袍和鹿角了,她心想,于我而言不错。

她走进办公室时,詹金斯正在为获救的神像进行一场奇特的净身仪式,这尊神像现在就站立在杂乱的橡木会议桌上。这

[①] 杜威十进制图书分类法,是全球各地图书馆广泛使用的分类法。该分类法由美国图书馆专家麦尔威·杜威(Melvil Dewey)发明。该分类法将图书主题分为 10 大类,100 中分类,1000 个小分类。——译者注

位穿着保守西装的银发老绅士装束得体,一边轻声吟诵一连串奇怪的话——贝尔德猜他说的是古希腊语,一边往已经清洗干净的神像身上抹橄榄油施涂油礼(她猜用的是特级初榨橄榄油)。一块羊皮卷被镇纸压着展开,为他提供简便的参考。一旁燃烧的熏香让贝尔德鼻子发痒。有一瞬间,她担心附件馆的烟感装置和自动灭火装置会被启动。

但詹金斯似乎知道自己在干什么。一圈如月色般明亮的银白光环萦绕在神像周围,很快就渐渐消退。一阵带有森林和原野气息的大风吹进办公室,吹得纸片和书页沙沙响。贝尔德紧张起来,做好了随时战斗的准备。但吹拂而过的神秘清风却没有带来愤怒的野猪。相反,一曲天籁之音不知从什么地方响起,好像是看不见的鲁特琴[①]或里拉琴[②]在演奏,然后,音乐渐渐消退。

"好了。"詹金斯轻轻弹掉手指上的最后一滴油。他从胸前的口袋里掏出丝绸手帕,一丝不苟地擦净每根手指。"我想,我们可以放心地宣告,女神的怒火平息了。"

"这个案子算是了结了吧?"贝尔德问,"暂时不会再有'释放北海巨妖[③]'这种剧情了吧?"

"我认为不会了。放心吧,我会好好照看这尊阿尔忒弥斯神像的,我要从图书馆的希腊—罗马馆找到一处尊贵席位给她。女神一震怒,比地狱之火更可怕。"他深深叹了一口气。"相信我,我深有体会。"

[①]鲁特琴,中东地区古时的一种弯颈拨弦乐器。——译者注
[②]里拉琴,古希腊时期常用的一种拨弦乐器。——译者注
[③]北海巨妖,北欧神话中居住于挪威和格陵兰岛海岸附近的巨大海底妖怪,1910年左右首次出现在默片作品中。"释放北海巨妖"为2010年翻拍1981年的《诸神之战》中的新情节,电影中,北海巨妖是奥林匹亚山上的众神为了复仇而释放的。——译者注

贝尔德当然相信他的话。尽管詹金斯看上去有六十多岁，但她知道，他的实际年龄足有几百岁了。虽然她知道他过去的很多事，但她明白，她对他的了解不过是蜻蜓点水般肤浅。

"最近有弗林的消息吗？"她问詹金斯。

"恐怕没有，贝尔德上校。"他用手摸摸领结，保证领结没有系歪。"但是，如你所知，卡森先生常常自己设定计划，单独行动。"

"我当然知道。"她叹着气说。

之前，弗林·卡森是近年来唯一的图书馆员，独自守卫着神秘的知识和遗物——一些太过危险而不得不收藏于图书馆中的事物。当图书馆又招聘了四名新图书馆员（还有一位守护者保护他们）时，弗林一时很难适应，所以他总是宁愿单独行动，消失，去执行他自己的任务。贝尔德提醒自己：弗林每次消失几天或几个礼拜，都不用感到奇怪。

但，我觉得他最好还是提前和我说一声……

"好吧，那他有什么消息的话，你随时通知我。"她对詹金斯说，努力掩饰自己的失落。她和弗林之间已经不再是单纯的守护者和图书馆员的关系，他们之间很微妙，至少她愿意这么认为。谁知道他又这么一声不吭就走掉呢。

詹金斯点点头："你放心，我会的，上校。"

他谨慎地把神像从桌上端起，朝着图书馆更深远的地方走去。他的脚步声渐行渐远。忽然间，毫无预兆地，剪贴簿跃动起来。这是一本大开本的精装剪贴簿，里面罗列着各种老式的新闻简报，和电子时代以前的报纸剪贴块一样。剪贴簿是图书馆的预警系统，当有什么需要图书馆员注意的超自然事件时，它就会有所提示。它"砰"地从架子上跳下来，"哗啦"打开，仿佛有一双看不见的手在翻阅它。

"喔哦!"贝尔德说,"真是永无宁日啊,邪恶势力从不间断。"

"你说谁邪恶呀?"伊齐基尔说着俏皮话。他坐在会议桌的最远处,穿着运动鞋的双脚搭在桌边。一阵铃音从他手机中传来。"等一下,我这也有个预警提醒。"

每个新图书馆员都有自己特定的预警物品,比起附件馆里这本又厚又大的笨重剪贴簿,他们的"剪贴簿"更小、更轻便。讨厌老派物件的伊齐基尔,自然运用高超的模拟电子技术将他的"剪贴簿"转换为了一款手机应用软件。

"我的也是。"斯通一边说着,一边坐直。他从裤子后兜里掏出一个口袋大小的剪贴簿。跃动的纸页自己翻起来。

"算我,三个!"卡桑德拉突然跳着站起来,"或者,我猜,是四个,如果算上那本大剪贴簿。"

"这很反常。"贝尔德皱起眉头说,"我们是说有四个不同的预警,还是一个威胁的全面警戒通告?"

"问得好。"斯通说,"那我们都说说看到的预警新闻是什么吧?"

伊齐基尔看了一眼手机:"我这说的是某些变异的老鼠——"

"一次逃离死亡的神奇遭遇。"卡桑德拉打断伊齐基尔的话。

"一个超大南瓜?"斯通说,"搞什么——"

"等下!别一起说。"贝尔德举起双手,示意他们不要同时开口,"一次请说一件事,从办公室这份新闻开始说吧。"

原始版剪贴簿打开,摊在桌子上。她走过去,看了一眼,一如往常,一份新的剪贴新闻出现在原来空白的页面上。她大声读出来。

"没有美满的结局:鹅妈妈主题游乐园即将拆除。"

她快速浏览了一下新闻,上面说新泽西州的一处荒废已久的主题公园——鹅妈妈魔法游乐园计划被清除,将很快成为历史。新闻配图是一张黑白照片,画面中是一栋外形为一只超大鞋子的趣乐屋,就像"从前有位老妇人"①那首童谣里的一样。贝尔德看到"魔法"这个词的时候一挑眉。过去,她以为真正的魔法只存在于奇幻故事里。

如今,她已大开眼界。

"轮到你了。"她对伊齐基尔说。

"当地妇女被老鼠袭击。"他念起手机上的新闻标题,然后就挑故事梗概说:"一位住在俄亥俄州我没听过名的乡村小镇上的老妇人,无意中遇到了一些脾气暴躁的老鼠。她用一把刀抵挡住老鼠的袭击。不过这才是最诡异的地方:根据老妇人的回忆,那群老鼠没有眼睛。好像它们长期生活在某些漆黑的地下巢穴或者其他类似环境,逐渐变异成那个样子的。"

"咳。"卡桑德拉打了个冷战:"不管有没有眼睛,老鼠都挺让人讨厌的。"

"这点,我也同意。"贝尔德记下,等有时间她要亲自查看伊齐基尔剪贴簿上的新闻内容。她朝卡桑德拉扬头。"红发姑

---

① 《从前有位老妇人》是《鹅妈妈童谣集》中的一首传唱广泛的童谣。如今版本的童谣全文为:
  There was an old woman who lived in a shoe.
  She had so many children; she didn't know what to do.
  She gave them some broth and a big slice of bread.
  Then kissed them all soundly and sent them to bed.
  从前有位老妇人,她就住在鞋子里。
  她有很多的子女,不知该做什么去。
  她给孩子些肉汤,还有一大片面包。
  接着给一个香吻,打发他们睡觉去。——译者注

娘,你那是什么消息?"

这位非常喜欢数学、科学和巫术却害怕老鼠的图书馆员,低头看了一眼笔记本上的新闻。

"幸运的树木修剪工从不幸的坠落中死里逃生。"她读出来,"似乎是一位迈阿密的修剪工正站在升起的高空作业平台上,被一股怪诞的大风吹走,从 20 米高的地方坠落。不过神奇的是,他降落在某一居民后院的儿童蹦蹦床上,然后毫发无损地离开了。"她从剪贴簿上抬起眼睛。"哇哦,这概率,简直……"

她的眼神开始涣散,贝尔德很清楚地明白她在开始准确计算这一概率。卡桑德拉的大脑就像一台电脑,但有时候当她的注意力完全被涌进大脑中的想法和公式带走时,她会迷失其中。

"快回来,卡桑德拉。"贝尔德用手在屋内另一位女子眼前打了一个响指。"思绪别乱飘哦,卡西①。我们还需要你帮忙解谜题呢。"

卡桑德拉眨眨眼,眼睛渐渐聚焦回到现实。"抱歉啊,有点被这个案子情境中的太多可能因素干扰了,这里面有风速、向下加速度,还要考虑蹦蹦床的表面张力和结构完整性,等等。这里面需要考虑的太多了。"

贝尔德知道卡桑德拉是认真的。当卡西的大脑全速运转后,她眼前会出现幻觉,她能清晰地看到数学公式和数字在眼前活动。她大脑里面有一颗葡萄大小的肿瘤,这让她拥有了一种特殊的能力——联觉,联觉导致她的多种感官以一种特别的方式联结到一起。数字是颜色,数学有味道,自然科学在她耳中犹如音乐……贝尔德所了解的大概就是这样。

---

① 卡西,卡桑德拉的简称。——译者注

"明白了。"贝尔德说,"但我们最好关注全局,以免你过度沉迷于细枝末节中。"

卡桑德拉点头:"别担心。我现在注意力集中着呢。"

"我从不怀疑。"贝尔德说。事实上,比起几年前刚入职成为图书馆员时,如今卡桑德拉已经能更好地掌控她的思绪了。现在如果想要把她拖累到死机模式,那得颇花费点周折。"好的,斯通,该你了。你说有件奇怪的事……有什么南瓜?"

"一个巨无霸南瓜,很显然。"他从自己的笔记本里看到:"现代版灰姑娘?当地女子从南瓜中醒来。"他一边重读标题,一边皱起眉头,"根据新闻内容,英国的一位大学教授前一晚如常上床睡觉,第二天醒来却发现自己被困在附近农贸集市上的一个冠军南瓜里。她拼命踢,拼命捶打,想要脱身出来,后来很多商贩听到了她的呼救,在他们的帮助下,她才逃出来,但是……怎么会发生这种事情呢?"

"我们的工作让我们见识这么多事情以后,"贝尔德说,"你竟然还会这么问?"

"你说得有道理。"斯通承认,"但……老鼠,南瓜,蹦床?所有这些东西组合到一起,能指向什么?我们是在说一个大案子,还是四个不相关的案件?"

"我打赌是前者。"贝尔德说,"但我还没找到其中的规律。能把这些古怪联系到一起的,到底会是什么东西呢?"

"南瓜和老鼠指向灰姑娘的故事。"卡桑德拉思考后说,"但我不确定我看到的那个超级幸运的树木修剪工符合故事中哪点。"

贝尔德嘟囔:"我以为我们已经了结灰姑娘故事的所有隐患呢,毕竟几年前的那桩童话故事案子我们完成得不错。"忽然,她脑海里浮现出自己变为一个昏倒公主的尴尬记忆。"我的天啊，我讨厌旧日重现。"

"我不知道。"卡桑德拉咧嘴笑着，"成为白马王子还是挺有乐趣的。"

"你说得轻巧啊。那是因为你没有被困在一个不幸少女的身体里。"

斯通走过去，仔细查看原始版剪贴簿。"别琢磨灰姑娘了。"他说，"我认为那只是转移视线的干扰。我猜，这次剪贴簿已经给我们所有人提供了调查的关键方向。"他对着剪贴簿里新贴出来的新闻内容陷入沉思。"鹅妈妈魔法游乐园。"他若有所思地托着下巴，"鹅妈妈……"

"没错！"贝尔德感觉他们的调查找到了正确方向，这种直觉，在她过去调查恐怖组织基地和大规模杀伤性武器的非法交易时经常能体会到。"鹅妈妈，不是格林兄弟。是儿歌童谣，不是童话故事。"

"没有眼睛的老鼠！"斯通大声说："就是'三只瞎眼老鼠'[①]。"

"很棒！我们总算有点进展了。"贝尔德迫切地要点起智慧

[①]《三只瞎眼老鼠》（*Three Blind Mice*），《鹅妈妈童谣集》中的一首童谣：
    Three blind mice! See how they run!
    They all run after the farmer's wife,
    Who cut off their tails with a carving knife.
    Did you ever see such a thing in your life?
    And three blind mice?
    三只瞎眼老鼠！看它们怎么跑？
    他们追着农夫的老婆，
    她给它们尾巴切一刀。
    你是否亲身经历过这一遭？
    三只瞎眼的老鼠噢？——译者注

之火,催促她的图书馆员们继续思考。"那困在南瓜里的女人呢?"

"彼得,彼得,吃南瓜。"伊齐基尔插话道,"有个妻子,不知怎么照顾她。他把妻子套进南瓜……呜啦呜啦等。①"

"不错啊!"贝尔德有些吃惊,对他刮目相看。伊齐基尔在电脑和偷盗方面的确技术精湛,但在学识上很难称得上是图书馆员。"做得好,琼斯。"

"不客气。"他耸耸肩,又靠回椅子里。"哪个孩子不是学这些儿歌长大的啊?"

贝尔德转头问卡桑德拉:"那你的消息里从高空掉落的剪树工呢?想到什么了吗?"

"给我一分钟想一想。"卡桑德拉闭上眼睛,这样能更好地翻阅她大脑中的精确记忆。她的手在空中比比画画,好像她在归纳整理幻觉中的一些文件,她那令人惊叹的大脑被用做私人搜索引擎。"高空,坠落,下降,树,风……"她的眼睛突然睁开。"我想到了!宝贝摇,快睡觉,摇篮高挂在树梢,大风

---

① 《彼得,彼得,吃南瓜》(*Peter, Peter, Pumpkin-eater*),是《鹅妈妈童谣集》中的一首:
　　Peter, Peter, Pumpkin-eater,
　　Had a wife, and couldn't keep her.
　　He put her in a pumpkin shell,
　　And there he kept her very well.
彼得,彼得,吃南瓜,
有个妻子,不知怎么照顾她。
他把妻子套进南瓜,
从此好好照顾她。——译者注

起——①"

贝尔德明白她的确找出了准确的儿歌,迫不及待地接着说到结尾。"摇篮掉,宝贝、摇篮一起掉!"

"完全对得上!"斯通说,"这是三首儿歌。绝对是鹅妈妈童谣的问题!"

"鹅妈妈?"詹金斯再次回到办公室时说。他严肃的表情变得更加冷峻。"请告诉我,我们现在要面对的可不是鹅妈妈事件。"

他的语气中没有丝毫幽默和讽刺的意味。如果说他的话里真有什么情绪的话,准确来说应该是有点沮丧。

这可不妙,贝尔德心想。"鹅妈妈事件?"

"请告诉我所有细节。"詹金斯催促他们,"尽快详细地和我讲清楚。"

贝尔德快速地简明扼要地说了剪贴簿的警示,还有他们精妙推理的结果:"我觉得,我们是不是应该好好留意这件事?"

"最好用'警惕'这个词。这又是恐怖的任务。"詹金斯仍然站着,但看上去很需要坐下来。"从你告诉我的这些情况看,我可以得出结论:绝对是有人违反了《鹅妈妈协议》。"

---

① 《宝贝摇》(*Rock-a-bye baby*),是《鹅妈妈童谣集》中的一首:
Rock-a-bye baby, in the treetop,
When the wind blows,
The cradle will fall.
And down will come baby,
cradle and all!
宝贝摇,快睡觉,
摇篮高挂在树梢。
大风起,
摇篮掉,
宝贝、摇篮一起掉! ——译者注

他焦虑的语气让众人明白，这绝非开玩笑的小事。

"你说的协议是什么？"贝尔德问，"也许你应该从头给我们讲述一遍，尤其是我们这些自从幼儿园以后就不太拿鹅妈妈童谣当回事的人。"

"这可能是让你们尽快开始任务的最好办法了。"詹金斯站到桌子的最前端，立刻进入了讲师的角色，他非常适合这种工作。"请集中注意力。恐怕我没有时间给你们复习这堂课。"

卡桑德拉坐回桌子旁边，端端正正地坐直，等待詹金斯的详细讲解。她没在意詹金斯有种不祥预感的态度，双眼因为兴奋而闪闪发亮。"所以，鹅妈妈是真实的人，是吗？就像圣诞老人一样？"

"并非如此。"詹金斯说，"鹅妈妈不是某个特定的人，而是一种头衔，也可以说是一个职位，是指一种古老智慧的保管人，他们将古老的智慧化为看似无伤大雅、没有什么意义的童谣形式，一代又一代传递下去。然而，若这些童谣落在某些有心人手中，就会变成真正的魔法和符咒力量。而魔法力量可以重塑和改变现实世界，这点我们都已经很清楚了。"

贝尔德努力去理解他的话："那为什么我们还敢随意教授给孩子们这些童谣呢？"

"这些童谣从来不应该写出来。"詹金斯说，"更别提印刷成书了。这些童谣都应该只是口口相传，不过在1719年，当时的鹅妈妈——马萨诸塞州波士顿的伊丽莎白·古斯，她的女婿愚蠢地印刷了这些童谣，把童谣集合成一本儿童读物，无意中创造出了一本拥有恐怖力量的咒语书。"

"只从1719年？"贝尔德问，"我原本以为鹅妈妈童谣要比这一事件更悠久呢。"

"哦，是的，很多首童谣的最初版本，来自更久远的年代，但就第一本实际出版出来的童谣集来说，无论是叫《儿歌集》，还是叫《鹅妈妈童谣集》，都只有三百年而已。甚至现在，人们还蜂拥到波士顿，认为那里的一座墓是'真正的鹅妈妈'，他们完全没有考虑到她实际上只是传承古老传统的'鹅妈妈传承人'中的一人而已。"

"就像我们图书馆员喽。"伊齐基尔说，"只不过他们顶了个更愚蠢的称号。"

"你这么比较也不无道理，琼斯先生，虽然保守来说，我认为图书馆的使命要比他们更广博，同样，图书馆的任务也更高尚。"

"你怎么说都行，伙计。"伊齐基尔一点都不在乎崇高的名分。"那图书馆和鹅妈妈这两个组织，哪一个先出现的？"

"这个问题至今仍颇有争议……而且，这个问题和我们目前的任务也毫不相关。《鹅妈妈童谣集》第一次出现，始于1719年——第一份未经鹅妈妈本人同意就印刷出来的儿歌集时，这是历史上首次将包含魔法力量的童谣全部集合出版。"

"等一下。"斯通打断他的话，"你的话让我想起一件事，那时我在做有关18世纪书籍插图的研究。如果我没记错的话，第一版印刷的《鹅妈妈童谣集》并没有留存于世，甚至有学者怀疑，所谓的第一版《鹅妈妈童谣集》根本就不存在。"

"你说得没错，斯通先生。"詹金斯像一位教授对自己不算无知的那位学生稍加褒奖一样。"的确，1719年印刷的原版《鹅妈妈童谣集》几乎很难找到，堪称美国文学史上最难找到的'幽灵大书'。很多人追寻过这本书，但时至今日，它也只是徒给后人留下一道书籍寻觅奥秘……大概，大众心中就是这么认为的。"

"但它的确存在？"卡桑德拉问，"真的？"

"它真的存在，但当时的图书馆员成功地把这些书都收集起来，并把这书的每一份印刷文本都销毁了，图书馆员只留下一本书，由伊丽莎白·古斯和她的家人保存——为了表达对鹅妈妈传承人的敬意。所以，当时的危机算是平息了……当时而已。"

"让我猜猜。"贝尔德说，"只有一本印刷出来的书，也能兴风作浪？"

"主要是，看起来伊丽莎白的后代们觉得一本书远远不够。伊丽莎白·古斯最后有六个亲生的孩子，十个继子女，还有数不清的孙辈孩童，后来，这些子孙形成三支对立的派系，每支派系都声称有继承这本书的权利。事情变得糟糕起来。家族间反目成仇，他们开始运用童谣中的咒语，结果是：无数牲畜离奇失踪了，无数的浴缸被冲进大海……"

魔法力量又失控了？贝尔德心想。

"谢天谢地，看在人道主义的分儿上，所有的魔法战争由1918年的《鹅妈妈协议》平息下去了，同样，这份协议能够达成归功于另一位图书馆员的斡旋。根据协议，这本书被分成三部分，由三支派系分别持有，每个家庭分支要对分得的书籍部分负责，守护相应书籍部分的安全。"

"为什么是三份？"卡桑德拉问。

"当然就是三。"詹金斯狡猾地说，好像这个问题无须回答。"除非是七，否则就是三。"

贝尔德心里接受了他的回答。她已经习惯了图书馆的奇怪逻辑。

"我不明白。"她说,"为什么当时这位图书馆员不直接把书拿走呢,把书拿回图书馆安全保管不是更好?这不是图书馆的标准工作流程吗?"

"理想中,是这样的。"詹金斯赞同她,"但当时的问题比较棘手,政局不稳,这一做法是当时权衡利弊之后最合理的办法了,尤其是考虑到1918年的女图书馆员正全力对付拉斯普京[①],无暇顾及其他。"

"等一下。"斯通说,"拉斯普京不是在1916年就死了吗?"

詹金斯不屑一顾地说:"那是历史书让你这么以为的……"

贝尔德打算让这个分散注意力的话题过去,但她能理解,当时的图书馆员一个人工作过多,需要集中精力对付不断冒出来的威胁和敌对势力。比方说,德克拉或者普洛斯彼罗这样邪恶的人[②]。

"你之前提起过《鹅妈妈协议》。"卡桑德拉回忆起来,"当时说起毕翠克斯·波特[③]作品某些问题的时候。"

"别提毕翠克斯·波特了。"詹金斯说,"你不妨想想迪士尼卡通动画是如何曲解《小美人鱼》的。我们现在不是要调查可爱的小棉尾兔[④]。我们说的是其影响可能会触及颠覆世界的魔咒和符咒。这么多年后,一旦有人真的违反了协议,即使眼下这

[①] 拉斯普京,全名:格里高利·叶菲莫维奇·拉斯普京,俄罗斯帝国的神父,尼古拉二世时期的神秘主义者,是沙皇尼古拉二世和皇后的宠臣,后世称之为"妖僧"。他曾预言自己死后,俄罗斯帝国将灭亡。一语成谶,后世对此人有诸多非议。——译者注
[②] 德拉克和普洛斯彼罗,都是TNT网络热播剧《图书馆员》中出现的反面人物。——译者注
[③] 毕翠克斯·波特(1866—1943),英国著名的儿童读物作家,塑造了"彼得兔"这一经典卡通形象。——译者注
[④] 这里所说的小棉尾兔是指毕翠克斯·波特创作的彼得兔。彼得兔是以棉尾兔为原型的。——译者注

些事件看似微小，都有可能是更大灾难的预兆。"

"真的吗？"伊齐基尔很怀疑地问，"毕竟是鹅妈妈啊。结果还能糟到哪里去？"

"还需要我提醒你这些'天真'的童谣里有多少暴力和有悖常情的地方吗？这些童谣里充斥着坠落、意外、切断、砍头、绞死、殴打、纵火、偷盗、谋杀、盗墓，还有更多难以想象的灾祸，比如流星撞地球之类的。比起有线电视的一整套电视剧，你能在《鹅妈妈童谣集》看到更多关于砸裂脑袋和断肢的描述。"詹金斯停顿住，让大家能深刻领会。"没错，就像童话故事一样，这么多年来，童谣里很多对黑暗的露骨描写都已经被美化了，但在字里行间，仍然保留了危险的可能性，只是等着有人释放而已。别小瞧了这件案子。"他提醒众人，"除非你想要被一把切肉刀切断'尾巴'。"

哎呀，好疼，贝尔德心想。"我明白你的意思了。"

4

一幅家族关系图谱展现在卡桑德拉眼前，在她办公桌上方的空气中闪烁着发出微光。随着追溯伊丽莎白·古斯和她数量庞大的后代宗谱，卡桑德拉眼前的家族树以殖民时期的新英格兰地区为根基，发光的分支向各个方向伸展，延伸，增加。卡桑德拉能听到历经三个世纪的家族树分枝"沙沙"地迎风摇曳；这种耳边的音乐只有她能感受到。一股李子、南瓜和新出炉派的混合气味让她口水直流，即使这些事物并没有在周围出现。幻觉中的羽毛摩挲着她的皮肤，让她起了一身，呃，像鹅皮一样的鸡皮疙瘩。

"有什么进展吗？"贝尔德转过头问卡桑德拉。她的声音打扰了卡桑德拉的注意力，后者正在追踪伊丽莎白·古斯分布广泛的后代。"首要任务是确定《鹅妈妈童谣集》的三个拆分部分在哪里，这样我们就能避免它们落入坏人手中。"

"我知道，知道。"卡桑德拉的语气有点不耐烦。"让我集中精力就好。我有三百年的家谱需要研究呢，更别提我还要去查那些继子女，还有他们的孩子，他们孩子的孩子……"

桌上堆满了卷角的出生登记本和人口统计文件，她的笔记本电脑屏幕上还有无数个页面正打开。网络结婚登记证书和洗礼仪式记录的相关网站被打开,还有很多专门追溯家族先辈的热门网址。从各个渠道获得的人名和日期涌进卡桑德拉的大脑,为她幻觉中的家族树添枝加叶。她伸出手,准备剪掉自从1950年以后便不再有后人的一枝。她用手指当剪刀,把树枝毫不留情地剪掉。

"抱歉。"贝尔德后退一步,"你继续做手里的事情吧。我知道你能搞定这个难题。"

卡桑德拉对贝尔德的信任心领神会。她尽力剪掉更多的旁枝,好能够集中全部精力到眼前的任务里。其他图书馆员正在办公室做他们自己的调查工作,詹金斯离开办公室去核实各种与童谣相关的文件和遗物。卡桑德拉双眼从家族树的根部向上仔细查看,经过几代人的几何繁衍,家族树的枝权变得相当繁茂。马尔萨斯[①]的人口论在她脑中跳跃,如同教堂的钟声一样洪亮,她眼前出现鹅妈妈后人的缓慢人口大爆炸,人群分散到世界各地。随着时间和环境的变迁,她幻觉中的家族树被切掉了一些树枝,让她的任务稍稍减轻了一点,但仍然有海量的树枝需要料理。卡桑德拉的大脑不停地运转,心里不由得开始同情起那位住在鞋屋的老妇人——她有很多子女,不知该做什么去。

难道鹅妈妈是因此才有这个头衔的?

"想不想打赌,我能最先解决这个问题?"伊齐基尔问。他懒洋洋地斜躺在办公室另一边的躺椅上,手指不停地在手机上划过形形色色的应用软件和网站。"我的黑客技术和卡桑德拉的超级大脑来比试一下如何?"

[①] 马尔萨斯(1766—1834),英国牧师、人口学家,提出了著名的人口理论——人口按几何级数增长,而生活资源只按算数级增长,所以人口增长过快会导致战争、饥馑和疾病,他呼吁当局要采取措施,控制人口出生率。——译者注

"我赌卡桑德拉赢。"斯通正坐在会议桌旁,迅速翻阅一本19世纪带插图的《鹅妈妈童谣集》。"输的人要去打扫四楼的羊粪。"

"我也觉得她会赢。"贝尔德插进话来,"我没有别的意思,琼斯,但这种任务正适合卡桑德拉的大脑。追溯模型,寻找关联,这些是她最擅长的。"

"大概,也许。"伊齐基尔毫不在意地说,好像他的自信并没有因为打赌而受影响。"你知道的,就是为了让任务有意思点嘛!"

无聊是伊齐基尔的敌人,而这份工作一点都不无聊,这是他自己说接受图书馆工作邀请的首要原因。

卡桑德拉很难完全相信伊齐基尔的话。尽管他的工作态度总是漫不经心,但当他们需要他的时候,他总是把活干得很漂亮。不过呢,如果他真心觉得自己能够在她之前解开鹅妈妈错综复杂的家族关系谜题,那他未免有点太过自欺欺人了。卡桑德拉甩掉之前的疲惫,迎接下次挑战,重燃解决谜题的决心。她柔弱的手指在空中更加快速地指指点点。

比赛开始了,琼斯。

卡桑德拉感觉自己如同一位专业的剪树工,无情地剪掉任何一枝枯枝,好保持蔓延的家族树能够有效控制。识别出所有伊丽莎白·古斯的后人只是这一任务的第一个目标,真正棘手的难题是:要在不断膨胀壮大的家族树中,找到值得调查的那枝。根据卡桑德拉的计算,自从18世纪以后,鹅妈妈的家庭成员便以巨量级成倍增加,也许有几千位潜在的嫌疑人需要调查,究竟是谁应该对这件案子负责呢?她的工作,是要把名单尽量缩小到可以调查的范围内,这意味着她需要把大量的家族树枝砍掉，只剩几枝特别的树枝。她有点想向那位迈阿密出奇幸运的剪树工讨教点技巧……

等一下，她忽然想到点什么，那个家伙叫什么来着？

灵感像一张大锹在脑海里使劲儿地敲了一下。她心里浮上一股奇特预感，她赶紧查看自己的剪贴簿，然后看了一眼古斯家族树的最上面的树枝。一个人名忽然从其他名字中闪现出来，发出白色的荧光，她知道自己找到了！

"乔治·科尔！"她喃喃自语，"找到你了！"

她的兴奋没有逃过贝尔德的眼睛："那是什么，红发姑娘？你发现了什么东西？"

"我是这么觉得的。"卡桑德拉朝其他图书馆员大喊："快点，告诉我，你们剪贴簿里其他主人公的名字？"

伊齐基尔把手机拿出来看一眼，首先回答，"俄亥俄州的玛丽·西蒙。"

卡桑德拉搜索家族树顶端的名字。另一个名字在她眼前亮起来。她身上鹅皮一样的鸡皮疙瘩又加重了。

"找到她了！"她催促地看了一眼斯通。"接下来的呢？"

他翻到口袋大小的剪贴簿末尾。"英国诺森伯兰郡的吉莉安·费尔。"他停顿了一下，挠挠头，"等等。我怎么好像在哪儿见过这个名字？"

"她在这里！"卡桑德拉激动地指着发光的名字，一时间忘记了除了她没人能看到那棵家族树。"全对上了。剪贴簿里的每个'受害人'都是鹅妈妈的直系后代！"

"有可能继承这一头衔？"贝尔德推测，"也许有人想要把其他竞争对手都除掉？"

"或者是不同的派系之间已经开始了敌对行动？"斯通说，

"鹅妈妈战争再次升级？"

"这也是一种可能。"贝尔德承认，"无论如何，做得好，卡桑德拉。我就知道我们可以依靠你。"

"谢谢夸奖。"卡桑德拉关掉了大脑的联觉。她一挥手，粉碎了眼前的幻觉家族树，让她的眼睛（和大脑）休息片刻。她不易控制的多重感官渐渐趋于平静，回到平常状态。图书馆里寻常的声音和味道代替了超自然的感知。"抱歉，没能早点找到这一关联。"

"你不必道歉，卡西。你做得已经很好了。"斯通朝伊齐基尔得意地笑道，"你输了，伙计。准备赔钱吧。"

伊齐基尔叹了口气，把手机收好。"我差点就成功了，真的，但是……还是不说了。干得不错，卡桑德拉。"他朝她露出亲切的使人消气的笑容，"你等着下次吧。"

"哦，我等着。"她咧嘴笑着回应他，"随时奉陪。"

"那现在怎么办？"斯通问，"我们要分头去调查各自的案件吗？"

"这也许正是图书馆的想法。"贝尔德提出战斗部署，"你们每个人去调查自己剪贴簿上的对应案子。我去处理那个荒废的鹅妈妈游乐园，詹金斯就如往常一样，留在大本营。如果遇到任何新进展，我们就彼此通知。"

卡桑德拉合上她的书，离开电脑。"看上去我要去迈阿密了呢。"总的来说，她更希望整个团队都集合在一起执行任务，但这次，似乎分头行动是最合理的工作方法。"太遗憾了，弗林没能在这里帮忙解决这个案子。"

"说得一点没错。"贝尔德说。

5

·新泽西州·

曾几何时,鹅妈妈魔法游乐园是好几代孩童和他们父母欢度假期的最好场所——环境宜人,树木繁茂,树荫遍地,还有来自经典的童谣中充满魅力的真人大小人偶。贝尔德上网查找即将拆毁的游乐园信息,结果看到铺天盖地的有关游乐园全盛时期的明信片和家庭照片,那时候,所有游乐设施还是新刷过漆的,所有小路和园林景观都被一丝不苟地打理好,满脸欢快的游客可以信步漫游在蜿蜒的林间小路,路边很多真人大小玻璃纤维制作的人物模型:小羊倌波比、小威利·温奇、月亮人和其他童谣中的小伙伴。小木屋点缀在游乐园中,尖桩的藩篱描画出童话模样,绽放明黄色花朵的花圃为多彩的游乐园更增添了绚丽之色。

然而,时光一去不复返,仿佛沧海桑田。

游客数量疾速下降、破产、荒废、故意损坏、衰败都对曾辉煌一时的游乐园造成了不可挽回的损害,游乐园早在十几年前就正式宣布闭园。如今,这里野草蔓生。园中设施的油漆都不同程度地剥落了,露出生锈的金属和腐烂的木头。涂鸦覆盖在衰落的快餐店和野餐桌上，惨不忍睹。"单纯的西蒙"，脑袋掉落在脚下，成了个无头人偶。一个表达"混乱"的喷漆符号被喷在"小小淑女玛菲特"的圆凳上。"杰克盖的小房子"上的破百叶窗掉到地上。"哈伯特大婶"的身上油漆已经斑驳，她橱柜上的油漆也掉光了。蔓生的苔藓把"小蓝孩布鲁"变成了绿色的。"三只小猫"的底座和它们的手套一样，都找不到了，所以它们就那样随意地倒在灌木丛里。绿藻蒙上污浊的池塘，池塘围绕着要乘坐大碗去海洋的"三个聪明蛋"。秋日的落叶铺满大地，树上光秃秃的，只剩干枯的枝干。零星分散在各处尚且留存的一点点色彩，在时光打磨下暂时保留下来，见证着游乐园曾经的欢闹场景，但这种对比更让人觉得游乐园此时整体外观倾颓衰败。阴沉的天气增加了游乐园凄凉的氛围。在游乐设施残骸旁边，停着一辆约翰·迪尔牌推土机，时刻等着爆破队来拆毁。

"没有。"贝尔德自言自语，"还真是一点都不阴森呢。"

附件馆的魔法后门得以让她穿过铁丝网，直接进入这座封锁起来的破旧游乐园里。她只需要踏进后门，然后，伴随着一道白光和一声可怕的能量爆裂响声，她就出现在一只庞大的木制大鞋屋门前。直接从波特兰到新泽西州，这意味着此刻是当地时间的午夜过后，原本就很长的一夜就更漫长了[①]。已经褪色的几块"禁止入内"标识牌被放在树干上和尚未倒下的栅栏上，不过这个标识牌不妨碍她继续探索荒凉的游乐园。破碎的玻璃瓶和空啤酒罐似乎暗示出：这个空荡的场所几年来不可避免地被一些聚会少年私自占用，但就她目前所掌握的情况来看，此

[①] 附件馆的所在地位于波特兰，在美国的西部，而新泽西州位于美国东部，大约跨越5个时区，因此贝尔德利用魔法后门到达新泽西时，当地时间是午夜过后的凌晨。——译者注

刻，这座废旧的游乐园只有她一人。她保持着高度警惕，无论如何，在执行任务时，再怎么警觉都不为过。她周围的环境看上去十分安全，只是有一点压抑，但剪贴簿提醒图书馆员留意这个地方一定有重要原因，所以，这里应该是有什么问题才对。

最好不要冒险，她心想，魔法可是会把这里变成危机四伏的雷区。

在花几分钟了解自己的方位后，她开始行动起来，解开了一件挂在腰带上的仪器——一柄手持式鉴别魔法能量和魔法残余的探测仪。这件仪器很像一只蒸汽朋克式的打蛋器，探头部分有四个光亮的金属小球。卡桑德拉一直在鼓捣这个仪器，好提高它的精确性和可靠性，她向贝尔德讲解过如何使用它，不过贝尔德对于她的讲解大多是左耳进右耳出。说起脏弹[①]和机动战术来，贝尔德能够很容易明白，可"以太[②]频率测定"和"超验灵外质[③]关联性分析"？完全不在她北约训练的内容中。

管它呢，只要能在户外有用就行，她心里想。

她轻按开启键，把探测仪打开。显示盘上的指针指向超出基础魔法辐射的正常区域。据贝尔德所知，如今这世界上比多年前增加了更多被释放的"暗野魔法"，这要归咎于"毒蛇兄弟会"的险恶诡计，但她想，这些探测仪应该已经重新校准过，能够抵消四散的微弱魔法。为了确准，她重新把探测仪归零，但这次指针还是超出正常值。"鹅妈妈魔法游乐园"不愧它的称呼，的确有魔法。

[①]脏弹，一种大规模传播放射性物质的武器。——译者注
[②]以太，古希腊哲学家亚里士多德设想的一种物质，被认为是组成空间的意识流、灵界创造物质现象界时所创造的第一种最基本元素。——译者注
[③]灵外质，迷信中被神、鬼附体的身体上渗出的物质，或是死者的灵魂物质。——译者注

她留心记下，等回到图书馆以后，一定要去查查这个游乐园是不是正好位于魔法射线的交会点，图书馆里有张世界地图，上面表示出很多自然魔法暗流。此时，她用探测仪当作盖革计数器[①]，想要找到周围魔法最强劲的地方。越朝东，指针的指数越大，于是，探测仪引领她走向一条通往游乐园深处被野草遮盖住的小路。

在这样的路上走可不那么容易。大自然已经完全占领了这条路，几乎很难称得上是条路了，她弯腰避过伸展过低的树枝，还要从厚密的矮木丛中跋涉过去，一路艰难的行走让贝尔德后悔自己没有带一双登山靴来，或者是一把镰刀。随意被丢弃的垃圾散落在游乐园的地上，让她的前行更困难。旁边出现一座古雅的小木屋，过去属于"杰克·斯布拉特和他老婆"的房子，如今坍塌成一堆腐烂的木头和生锈的钉子。断裂的钢筋从废弃堆里突出来。被丢弃的花园工具——铁锹、锄头、耙子都潜伏在地上，等待着不留心要绊倒的人。贝尔德小心地走过，极力躲避灌木丛潜在的陷阱。她实在想不起自己上次打破伤风疫苗针是什么时候了……

探测仪的银球呼呼转动，比之前旋转得更快了，攀升的读数让她明白：游乐园的魔法危险在加剧。"盘子和汤匙"，过去是准备一起逃跑的姿势，现在都静静地躺在小路两侧，被野草和落叶半掩半埋。"小小杰克"的房间一角很明显被烧成了灰，贝尔德认为这肯定是某位擅自闯入的人吸烟或者拢篝火造成的。大火过后，只剩一个烧焦的门框，和被烧得不剩什么的铰链挂起来的一扇熏黑木门。"杰克和吉尔"在山坡上的井已经坍塌，

[①]盖革计数器，一种用于测量电离辐射强度的计数器，常用于测量核辐射程度。——译者注

成为一堆碎石瓦砾，堆在长满草的山坡下面，山坡上的草杂乱茂盛，好像自从聚友①还很火爆的年代就已经不再修剪了。

探测仪上的指针偏向黄色区域，引起她的关注。如果探测仪表示的不是魔法能量，而是实际放射数值的话，这个数值差不多意味着她进入了切尔诺贝利②重灾区。不过，她转过一个死胡同，推开挡在眼前的树枝，发现了——蛋头先生③。

不出所料，他也破碎地躺在发霉的砖墙下。他的脑袋，是一个大玻璃纤维做成的椭圆形蛋，上面画出一丝友好的微笑，如今这个脑袋已经从正中间摔裂成两截，每个部分都有一只眼睛和半个笑容。这两个部分都和蛋头先生的身体分了家，它的身体还坐在墙头。它的一只手还抬起来，仿佛在迎接走到它身边的游客。

摔成三片，贝尔德对自己咕哝一句，正如詹金斯所说，总是数字三。

起初，她并不确定蛋头先生原本就应该是碎片还是完整的，但她忽然想起之前调查时看到的一张明信片，上面的蛋头先生完好无损地坐在墙头，在栽大跟头之前。这就对了，贝尔德心想。谁会想让小孩子见到被打碎的蛋头先生让他们伤心呢。

---

①聚友，美国2000年初火爆一时的社交网站。——译者注
②切尔诺贝利，乌克兰北部城市基辅的一座核电站，1986年发生核电事故，造成大量放射物质泄漏，给乌克兰、俄罗斯和白俄罗斯很多地区带来核辐射威胁。——译者注
③《蛋头先生》(*Humpty Dumpty*) 是《鹅妈妈童谣集》中的一首童谣：
  Humpty Dumpty sat on a wall,
  Humpty Dumpty had a great fall.
  All the King's horse, and all the King's man,
  Couldn't put Humpty together again.
  蛋头先生坐墙头，
  栽了一个大跟头，
  国王呀，齐兵马，
  破蛋难圆没办法。——译者注

她查看之后，怀疑这个蛋形的人偶可能是年久失修或者疏于照看毁坏的，也可能是某个游客为了达到童谣里的效果而故意破坏的。

"国王呀，齐兵马。"她背诵童谣里的后文，"破蛋难圆没办法。"

这里明显没有兵马的痕迹，无论是雕塑的还是别的形式的，但探测仪上显示，这里的魔法超量，魔法能量比其他地方都要高。贝尔德慢慢地绕着破碎的蛋头先生走了一圈，用探测仪测量人偶的魔法能量。银球旋转速度快到吓人，指针几乎快偏到最右侧的危险区。她把探测仪放到蛋头先生上时，指针都快伸到显示盘外面去了。毫无疑问，它充满了魔法。

爆心投影点[①]？

她后退几步，远离蛋头先生，不想触碰它，甚至不想离它太近。不用怀疑，她已经确定了鹅妈妈魔法游乐园的魔法中心，至于她发现的是什么，那就是其他人的工作了。她只能寄希望于詹金斯或她的其他图书馆员能揭开这其中谜底。又一次，她无比希望弗林就在身边。新图书馆员各有各的专长，和他们不同的是，弗林是一个多领域的全才，他似乎对所有东西都了解一点。

应该包括魔法童谣吧？

她收起探测仪，拿出手机，拍了几张照片，用来和其他同事分享工作进度。为了拍到更好的角度，她后退一步。

忽然，她脚下传来"嘎吱"一声。

"哎呀！"她嘟囔。碎玻璃和生锈铁铰链的图像在她脑中一

---

①爆心投影点，是核弹爆炸式火球形成瞬间在地面上的垂直投影点。——译者注

闪而过。她弯下腰，小心地在野草中摸索，想要弄清楚她踩到的是什么东西。她隐约看到黑色的塑料和金属银色光芒在微弱的晨光中闪烁。花了好一会儿，她才确定看到的是什么。她口中深吸一口气，蓝色的眼眸因为惊奇而瞪大。

这是另一柄手持式魔法探测仪，同她刚刚使用的那个类似。

"见鬼了，这是怎么回事？"

她的第一想法是，也许这明显是某种奇异时空旅行的鬼把戏，即有可能是她实际上重新走到了未来自己检验过的游乐场。当然，这不是第一次她无意中闯入自相矛盾的时空中。但很快，事实证明这不过是一个更简单的解释：另一位图书馆员已经检查过这个地方，并且遗落了探测仪。

弗林？

她担心地皱起眉头。为什么弗林要单独来到这里，更让人心塞的想法是，为什么他会遗落这柄探测仪呢？图书馆的仪器是顶级机密，大概本身还有一半魔法。弗林偶尔会比较疯狂，他思想活跃的大脑总是别出心裁，无拘无束，但他并不粗心大意。他不应该会落下探测仪不管。

除非他在工作的时候被粗暴地打断了？

"噢，弗林，你现在又遇到什么麻烦了？"

她四处寻找，并没有看到明显的挣扎痕迹，只有蛋头先生破碎地躺在地上，但这也不意味着弗林就没有麻烦。这份工作本身就自带危险，最近的危险可以说是用一头神话中的野猪来表达，但图书馆员们经常要和无情的秘密组织、敌对的寻宝人和形形色色的邪恶敌人打交道，他们中的任何人都有可能强行把弗林抓走。想到他的安全，贝尔德提醒自己：弗林可是做了十几年的图书馆员了，比载入名册的其他图书馆员活得都久。

他能好好照看自己的。

但这种自我安慰并没有减轻她对弗林的担心。

"弗林?"她大声地喊起来。"弗林?是我,伊芙。你还在这里吗?"

她的声音在空旷的游乐园里回荡,但没有听到任何回音。

"弗林!能听到我说话吗?回答我,弗林!"

这样喊也没什么用。根本无从知道这柄魔法探测仪已经在野草里躺多久了,但她的直觉告诉她:弗林早已离开了。她心情无比沮丧,然后尝试用手机打电话给弗林,不过和往常一样,他的语音信箱都已经满了。她嘟囔出一句咒骂,把手机放回口袋里。弗林与外界完全隔绝的状态不仅仅让她感到心烦,已经达到担心的级别了。

她走上前去,仔细查看被丢弃的探测仪。一个压花塑料标签——好像是用老式的标签制作机做的,被贴在仪器底端。标签上写着:

弗林·卡森所有。外人勿动。

贝尔德叹了一口气。还是不能适应"团队合作"……

这个标签更明确地表明:弗林之前的确来过这里,现在,他却消失了。

她觉得自己已经勘探得差不多了。是时候该回图书馆了,好让团队里的其他人了解她的发现。如果幸运的话,说不定哪位图书馆员已经和调查其他案子的弗林不期而遇了呢。她拿好弗林留下的探测仪,一边准备往老妇人的大鞋屋走,一边拿出手机,打算给詹金斯打电话,好告诉他打开魔法后门让她回去。

"你赶紧离开这里,这位年轻小姐!"一声严厉的苍老声音和她说起话来,"你难道没看见标识牌吗?禁止入内!"

贝尔德闻声转过身来，看到鹅妈妈本人，正站在一个巨大的玻璃纤维南瓜上！这个大南瓜曾经是有名的吃南瓜的人和他难伺候的老婆住的地方。眼前这个满脸愤怒的干瘪老太婆，仿佛直接从故事书里跳出来的一般。她头戴一顶锥形黑帽，用黑绸带系住，样子完全是一副巫婆的模样。她编好的灰白辫子从帽子边缘露出来，一副古董老花镜架在她尖尖的长鼻子上，穿着一件绿色的粗布长裙，领口和袖口都是荷叶边，还穿着一双条纹长袜和带扣的黑皮鞋，瘦削的肩膀外披着一条红色羊毛围巾，干瘪的脸上满是皱纹，表情异常严厉。

贝尔德被这个突然出现的老太吓了一跳，尽管如此，她仍保持相对的冷静。自从就职到图书馆以后，她见过比眼前这位更奇怪的陌生人。

"我猜，你是鹅妈妈？"

或者至少是一位鹅妈妈在职人？她心想。

"唯一的一位。"老太婆如此坚称。话语中的波士顿口音带有明显的拙劣模仿痕迹："我可不仅仅是个模仿者。"

"我并没说你是模仿的。"贝尔德圆滑客气地回应。她谨慎地靠近老太婆，心里疑惑她所面对的到底是谁，是什么人。难道是像莫里亚蒂一样的虚构人物，刚刚从一本书中跳出来的？还是其中一位伊丽莎白·古斯的后人，认为自己继承了祖先"鹅妈妈"的名号和身份。贝尔德不敢断定到底是哪种可能性。

"你走得够近了，"站在南瓜上的老妇人喊道。她朝贝尔德一挥手中疙疙瘩瘩的手杖："离远点，守护者。这儿不是你该干涉的事，我美丽的姑娘！"

贝尔德警觉地发现老妇人直接说出了她的职位。她停住脚步："你知道我是谁？"

"是的，伊芙·贝尔德上校，而且我知道你的行事风格。你不可以把我归档放进图书馆里，不管图书馆有多伟大。我有很重要的事情要去做，而且，我绝不容许任何人干涉我。你若足够明智的话，就不要管我的闲事。"

那可真抱歉，贝尔德想，管闲事是我工作职责的一部分。

"那我们谈谈总可以吧？"贝尔德举起双手，表明自己没有拿任何武器。"我只想问你几个问题。"

鹅妈妈对她的主意不屑一顾。

"我有自己的主见，不会回答你的任何问题。"她用手杖朝贝尔德指指点点："你赶紧离开这里，守护者，再也不要擅自闯入我的游乐园。"

"算了，这个你别想了。"贝尔德失去了耐心。如果情况特殊，她不怕自己会扮演起唱红脸的角色："除非我得到答案，否则我哪里也不会去。"她朝超大个南瓜走去，准备爬上这堵橙黄色的假墙，不过是和她在战区遇到的路障一样高而已："弗林·卡森在哪里？他发生了什么事？"

鹅妈妈自鸣得意地笑起来，好像在感受一个自己才懂的笑话："你很想知道吗？"

"既然你提到了，我就直说，我的确很想知道。"一把全自动手枪就别在贝尔德的夹克下，但她并没有拔出枪；举枪对准鹅妈妈，不知为何总让人感觉不太对："你是自己下来，还是我爬上去抓你下来？"

贝尔德心里警告自己别过于自信。通常情况下，她可以轻而易举地搞定一个灰白头发的老妇人，完全没问题，但现在这种情况绝非通常时期，现在可是有头奶牛能跨过月亮的非常时期。而且因为和魔法相关，外表是非常有欺骗性的。

"不用麻烦你,亲爱的。"鹅妈妈说,但似乎完全不在乎逐渐失去耐心的守护者:"我不会在这里停留太长时间。"

贝尔德还没来得及问她这是何意,就看见干瘪的老太婆把手括在嘴边,手掌弯曲成扩音器的模样,然后"嘎昂——嘎昂"地鸣叫起来,声音如同鹅叫。贝尔德不得已用手捂住耳朵。

"这可不是我想听的!"她朝老妇人喊。

"我并不是和你说话,守护者。"

一声"嘎昂"的叫声从头顶某处回应着。贝尔德抬起头,看见一只巨大的母鹅——也可能是公鹅——从阴沉的灰色天空中俯冲下来。这只大鸟的两翼展开足有3.7米宽,样子只比印第安人的雷鸟[①]小一点点,说起雷鸟,去年夏天她和弗林在凯斯凯德山区差点就被雷鸟撕碎。眼前的大鹅有一身雪白的羽毛,相应的大嘴是橙黄色,还有一条长长的红色丝带悬在鹅喙中间。大鹅的巨大翅膀扇起风,同样搅动一旁的树木,卷起铺在地上的落叶。它的声音异常洪亮,能把汽笛声比下去。

"好吧,我没看见这玩意儿过来。"贝尔德不敢置信地直摇头。"我大概应该考虑到,在预料中,但……"

鹅妈妈高兴地咯咯笑。

"你是不是忘了童谣了,上校?"巨大的鸟飞落到假南瓜上,站在鹅妈妈身边,鹅妈妈转身跨上大鹅后背,仿佛它是一匹小矮马,而不是一只史上最大的鹅。她干哑粗厉的声音背诵起抑扬顿挫的童谣:"鹅妈妈,鹅妈妈,当她打算出去逛,她会骑到公鹅背,飞到高高天空上!"

那,就是公鹅,不是母鹅喽,贝尔德留意到,尽管眼下这

[①]雷鸟,美洲原住居民传说中的一种巨大神鸟,形似老鹰,是雷、闪电和雨的精灵。——译者注

只大鹅的性别并没有和调查的事情有什么关联。但她绝不想让鹅妈妈就这样飞走,弗林还下落不明呢,不能走。

"想溜,想都别想。"贝尔德抽出手枪,瞄准了眼前的这位老妇人,"待在那儿,别动,那只鸟,也不许动。"

"真要这样吗,守护者?"鹅妈妈不屑地咯咯笑起来。"你真打算要朝一个手无寸铁的无辜老太婆开枪吗,而且这个老太婆还没有任何伤害你的举动……暂时没有?"

"去你的无辜。"贝尔德如此回答,但她又犹豫起来,不肯真的扣动扳机。尽管詹金斯提醒过他们倘若鹅妈妈很暴戾会有什么危害,而且弗林的失踪疑云重重,这位老妇人还对自己的底细一清二楚。但她就是无法劝服自己对鹅妈妈开枪,仅仅因为……什么呢?难道因为老妇人擅自闯入这个即将拆毁的主题游乐园?因为她模仿了一个故事中的角色?非法占有和滥用——童谣?养了一只随叫随到的巨大个头的大鹅——对了,是公鹅。

真见鬼,她心里暗骂。"别考验我,鹅……管你叫什么呢,总之,别小瞧我。"

"我不需要考验你,伊芙·贝尔德。我可太了解你了。你是一个女战士,不是一个谋杀犯。"

鹅妈妈知道贝尔德是虚张声势,就拿话激她,鹅妈妈说完,双手挽起红丝带,紧紧拉起,像拉缰绳一样。超大个头的公鹅展开双翼,飞往天空。贝尔德发觉可以开枪打中大鹅的翅膀,但是她片刻的犹豫耽误了时机。她不忍心冒着打中公鹅而导致老妇人从高处落下的风险。

"你下来!"贝尔德大声呼喊,"你把弗林怎么样了?"

"回你的图书馆去吧,伊芙·贝尔德,离我和我的游乐园远点!"

贝尔德沮丧地目送鹅妈妈和公鹅飞入云端,把所有的答案都带走了。因为缺少一张飞毯或者其他飞行设施,现在根本无法跟上他们。贝尔德发觉自己孤身一人站在荒凉的游乐园里,无从求助,只好寄希望于詹金斯能为她遭遇的这一切提供点帮助。

因为,坦白来说,她对所发生之事真的一筹莫展。

6

· 俄勒冈 ·

"蛋头先生?"詹金斯严肃地说,"哦,我的天哪。"

从魔法门回到附件馆后,贝尔德简要地向詹金斯汇报了她在鹅妈妈魔法游乐园的发现和遭遇。令她惊奇的是,他似乎更关心被打破的蛋头先生人偶,不那么关心实际出现又逃走的鹅妈妈本人。

"很糟吗?"她问。

"你无法想象有多糟糕,上校。"詹金斯从书架上抽出一本厚重的皮革包边大书,他把书放到贝尔德面前的会议桌上。看上去这是一本全世界神话起源指南,而不是一本童谣集。"'蛋头先生'实际上是最古老最有法力的童谣之一……而且,蛋头先生永远无法重新团圆是有一定根据的。"

贝尔德已经准备好听到最骇人的结果了。"想到了,你告诉我吧。"

"蛋头先生,或者说德语中的'Humpelken-Pumpelken',又或者是瑞典语中的'Thille Lille',不论其他地区的其他名字是什么,它都不仅仅是个儿童故事书中的角色。它是世界最初

'宇宙蛋'的抽象代表,根据无数的神话和诺斯替教[①]的教义来说,世间万物都是从'宇宙蛋'里孕育、创造出来的。"他打开大书,翻开书页,一直翻到一页木刻画插图,画中是一个巨大的宇宙蛋,蛋壳上裂开一道缝隙,从缝隙中倾泻出恒星、行星和旋涡状的星云。翻开其他页面,有很多类似的图案,有陶瓷碎片上的图案,有寺庙的马赛克瓷砖图案,有神秘的卷轴上的图画,有炼金术书籍中的插图。他在一张风化的石刻象形文字图片前停住。象形文字刻画了一个鸟巢,里面安放着一枚艺术体的二维蛋形,蛋上刻有神秘的符文。"很有趣的是,在古埃及版本的神话中,宇宙蛋被说成是由一只圣鹅下的……"

"那圣鹅是从哪儿来的?"贝尔德问。

"那又是一个故事了。"他含糊其词地说,"现在相关的问题是,修复宇宙蛋——换句话说,就是把蛋头先生拼好——将会把世界倒退到大爆炸时期……也许结局是创造出一个崭新的宇宙,将我们所知的一切都全部改写。"

为了强调,他使劲儿合上书。"啪"的一大声。

"但是游乐园里的蛋头先生只不过是一个玻璃纤维的人偶模型啊!"她争辩道,随即她想起了探测仪上的显示,人偶可能额外附有魔法力量:"不是吗?"

"曾几何时,大概是,但魔法能把象征性的东西赋予神力。这点你现在应该十分了解才对。"他用责备的语气回应她,"魔力,聚集,起效。我们假设鹅妈妈是提供魔力的人,那蛋头先生就是聚集能量的东西,而起效的结果……哦,宇宙运行了140亿年的光景,还算不错,但我还不希望这么快就重新启动。"

[①]诺斯替教,Gnostic,罗马帝国时期地中海东部沿岸各地流行的诸多神秘主义教派的统称。——译者注

贝尔德努力领会詹金斯暗示的深重灾难。世界的命运是一回事——她已经习惯了面对这种危机——但整个宇宙？就因为鹅妈妈想把蛋头先生拼回去？

即使对于告知他们应该着手调查的魔法图书馆层面来说，这件事也未免有点离奇。

她保持住清醒的头脑，直接问到问题实质："但这一切还没发生？所以我们还有机会阻止她？"

"我真心希望是这样。"詹金斯说，"事实上，迄今为止，宇宙还没有什么变化，没有出现崩溃的迹象，这似乎暗示出你见到的那个人，也就是自称为鹅妈妈的那个人还没有完全实现她的愿望。根据我已有的工作理论来说——如果你要细究的话，可以说这是我最好的猜想——她也许需要重新把整本童谣集组合到一起，才能实现如此宏大的魔法任务。另外，原始版童谣集承载着巨大的奇异魔力，'蛋头先生'的后文也许被赋予了能将颠覆宇宙变为现实的力量。"

"换句话说，"贝尔德领会，"我们需要在鹅妈妈之前，找到原始版童谣集的三部分。"

"前提是，她现在还没得到一份或者更多份的童谣集。"詹金斯补充道，一如既往地持悲观态度。"那份不明智的出版物被分成三份是有充足理由的，上校。重组童谣集总的来说是个非常坏的主意，即使没有逍遥法外的暴戾鹅妈妈。"

想到频频提到各种事故的童谣，他不禁皱起眉。

"我明白了。"贝尔德说，"但为什么现在会发生这事呢？都已经过了这么多年了。"

"如果让我大胆猜测的话，最近暗野魔法的爆发可能激起了之前很多休眠的魔法物品和魔咒，将它们重新在世间启动，也许黑魔法是主要的诱因。"

贝尔德点点头:"就像经过了几百年后,普洛斯彼罗①重新获得了魔法符咒的神力。"

"没错。"詹金斯说,"还有件事,上校。一旦魔法苏醒,都会急切地表现自己的力量,所以,被多年间隐藏起来、受到压制的鹅妈妈魔法,也许自己会施展魔力。被拆解的魔咒书也许自身很渴求完整……然后迫切地通过你在游乐园见到的那个人来达到目的。"

"哦?她是什么人?"贝尔德不解,"她在你的理论中处于什么位置?她是鹅妈妈的走卒,还是教唆者,或者其他什么人?她应该不会是伊丽莎白·古斯本人,对吧?"

"根本不可能是。"詹金斯说,"你说的这位鹅妈妈是一位波士顿备受尊敬的高雅老妇人,绝不是你形容的那位会发出'咯咯'狞笑的滑稽人物。我们现在对付的,是一个出于不良私心而伪装成鹅妈妈的人。"

"但我们不知道这个人是谁?"

"现在还不知道,上校。"

好吧,贝尔德心想。

"有其他人的消息吗?或者弗林的消息?"

"恐怕没有,上校。你是第一个从调查现场回来的人。除了你在游乐园的发现之外,卡森先生到现在仍联络不上。"

弗林丢失的魔法探测仪就放在贝尔德的桌子上,提醒她弗林仍下落不明。难道是鹅妈妈对他做了什么,还是他巧妙逃脱了邪恶老太婆的掌控?尽管弗林行事古怪,但他总是能逢凶

---

①普洛斯彼罗,莎士比亚戏剧《暴风雨》中的人物,拥有魔法符咒的力量。在《图书馆员》系列电视剧中,普洛斯彼罗作为反面人物出现,是一位被黑魔法附身的人。——译者注

化吉，从危难中逃脱。如果她没有获得明确的信息知道他遭遇了什么，贝尔德不愿设想他有最坏的境遇。

  贝尔德希望她的图书馆员们有比她更好的进展。她心里不禁疑惑他们此时此刻都在面对什么。

  还有，弗林怎么样了呢？

7

·俄亥俄州·

"对不起,我老婆不在家。"农夫说,"她还在上班。"

这并不是伊齐基尔想要听到的答案。对于他这样一位世界级解密高手和偷盗大师来说,魔法后门把他丢进一处前不着村后不着店的闭塞乡村地带,已经够不公平的了,但现在,他要找的人甚至都没在家?如果不是足够了解剪贴簿的工作严谨度,他都会怀疑剪贴簿在有意跟自己过不去。

玛丽·西蒙是鹅妈妈的后人,据说偶然遇见了充满敌意的瞎眼老鼠。伊齐基尔希望能更深入地挖掘一下这一事件,然后赶快回到图书馆。之前在网上找到了精确的地址,所以他得以站在俄亥俄州一处农村房屋的门廊前,这里是预料之内的优雅静谧,但不幸的是,他感到自己与周围环境格格不入。一旁的鸡舍里,小鸡们"咯咯"叫唤,低头啄食。微风拂过,飘来一阵谷仓的谷香味。这里唯一像摩天大楼的,是一座耸立的筒仓。一只呼呼大睡的猎犬在门廊上趴着睡觉,口水直流。这里估计是全国最不值得一偷的地方了。

"那她在哪儿工作呢?"他问。

"当然是在图书馆啦。"

"图书馆?"伊齐基尔不敢相信自己听到的。

"当然了。她是孩子们的图书管理员呀,对吧?"

她当然是,他心想,觉得莫名有些好笑。老天似乎今天有意捉弄他呢。新闻简报上没有说这事儿。

农夫西蒙站在门口,上下打量伊齐基尔:"你说你是什么人来着?"

"动物管理中心。"他撒起谎来轻而易举,"我正在调查有关最近变异鼠类的报告。"

"这事儿我自己一点也不清楚,"农夫坦承,"那个时候我在田庄里干活呢。"他仍旧狐疑地看着伊齐基尔,"我想,你没和当地组织一起来。而且如果我没弄错的话,你还有一点澳大利亚的口音。"

"你说得没错,哥们儿。"伊齐基尔压低声音用一种鬼鬼祟祟的悄声方式说话,还谨慎地用眼扫了一圈周围,仿佛是为了防止其他人偷听到,虽然除了家禽和牲畜,只有他们站在农场上,唯一近到能够偷听他们交谈的就只有那只狗。"我们说话,务必做到只有你知我知,我说的,可都是官方没说的:我们现在也许正经历全世界的变异种族入侵。但请你绝对要保密,好吗?我们不想引起民众恐慌。"

"我不会说的。"农夫说,"不过,我们正在谈论的入侵事件有多严重呢?如果你不介意我问的话。"

"这很难说。"伊齐基尔耸耸肩说,"可能只是虚惊一场,但总归要调查清楚才敢这么说。防患于未然嘛!"

"是有这个必要。"农夫从前门让开,"玛丽得有几个小时才能回来,欢迎你到屋里等她。"

"很感谢你的邀请,哥们儿,但是我的时间很紧。请问,我要怎么才能找到她工作的图书馆?"

"恰好在镇中心,就在主大街的尽头。"农夫看了一眼几码外长长的土车道,这条车道通往唯一的乡村公路。远处的玉米田绵延数顷。"那么,你是怎么到这里的?你的汽车呢?"

伊齐基尔是从附近工具仓房的门到农场这里的,但他无法向寻常人解释魔法门是如何运输的。他思维相当敏捷,临场发挥起来。

"哦,是我的搭档载我过来的,她去调查其他案子了。"他掏出手机。"我这就给她打电话,让她回来接我。"

如果幸运的话,伊齐基尔想,詹金斯可以重置魔法门的参数,把我直接从魔法图书馆传送到,呃,另一座图书馆。

"不用这么麻烦。"农夫说,"真是巧了,我需要开车到镇上的饲料店买点新鲜肥料。我可以顺路捎你过去,到图书馆。"

伊齐基尔认为魔法门会更快捷,而且省事:"非常感谢你这么说,但是……"

"不用客气。"农夫坚持说,完全没给对方说不的余地。"你就待在这里,我这就去取皮卡车的钥匙。"猎犬抬起它的脑袋。"对了,你不会介意和狗坐在前排的,对吧?柏妮丝超爱坐车兜风呢。"

———

在满是口水和颠簸的路程后,皮卡车驶入俄亥俄州的班伯里小镇,这是一个乡村小镇,小镇中心似乎只有一条大街和几条小巷侧道。主干道上方挂着帆布横幅,广而告之正在举行的农产品展览会。皮卡车停在一座单层楼建筑前的人行道上,这一整洁的建筑恰好坐落于距离主干道一街区之外的地方。建筑前的标志牌显示,这是一座公共图书馆。前门旁边是一个户外的还书箱,门口还有几个闲逛的少年。

"你到了,年轻人。"农夫西蒙说,"替我向玛丽问声好……还有,放心,关于超大个鼠类的事,我会闭紧嘴巴的。"

伊齐基尔等皮卡车一驶离,赶紧把肩上的口水擦了擦,狗的口水让他的衣服粘到身上,随后,他仔细观察了一番眼前的图书馆。从外面来看,这座图书馆其貌不扬,没什么让人印象深刻的,但不能只看外表,附件馆的外表也很普通呢,就隐蔽在波特兰一架悬索桥的尽头。他正要走进去,就被手机拦住了。铃声显示,打电话过来的是贝尔德,所以他觉得应该先接这个电话更好。

"嗨?"他说,"请告诉我你已经解决这个案子了吧,这样我就可以直接从这里返回图书馆了。目前在乡村农场这里,我没有任何进展。我想也不能指望你告诉我怎么才能擦掉羊绒外套和真丝衬衫上的口水,是吧?"

"口水?"贝尔德惊奇地问。

"算了,不提这个。"他说,"发生什么事了?"

贝尔德告诉了她去鹅妈妈魔法游乐园的经历,他认真听着,她经历的所有事明显比他遇到的要刺激、有趣得多:"所以,你遇到了一个真的鹅妈妈,她现在正四处作乱?"

"实际上,准确来说是四处乱飞。"她肯定地回答,"还有,根据詹金斯的推断,我们不能让她拿到原始版《鹅妈妈童谣集》的那三部分。"

"否则蛋头先生就会重新拼好,整个世界就会重新孕育,我们所知的一切都将终结。"伊齐基尔流利地说,"我明白了。"

"你听上去一点都没被吓到。"她注意到他接纳任务的心态很好。

"我是图书馆员啊。现在我知道如何应对危急情况。"遇到离奇危机是他们的工作常态。"不过别担心。你有伊齐基尔·琼斯在跟进这个案子呢。我不会让某个骑在大鹅背上的玛丽·波平斯①有机会碰到童谣集那部分的。"

"一定要保持警惕。"她说,"我们到现在还不知道我们要对付的这个人确切是谁。"

"我们什么时候知道过?"

感觉被唠叨得心烦,他挂掉了手机,没给贝尔德机会提醒他任务有多艰巨,还有,他必须要多加小心。他喜欢贝尔德,也感激她这么认真敬业地履行守护者职责,但有些时候她忧心忡忡的老母亲行径未免太让人无奈。他不需要一个保姆,也不想要保镖。

尤其是当他正在拜访一个小镇图书馆的时候。

他信步走进图书馆。让他略感惊讶的是,这里实际上看上去比附件馆更加现代化,更加时髦,说实话,魔法图书馆在他眼里有点太过古板、太过怀旧了。这里光线明亮,空气流通,电脑查阅机代替了落满灰尘的木质卡片式目录,还有一台全自动的自助结算设备。当然了,书架上的确仍旧被塞满了大量的无聊印刷品,但他也看到展示区里有很多游戏和电影的碟片。他对小镇的看法立刻提升了一个层次。

这才是我喜欢的图书馆模样。

他闲逛到前台,办公台后面是一位二十多岁的图书管理员或者实习生,正帮助一些依旧习惯老传统的顾客做人工借阅结

---

① 玛丽·波平斯,一位会魔法的保姆,是帕梅拉·林登·特拉弗斯的一系列童书中的主人公。1964年,故事被改编为电影。——译者注

算。他不耐烦地等着轮到他。

"打扰一下,我想找玛丽·西蒙。儿童图书管理员?"

"嘘!"办公台后面的年轻女孩把手指放到嘴唇前面,"那你得等一会儿。现在是故事时间。"

她指向儿童区,那里,一位上了年纪的妇人坐在摇椅里,身边围着一群全神贯注听她讲话的小家伙。一本故事书摊开放在她腿上。伊齐基尔不耐烦地嘟囔了一句,心中猜想是不是永远都不能开始他的调查了。不过,如果幸运的话,说不定故事时间已经临近结束了。

"很久很久以前……"玛丽·西蒙开始说。

伊齐基尔深深叹了口气。

但他不得不承认,玛丽·西蒙看上去无疑很像鹅妈妈的远系后代。她体态丰腴,两颊红润,年纪很大(至少按照伊齐基尔的标准来说),她用头巾整齐地绑好银发,戴着眼镜,厚实的大腿上足够安坐一个或者两个孙子辈的孩子。看着她给年幼的小听众们念咒语,那些仔细聆听的孩子完全没有往日里不耐烦地扭来动去,很明显,她继承了祖先哄小孩子的诀窍。这样看来,卡桑德拉的家谱调查结果完全正确。

这种工作确实应该交给她,他心想,你永远都别想赌赢她大脑中葡萄大小的肿瘤。

伊齐基尔心绪不宁,根本无心听故事,就靠调查图书馆、评估它的安保设施打发时间。他大约能列举出十六种不同的方法闭着眼睛抢劫这座图书馆,当听到故事逐渐接近尾声时,他正在琢磨哪些地方需要改进呢。听见要结束了,他逛回儿童区。

"结束了,"玛丽·西蒙说,把腿上的书合上。

"再讲一个故事吧。"一个小孩央求道,"求你了,西蒙夫人。"

她摇摇头:"我觉得,今天讲的够多了,现在走吧。你们的爸妈还在等你们呢。"

他们可不是唯一等待的人,伊齐基尔心里想。当孩子们恋恋不舍地散开后,他走到图书管理员近前。"你是玛丽·西蒙?"

"什么事?"她从摇椅中站起身,把故事书放回到童书架上。"有什么可以帮助您的,嗯……先生?"

"琼斯。"他主动说,"伊齐基尔·琼斯。"他伸出手,"我很想和您谈谈最近您遇到的老鼠问题。"

"又是这事儿啊?"她皱起的眉毛破坏了她慈爱老奶奶的形象,将她变回严厉的图书管理员角色:"我已经和警察、动物管理,还有当地的报纸详细讨论过这件事了。我得再重复这事多少遍?"

她不合作的态度一时间让伊齐基尔很为难,但他认为没有什么他解决不了的难题。真见鬼,他之前在伦敦塔和路过的卫兵交谈时,就是这么窘迫。

"我理解。"他说,假装自己很同情她。"很明显你是位非常繁忙的女性,我也不想占用你的宝贵时间太久,但我真的需要听到你亲口讲述整件事的原委。"他对她展示出自己最迷人的微笑,"哪怕是看在我个人的面子上。"

她一眼看穿了他的小伎俩。

"冷静点,小鬼。我是已婚妇女,而且你对我来说也太小了。"她警觉地审视他,"你为什么揪住这件事不放?"

他本想干脆地承认自己也是个图书馆工作人员,即使工作内容与她大不相同,但他又意识到需要坚持之前的借口,以防什么时候她会和丈夫联络,提及此事。"我是全球动物管理机构的员工,正在调查全世界类似的奇异事件报告。"他压低声音说,"这些话你要当作没听见,但你的案子也许只是冰山一角。所以,我很有必要全面掌握你的独家事件描述……越快越好。"

她仔细听着,然后点头,接着就白了一眼。

"好吧。"她怀疑地说,"给我换个借口,好吧?"

"你不相信我?"伊齐基尔用手紧紧捂住胸口,仿佛心脏受到了一万点伤害。"你到底是什么样的友善图书管理员啊?"

"是那种听够了借书人有关逾期和丢书时编造的各种蹩脚借口的图书管理员,当我听到一派胡言的时候,我自然会分辨出来。"她把手臂抱在胸前,正视他。"听着,先生……琼斯先生,对吧?如果你需要帮助来研究害虫防治和谷仓老鼠的自然历史知识,我十分乐意领你去合适的书架和相应的书籍面前。我甚至可以给你指路怎么去我们当地的警察局,在那里你可以查阅我之前的详细讲述,但是,如果你不介意的话,我现在刚刚给一群孩子大声朗读,嗓子还很嘶哑,而且,我还有很多的行政工作需要跟上进度。故事时间结束了,所以,请你去别的地方玩闹吧。"

留他一个人目瞪口呆地站在儿童读书区,她从伊齐基尔身边走开,穿过前台。就在她马上要进入办公室的时候,他突然脱口而出脑海里想到的第一件事。

"等一下!你对鹅妈妈知道多少……还有三只瞎眼老鼠?"

这句话吸引了她的注意力。她顿时停下,回头看向他。

"你刚才说什么?"

"我们需要谈谈……鹅妈妈。"

他们的对话已经开始吸引了图书馆其他读者和员工的注意力。看上去,玛丽有一点点尴尬,她招手向他致意。

"我们去我办公室再谈。"她提议,"这是个……很有意思的话题,但是我们不应该打扰其他人。"

我也这么想的,伊齐基尔暗暗想。

他跟随她走进前台后面的办公室里。她关好门,在办公桌后面的椅子上坐好。伊齐基尔四处看了看,目光定格在安装于墙上的一幅带相框刺绣作品上。这一古朴的乡村风格绣品,绣的是一首童谣:

单纯的西蒙,遇见一个卖派的人,
卖派的商人,正赶往市场。
单纯的西蒙,对卖派的人说:
让我把你卖的货品,好好尝一尝。

伊齐基尔从这件绣品看出自己的调查方向没错。他朝这件精心装饰的绣品一扬头。"这个?"他带着扬扬得意的笑容。"是鹅妈妈童谣,对吧?"

"只是一件古老的家族遗物,仅此而已。"她耸耸肩,好像绣品并不是什么大不了的东西。"现在,琼斯先生,请你告诉我,你来找我完全是为了鹅妈妈?"

伊齐基尔不想浪费时间继续兜圈子:"你是鹅妈妈的嫡系传人,是吧?就是波士顿鹅妈妈的后人?"

她吃惊地张大了嘴,瞪着他:"在我不断长大的时候,家人是这么说的,但这大概只是一个激动人心的家族传说罢了,一代代传承下去。就好像几乎每个美国人都声称自己是真正的切罗基①族公主后人一样。我觉得这没什么。"

"并不只是传说……至少有些传说是真实的。相信我,我从很可靠的消息渠道得知,你的家族树上有很多鹅妈妈的后人,这要追溯到'很久很久以前'的时候了。"

"怎么……你是怎么知道这些的?"她结巴起来,"而且,我家族的渊源和那些丑陋的老鼠有什么关系?"

"拜托,"他说,"鹅妈妈童谣……三只瞎眼老鼠。你是个童书图书管理员啊。别告诉我你自己没有发现其中的关联?"

"这种想法确实出现在我的脑中过,"她承认,"但这想法太离谱了。撞见老鼠绝对不可能和古老的童谣有关。这只是古怪的巧合而已。"

"世上没有巧合。"伊齐基尔说,"在我工作中,没有巧合。"

"你的工作是什么?"她问。"哦,别再告诉我你是什么'动物管理'部门的。"

既然被识破了,伊齐基尔发现就没有理由继续坚持编造的借口了:"我是图书馆员,真的。很诚恳地告诉你吧。"

"一个负责调查三只瞎眼老鼠的图书馆员?"

"你说得完全正确。"他隔着办公桌,坐到她对面。"现在我们总算有了点进展了。"

"但是……这太疯狂了。"

"为什么你不把这种判断留给我呢?"伊齐基尔提议,"关于那些老鼠,说说真正的独家新闻吧?"

"好吧,"她的态度有所缓和,"如果你必须知道的话。那时,我正在家中的厨房里,正在洗碗碟,忽然,我听见身后有

---

①切罗基族,易洛魁族系的北美印第安民族部落。——译者注

很大的'窸窣'和'吱吱'声。我转过身,结果你瞧,有三只可怕的老鼠正在厨房中间的橱柜台面上爬呢,它们朝我抽动着胡须。"回忆起这些,她不由得打个冷战:"它们比我见过的最大的家鼠和田鼠都要大,还有,没错,它们没有眼睛。只有……皮毛。"

唷,伊齐基尔暗地里恶心了一下,真是庆幸他没见到这些老鼠。"有没有想到它们会从哪里来的?"

"想不出来。我们从来没有遇到过什么严重的害虫问题,更别提特大号的老鼠就在我家的厨房里出现了。它们突然间出现的,胆大包天,样子还极其丑陋。"玛丽讲故事的天赋让她能够详细地讲出当天的情况。"它们把我吓了一跳,我可以毫不羞愧地承认这点。我朝它们大声喊叫,想要把它们赶走,但它们没走,反而朝我扑过来,挥起利爪,龇牙咧嘴地,疯狂朝我喷口水。"

伊齐基尔专注地听着,身子不由得前倾。"然后呢……?"

"年轻人,看我的样子你可能不一定相信,我身手敏捷着呢。我飞快地弯腰躲过,从刀架上操起一把牛排刀,就向它们砍去,当然是出于自卫。我切掉了一只老鼠的尾巴,谢天谢地,这样足以吓到它们。它们掉头就跑,跳下橱柜,撕坏了我的纱门,逃出了厨房。"她脸上露出痛苦的表情。"从那天以后,我再也没看见过那些老鼠。"

伊齐基尔希望老鼠再也不出现。惊悚的变异老鼠可不是他觉得好玩的。他喜欢的,是那些闪闪发光的遗失宝藏和世界级盗窃。他是个图书馆员,不是灭鼠员工。控制害虫,有点浪费了他的天赋。

"但你没发现吗?三只瞎眼老鼠,一把切肉刀,你是一个农夫的妻子……这些因素组合在一起的话，就能连成童谣。"

"也许，在你生活的奇幻世界里你会这么想，琼斯先生，但这里是俄亥俄州。"她斩钉截铁地说。她端坐在办公桌后，她的语气和态度都相当现实。"那些不友好的鼠类当然只是某种变异老鼠，不常见的攻击性强的那种鼠类，毫无疑问，都是杀虫剂或者油气的压裂开采又或者转基因惹的祸。"

"或者，是鹅妈妈魔法童谣中的一个魔咒呢？"

她不敢置信地看着他，眼睛眨了又眨。"那……那只是传说，一个我奶奶给我讲的睡前故事而已。"

"关于童谣集是如何被你的家族三个分支分成三部分的？"他看到她震惊的表情，十分得意。"我来告诉你点事吧。这不是传说，也不是故事，而且，我真的迫切需要找到消失的童谣集那部分。我猜，不会是你把这部分童谣集藏起来了吧？"

她摇摇头，表情茫然。"据我所知，我不知道。"

了解了，伊齐基尔心想。"我早该料到事情不可能会顺利。这些荒唐的任务不出意外总是包括各种线索、谜团和谜题，有时候线索藏在谜团中，而谜团又在谜题里。如果你问我，我只能说，过去的人们总是有太多时间去设定这些……"

"你对这事真是认真的啊，"她不相信地说，"是吗？"

"呃，我一直都是这么认真的。"他思索起下一步该做什么。盘问目击证人并不是他的强项，他希望这件案子里什么时候能有个博物馆或者保险柜需要他来破解。"你刚才提到了你奶奶。她有没有给你留下什么线索，关于你的家族那部分童谣集会放在哪里的线索？"

"据我回想，没有。"玛丽思考了一会儿说。她眼睛瞥过墙上的绣品。"但是，我确实得到了一件奶奶留下的遗物，而且我记得她告诉过我,还不止一次地对我说,这件绣品必须永远留在家族中,世代传承。"她又耸了一下肩。"但就我目前所知,这件刺绣不过有点怀旧的情感价值。"

"怀旧是傻瓜才会干的事。"他走到绣品近前,仔细查看。"我要找的,是一个线索。"

尽管内心不愿承认,伊齐基尔现在特别希望斯通能在身边帮忙。破解这种无聊的老古董之类的东西是斯通更擅长的,他说不定能从刺绣的线和刺绣技法看出是何时何地绣出来的,能精准地说出年份来。伊齐基尔想把这件刺绣"借"走,然后把它交给斯通,但他又犹豫,不想承认自己被难住了。毕竟,他还有形象要顾及。伊齐基尔·琼斯从不需要后援。

也许,线索就藏在童谣里?

"派,市场,货品……"他看向玛丽·西蒙,希望能得到一点提示。"这些元素能让你有点想法没?"

"呃,市场,集市和派是鹅妈妈童谣里经常出现的词语,"图书管理员这么说,"小小杰克,'去市场,去市场',等等。"

伊齐基尔无法想象那样一本古老的书会被几代人藏在黏糊糊的派里,除非这个"派"可能是一语双关,代表了圆周率"π",如果是那样的话,他就需要打电话给卡桑德拉了,尽管她可能也正忙着调查迈阿密的剪树工案子。

"市场呢?"他问道,"这附近有没有展销会之类的市场?"

"这里一年一度的班伯里展览会是历史最为悠久的,"她自豪地说,"巧的是,展览会正在进行呢……就在镇外的展销会场举行。"

伊齐基尔想起了宣传展览会的横幅。

"呃,这可真是巧了。"他做了个鬼脸说。

玛丽嗤笑一声:"我记得你说过,你的工作领域里可没有巧合呢。"

"说得没错。"他已经预见马上要进行另一次短途旅行。刺绣可能不值得如此大费周章地调查,但它是他能找到的唯一接近的线索。"那我猜,我应该去展览会了。"

"没我,你可去不了。"她从办公桌后站起身。"如果真有什么线索可调查的,你在寻找的,那可是我家族的遗产。片刻都别指望越过我。"

伊齐基尔·琼斯忽然觉得即将开始的工作不那么吸引人了。

"谢谢你,但我喜欢单独工作。"他如此对她撒谎。

"那你忍着吧,"她说,"别跟我作对,琼斯先生。如果逼急了,我可是会成为你敌人的。"

一种怀疑的想法瞬间进入伊齐基尔的脑海。是她天性倔强,还是她另有所图呢?她到底对《鹅妈妈协议》知道或者说了解多少呢?他不禁猜测,她会不会是贝尔德在新泽西州看到的扮演"鹅妈妈"之人的同伙呢?

"我不认为这是个好主意。"他说,"那些恐怖的瞎眼老鼠可能只是热身赛而已。你最好让我来处理这件事。"

"绝对不行。想都别想撇下我。我可不想向当地的警方报告说有个骗子伪装成动物管理中心的员工。"她轻轻与他擦身而过,往外走去。"车就停在外面。你去,还是不去?"

伊齐基尔叹了口气:"这回车里可没有狗了吧?"

还没等她回答,办公室外传来一阵掺杂着"吱吱"声的恐慌尖叫。

"这他妈的到底在喊什么?"玛丽大声说。

伊齐基尔和玛丽冲出去,要一探究竟,结果震惊地发现三只瞎眼的老鼠正在图书馆里横冲直撞。这些大个头的无眼老鼠比伊齐基尔想象的还要令人作呕，而且，毫不意外地使整个图书馆都陷入混乱中。歇斯底里的读者和图书馆员工像箭似的飞奔到门口，喉咙里嘶喊出最高音。图书和DVD碟片被慌乱地丢在地上，散落在地面。

"我猜你手边没有切肉刀？"伊齐基尔问。

"这里看上去像肉铺子吗？"玛丽尖刻地回问。

她目瞪口呆地望着这些瞎眼老鼠，谢天谢地，好在这些老鼠似乎更想拆毁图书馆，而不是追逐那些受惊的读者。它们在图书管理区乱跑乱蹿，撞倒了很多书架，使得书页、报纸和杂志页面横飞，它们嘴里还"吱吱"地叫个不停，让伊齐基尔心烦不已。他和玛丽躲在前台办公桌的后面。

"我不明白，"她说，"这些可恶的东西来这里干吗？"

"让我猜吗？有人真心不希望你帮助我找到童谣集的那部分。"

他们草草结束的对话吸引了瞎眼老鼠的注意力，它们掉头，往两人的方向一边嗅一边爬。丑陋的粉红鼻子不停地抽动着，极其不祥。超大个老鼠发出低沉的咆哮声，其中一只还断着半截尾巴。伊齐基尔真希望它不要太记仇。

"该离开这里了。"伊齐基尔说。任何好小偷都明白什么时候撤退，他也已经记下了所有可能的逃跑路线。"往消防通道那里跑。"

玛丽犹豫，没有动。"但是……我的图书馆怎么办？"

"随你便。"伊齐基尔已经开始往门口走，"我想，那就只好由我自己去寻找那部分藏起来的童谣集。"

玛丽对这个打算嗤之以鼻。"没我，你可不行。"

他们朝门口飞奔,此时三只老鼠正爬上前台,追赶他们。伊齐基尔朝老鼠们扔过去一本笨重的精装大书——好像书的作者是以字数计酬似的——这本书阻挡了令人作呕的老鼠片刻,这时,玛丽猛地拉开门,启动了消防警铃。刺耳的汽笛声给了伊齐基尔另一个赶快逃离的理由,原则上,他对警铃深恶痛绝。

他推搡着玛丽冲出消防门。老鼠跳起来,朝他们扑过来,但他及时地摔上了门,正好让老鼠们吃了闭门羹,所以,它们沉重的身体"砰砰"地撞上门。他听到老鼠们在门里面不停地尖叫和疯狂地乱抓。

这些瞎眼老鼠不会打开球形门把手吧?伊齐基尔没有停留等着看结果,尤其是他听到了朝着他们疾速过来的警车和消防车警铃声。他喜欢和执法人员打交道的程度,就如同他喜欢聒噪警铃的程度。

也就是说,完全不喜欢。

"你说有个展览会来着?"

8

·诺森伯兰郡·

"那，你真的是杰克逊·丹宁斯本人？"

"的的确确，"斯通向坐在他对面的女士说。此刻，他们坐在英国北边小城中一家温馨的酒吧里。裸露在外的橡木横梁擎起房顶，宽大的壁炉保持屋内的温暖舒适，隔绝了外面的冰冷。他们的卡座不远处有排列整齐的酒架，上面是成排的酒瓶，看上去，酒吧的设备精良，环境很是优雅。欢笑和交谈声在庄严的石墙间回荡，不过，斯通已经习惯了在酒吧里和漂亮女性聊天。"至少，在我写有关文化和基础设施交叉研究的学术论文时，我是这个名字。但当我不用光鲜亮丽的副业和学历做伪装的时候，我只是平凡的杰克·斯通，一个图书馆员。"他带着迷人的微笑。"但请叫我'杰克'就好。"

"按照你的说法，你就必须叫我吉莉安喽。"吸引人的口音说明了眼前这个女子是当地人。在酒吧柔和的壁灯光线下，她用眼睛仔细打量起杰克。"我得承认，你并不像我想象中的样子。"

"我也有同感。"斯通说。

吉莉安·费尔，诺森伯兰郡比德学院①的人类学教授，是一位优雅迷人的女性，年纪大致和斯通相仿，一头棕色的波浪鬈发，栗色的双眸，鼻梁上架着一副时髦的设计师款眼镜。剪裁得当的高领毛衣很衬她的身材。据卡桑德拉推断，吉莉安是伊丽莎白·古斯的另一位后人。吉莉安的研究领域中，她特别擅长的恰巧是民俗学和口头传说，这点斯通早有耳闻。这一案子里，这种情况看上去和她的祖先并没有太远的隔阂。

"是这样吗？"她优雅地一挑眉，口气是一种调侃的味道。"那你预想的是见到什么样子的人？"

"当然是备受赞誉的《对镜像自我和其他自我的思考》那个博学的作者呀。"未曾想这个作者模样不像M夫人，反而像钱班霓②。"那真是一部伟大的作品，真的。你的很多真知灼见，譬如关于相对于镜像和水池倒影的实际用处，它们的心理学意义等观点，真的让我陷入思考……让我重新检查对形式与功能的个人假设。"

他对她学术成果的夸赞完全是出于真心。之前在附件馆时，他没过多久就想起在哪里见过她的名字。实际上，他非常熟悉她的工作成果，偶尔还和他个人研究的传统艺术和建筑略有重叠。他不确定作为杰克逊·丹宁斯的他和她在学术上有过什么往来，但有一点确定无疑，他们都混迹在同一个圈子里。

"您谬赞了，"她说，开始回应他的赞扬，"第一个提出宾夕

---

①比德学院，作者虚构的位于诺森伯兰郡的大学名称。——译者注
② M夫人和钱班霓都是英国007系列电影里的人物。钱班霓是军情六处负责人M的秘书，气质高雅，善解人意。M夫人是007电影中詹姆斯·邦德的直属上司，严肃古板，待人严苛。——译者注

法尼亚州荷兰裔巫术①符号和共济会仪式、制度有关联，都是出于毕达哥拉斯美学的假想，才是真的令人印象深刻。"

她对他——化名为杰克逊·丹宁斯的工作成果也了如指掌，当需要在面谈美化对方时，这些话简直信手拈来。他想脚踏实地，所以不想以丹宁斯的学术声誉把自己架得高高在上，尤其是当会面对象是个长相漂亮的女同僚，还邀请自己在她最喜欢的酒吧畅饮时。

"再次谢谢你，"他说，"能在百忙之中为我挤出点时间。"

"不必介意。我只希望没让你等太长时间。"

"一点都没有。"考虑到他要调查之事的紧要程度，他其实说了谎。实际上，图书馆正在努力赶在"鹅妈妈"之前找到被藏起来的童谣集，但这些是他无法一见面就对吉莉安和盘托出的。他还不知道她对她家族的魔法秘密了解多少。"但是，关于你最近遇到的超大南瓜……"

想到这个，她皱起眉头。"我还是不能完全理解你为什么对这件事如此感兴趣，因为这件事绝对是一个荒唐古怪的经历，仅此而已。难道说，南瓜是某种英属美国的民间艺术形式象征？"

"差不多吧。"他含糊地说，"其中原委，要比你说的复杂一点点，但以后我会把所有细节都告诉你的。"他朝她笑道："请暂且容忍我一下。"

"我猜，你对所有的人类学家都会这么说。"她叹了口气，然后顺从地接受了他的要求，"那好吧。无所谓啦，我猜还是赶紧说完，才能了事。"

---

①美国宾夕法尼亚州的荷兰裔后人的谷仓外墙上，都会画有一些几何形状的奇怪装饰图案，这些谷仓符号被民俗学家认为是魔法符号，用来防止巫术侵害。——译者注

"什么时候准备好了再说,都可以。"他说。

她抿了一口啤酒,让自己振作起来。"你要理解,整件事真的太……离奇……离奇到我现在都无法相信真的发生了,而且,它不是单纯的某种荒诞梦境或幻觉。那天晚上,我批改了一份寻常的论文,然后上床睡觉,接下来我知道的就是,我在一个非常昏暗还黏糊糊的封闭空间醒来。当时我不知道自己是蜷曲在一个超大的南瓜里,只知道自己被困在一个我不知道怎么进去的封闭地方。"回忆起这些,她身体隐隐发抖,"我可以对上帝发誓,在前一晚,我绝对没有吸毒,除了茶,也没喝过任何酒精类饮品。"

"我相信你。"他说,"而且,即使事后,你也不会这么对待自己,毒品和酒精都解释不了你是怎么进入那个南瓜里的。但我还有个小小的疑问:你难道没有窒息的危险吗?"

她摇摇头。"没有,至少当时没有立刻感到憋闷。那个南瓜里面是中空的,至于为什么是这样,到现在也没人能解释得了。从其他人口中我得知,那个南瓜当时是本地农民在市场上做展览用的,从外面看完好无损,没有一丝破裂痕迹。"她挥起手臂,"你说说,这怎么可能呢?"

魔法,斯通心里想,希望有更多的方式可以向吉莉安解释这点,不让他听起来像是疯子。"那后来发生了什么?"

"你以为会发生什么?我当然害怕死了,使劲地踢踹,使劲地捶打,然后终于把南瓜捶出来一个裂口……南瓜本身已经引起了市场上的骚动,很多人见义勇为,把我从那个南瓜里解救出来,那个蔬菜摊的老板一脸沮丧和震惊。"她的嘴角露出一声嘲弄的轻笑,"你真应该看看当时他的脸。我发誓,那个可怜的老先生和我一样瞠目结舌,不知所措。"

"我能想象,"斯通说,"当时可能是非常无所适从的情景。"

"话说起来,很是轻巧。"她低头盯着杯中酒,好像比之前打开心扉了一些,她的声音里逐渐带上了一种忧虑、柔弱的口气。"说实话,打那以后,每天晚上睡觉前,我都还有深深的恐惧,担心自己再经历这种类似——或者更糟糕——的事情。我的意思是,我怎么知道哪天清晨我不会在一口井的井底醒来?"

斯通忍不住想要立刻告诉她与童谣相关的魔法事件,但他担心此时如此说,会把她吓跑。也许晚些时候再说,他想,等我们能控制住局面以后再说。

"我真希望能帮你分忧解难。"他的话听起来没有什么说服力。

"你没有理由帮我。"她的语气变得更为柔和,抵消了之前讲述时挥之不去的焦虑,"那么,我这反常的'灰姑娘'经历对你会有所帮助吗,斯通先生?"

"请叫我杰克。"他再一次坚持。"还有,不是灰姑娘……是鹅妈妈。"

她棕色的眼睛瞪大了几分:"你,刚才说什么?"

现在,轮到他先咽几口啤酒,然后再开口:"就像我刚才说的,这有点复杂……"

他提供给她精心编辑过的事实,没有透露魔法图书馆的全部真相、蛋头先生的危机、鹅妈妈和她的公鹅,以及其他离奇的事件,只是强调与伊丽莎白·古斯有关的传言,还有她被分成三份的遗物,以及丢失的《鹅妈妈童谣集》的第一版印刷品。

"我和我的同事正在追踪这份所谓的'幽灵大书'的三部分。"他解释说,"经过及时的家谱研究,确定鹅妈妈的后人之一里,就有你。"

她脸上写满了困惑:"但,这和我醒来发现被困在南瓜里有什么关系?"

"问得好。"他说,暂不回答这个问题,"所以,你的确是波士顿的伊丽莎白·古斯的后人?"

"传说是这样,"她承认,"家人是这么告诉我的。我的曾曾祖母在一战时曾经是军队护士,在工作期间认识了一个年轻的英国士兵,并嫁给了他,之后战争结束,她就定居在千里之外的这里。"

时间正好是《鹅妈妈协议》缔结时间的前后,斯通发觉。"我猜,你的曾曾祖母没有把遗失的童谣集三分之一的部分留给你?"

"我的记忆里是没有。"她说,"尽管我想,我继承了祖先的精神,对民间文学和口头传说故事的喜爱由来已久,我是听着我家和真正'鹅妈妈'有着某种渊源的故事长大的。"

"或者,它存在于你的血脉中。"他推测。

"只是异想天开罢了,但我想,现在我不会这么断言了,毕竟我之前还被莫名其妙地困在一个南瓜里。"她的眼睛怀疑地眯起来,"说起这个来,为什么我有种直觉,你没有和我说实话?"

那是因为你真的聪明呵,他心想,就在这时,手机铃声打断了他的思路,是贝尔德来电。

"抱歉。"被手机铃声救了的他颇有惋惜的态度,"请问是否介意我接几分钟电话……"

"去接吧,"她说,"我哪儿都不去,就在这里等你。"

这是个承诺,还是威胁?斯通一边心里想着,一边站起身离开卡座,走到酒吧外面接听电话。这里是格林威治标准时间的刚入夜,太阳已经沉下去,带走了白日的温暖。天空澄澈,秋夜的天空十分宜人，这里比附件馆早8个小时，那是贝尔德打电话的地方。

"什么事？"他问。

"很多事。"贝尔德说，"我刚刚从伊齐基尔那里得到最新消息。听着。"

她告诉他伊齐基尔在俄亥俄州的最新调查进展，包括世代相传的家族遗产——一件绣着童谣的绣品。将秘密消息绣进一件民间艺术品的想法，激起了他强烈的好奇心。

"很有意思。"他说，"那我试试这个新线索对我的调查有没有用。"

"记得随时通知我们你的新进展。"贝尔德说。

"我会的。"

斯通挂断电话，重新走进酒吧。如之前允诺的，吉莉安仍在卡座上等着他。他迟疑了片刻，欣赏起壁炉火焰的光芒映在她头发和面容上的样子，随后，他坐回她对面的位子。喂，集中精力在工作上啊，他对自己说，尽管事实上他无法否认，他感觉到自己和吉莉安之间正在发生微妙的化学反应。他不禁设想，该有多少学生在他们迷人教授的课堂上暗恋她啊！估计不会少了，我猜。

"有什么重要的事吗？"她问。

"大概算是吧。"他解释说，同事伊齐基尔发现了一个关于遗失图书的线索，有可能藏在一件绣着童谣的刺绣作品里。"我这么说，能不能让你想起你继承了某些类似的东西？"

"完全没错。"她明显带着兴奋说，"很巧的是，我也有一件引以为傲的刺绣，就挂在我住的公寓墙上，离这里不远。但是，上面绣的不是'单纯的西蒙'，我那份刺绣上绣的是'杰克和吉尔'的前几句。"

斯通急切地把身子向前倾。"就是'杰克和吉尔上山来'①里面的?"

"就是这首童谣!"她紧抓住这个话题,好像真正学者热切追寻的事业有了新进展或者新发现。"根据我的回想,这首童谣有很多种含义解读版本,有些更合理,有些就是胡编乱造。其中有一种普遍的理论认为,这首童谣是描写北欧神话中的修奇和碧儿②,他们是两个孩子,一对兄妹,他们从井边用水桶汲水时,被月亮人给掳走了。"

她拿出手机,上网搜索,找到一幅古老的木版画插图,上面是两个孩童正抬着一根长长的木棍,木棍上挂着木水桶。一弯不怀好意的月亮在空中注视着他们两个。

"《诗体埃达》③里的?"斯通问,"我说的是这个神话,不是指插图。"

"没错。"她收起手机,"大约是从13世纪开始的。要比众所周知的《鹅妈妈童谣》参考文献还早几百年,所以没有明确

---

① 《杰克和吉尔上山来》(*Jack and Jill up the hill*),是《鹅妈妈童谣》中的一首:
　　Jack and Jill up the hill,
　　To fetch a pail of water,
　　Jack fell down, and broke his crown,
　　And Jill came tumbling after.
　　杰克和吉尔上山来,
　　提着桶,把水抬,
　　杰克跌倒摔破头,
　　吉尔跟着滚下来。——译者注
② 修奇和碧儿是北欧神话中的 Hjuki 和 Bil,他们是维兹芬的两个孩子,修奇和碧儿兄妹二人在一次汲水后,被月亮玛尼带走,成为月亮的侍从。北欧神话中,修奇是"恢复健康"的化身;妹妹碧儿是"瞬时"的化身。——译者注
③ 《诗体埃达》是一本17世纪发现的手抄本,记录了35首北欧神话长诗,是有关北欧神话最原始、最准确的文学作品。——译者注

的办法证明这两者有关联，但，正如该理论所描述的，这大概是最有说服力的解读了。"她白了一眼："千万别跟我说什么流行的说法，说这首童谣实际上是暗指断头国王路易十六和王后玛丽·安托瓦内特，这种说法就是一派胡言，连最起码的时间先后顺序都搞错了。"

斯通很认真地听她讲解，脑袋里不断尝试把晦涩的北欧神话和他寻找的遗失童谣集任务联系起来。据詹金斯所说，很多鹅妈妈童谣都源于古代，但魔咒部分一直到1918年左右才现世，这意味着……什么？线索都指向20世纪，而不是中世纪的斯堪的纳维亚？

"我必须承认，我从小到大都很喜欢鹅妈妈童谣。"吉莉安说，"说实话，我曾认为刺绣上面的吉尔就是指我呢……当然，那个时候我还很小。"

"哦，关于这点，"斯通说，"吉尔……吉莉安的简称。是有点巧合，你不觉得吗？"

斯通怀疑被藏匿的线索就坐在他对面。

"你真的想多了。"她完全不把他的提议当回事，"吉尔，有时也被叫'基尔'，是过去叫年轻女孩和心爱之人的通常叫法，至少得从莎士比亚那个时候算起吧。'杰克和吉尔真相爱，两人一心无嫌猜①'之类的，很多很多。"

"《仲夏夜之梦》，"斯通说，辨认出她引用的诗句，"第三幕第二场，如果我没记错的话。"

"相当不错啊！"她赞同地点点头，"你真是令我刮目相看。"

听到她这么说，他心里很得意，也许有点得意过头了。集

---

① "杰克和吉尔真相爱，两人一心无嫌猜"是莎士比亚名著《仲夏夜之梦》中的句子，原文为：Jack shall have Jill; Naught shall go ill. ——译者注

中精力到工作上,他又一次提醒自己。"说回杰克和吉尔,童谣里其他元素呢?山坡,井,桶……"

吉莉安和他一起头脑风暴:"呃,井和山坡是很多民谣里反复出现的东西,尤其是鹅妈妈童谣里。'猫咪落井中''有个老婆婆住在山脚下'等,都有。"

"但是一口在山坡上的井呢?"斯通一边想,一边大声说。"这真的说不通。谁会在山坡上挖井,每天提水都要爬个山坡呢?除非,也许是那些山顶上的军队要塞需要水源。"他灵感突降,一拍脑门儿,责备自己没有早一点想到。"对啊!看看我们现在在哪儿啊!"

"酒吧里?"她问。

"在诺森伯兰,"他进一步说明,"因为这里靠近苏格兰边界,曾经在边界地带发生了很多场战役,所以,诺森伯兰比英国其他地方的古老城堡和军区堡垒都要集中。那些山间堡垒一定有井或者储水窖。"

"我的曾曾祖母有可能把她三分之一的童谣集藏在那里?"

"我是这么认为的。"斯通说。"这里有在山顶的古老建筑吗?"

她点点头:"在城外的小山上,遗留着古罗马时期的堡垒,尽管现在堡垒已经所剩无几了,也不太出奇,没有其他更大一点的古罗马遗迹——例如文德兰达要塞和豪塞斯特兹要塞[①]那么令人印象深刻。你知道,游客趋之若鹜的,是那些地方。"

"越少人去,越适合藏匿东西。"斯通认为,眼下周边那处山顶遗迹的希望更大。"而且,很久以前的堡垒一定需要水源来

[①] 文德兰达和豪塞斯特兹两地的罗马堡垒是罗马人征服不列颠海岸后修筑的防御工事之一。——译者注

饮用和洗漱。鬼才知道，古罗马军团为什么每建造一个立足点都要同时建造一两个澡堂呢。在这些遗迹里，很有可能就隐埋着水井之类的。"

"所以，有井在，岂不是'有志者，事竟成'？"她说起俏皮话。

"你简直会读心术。"他低头瞟了一眼手表，已经入夜，"城中现在还会有什么地方开门吗，让我能快速弄到登山和洞穴攀岩装置的？"

"洞穴攀岩？"她的声音掠过一丝警觉，"所以，我们要到两千年前的坍塌古井里去探险？"

他没有遗落她话中的人数。"我们？"

"那是自然。"她说，"你不能先是用找到第一份出版的《鹅妈妈童谣集》来诱惑我——尤其是这本书有可能是我早上起来被困于南瓜的噩梦的解答关键，然后就把我扔到一边。而且，你知道怎么去古遗迹吗？相信我，若我告诉你那条路很漫长而且很难走，绝对不是吓唬你，那条路不是专门为美国来的学者观光设计的。你不会想要一个人去的。"

"谢谢你的提醒，但我能处理好学术象牙塔之外的世界，非常感谢你的帮助。我不是你想象的那种典型图书馆员。"

"这点我现在已经了解了。"她说，"你已经激起了我的好奇心，而且不止从一方面。但是，这并不能改变什么。我要和你一起去，不要再说了！"

她不容许任何争辩的语气，足以吓唬住任何出格的学生，但她并不知道，如果紧紧盯着这件事会把自己置身于何种危险。他理智清醒，不会让她无意间信步踏入潜在的致命危险中。

"听着，"他说，"并不是说我不感激任何陪伴——尤其是你的陪伴,但我的同事和我并不是唯一在寻找童谣集的人。我们还有竞争者,坦白地说,我不确定他们为了得到童谣集会对我们做出什么举动。我们这里说的,可能是威胁到生命的危险。"

"我一大早醒来就发现自己被困在南瓜里,自己不知道为何置身其中,会比我这种遭遇还糟糕吗?"

"大概是。"他说,"有时候,学术界的政治斗争是很激烈,但是,和那些猎取宝藏的人一比?"他试着表达究竟有多危险:"可不只是名誉被毁那么简单,如果你明白我说的是什么意思的话。"

"我了解了。"她沉默了一会儿,仿佛在消化他说的话,"但你仍然认为这项研究值得你冒险?"

他耸耸肩:"这是我的工作,不是你的。"

"但是,据你所说,我是鹅妈妈的曾曾曾……曾孙女之类的,所以,这也是我的任务。"她对自己坚定地点头,下了决心。"不管你喜欢也好,讨厌也罢,你摆脱不了我。杰克,杰克逊,管你现在怎么称呼你自己呢。如果没有我,你不能上山。"

斯通意识到这样争论下去,没有任何结果,好像他这颗空心南瓜已经被她塞得满满的。"好吧,我投降。"他败下阵来,"估计,每个杰克都要注定和他的吉尔在一起。"

她狡猾地笑起来,那笑容预示着"麻烦"。

"别得寸进尺,操之过急哦,杰克·斯通。"

他大脑飞速旋转,思考着如何回应她,忽然,头顶的电灯闪烁起来,然后熄灭,整间酒吧瞬间被黑暗笼罩。惊慌的喘息和大喊大叫取代了之前祥和的熙攘笑声,混乱的顾客和服务员面对突如其来的停电都惊慌失措,斯通有点疑惑不解。外面好像也没有暴风雨之类的突发极端事情发生。

"搞什么鬼?"吉莉安骂道,"这里不应该——"

电灯忽然又都亮起来,一如之前停电时那么突然,同时出现一个不那么讨喜的礼物。

一个巨大的橙黄色南瓜,大概有万圣节南瓜灯那么大的个头,神奇地出现在他们面前的桌子上。一看到这南瓜,吉莉安的脸瞬间白了。斯通推测,这个南瓜应该没有困住她的那个南瓜大,但足以让她想起最近的困境。

估计就是这么回事,拿南瓜吓唬她,他推断。

"搞什么……?"她结结巴巴说不出话来,"这是怎么……?"

斯通越过桌子,握住她的手,想要安慰她。"别紧张,"他轻声说,"只是个南瓜。"

"不。"她声音颤抖着说,"绝不仅仅是南瓜而已。"

她把南瓜旋转了一下,他得以看到南瓜皮上刻着的字,这种刻字方法在他儿时就认得。以前在故乡,农民们有时会在刚刚缔结的嫩绿小南瓜皮上刻字——比方说,小孩的名字。当南瓜逐渐长成,那些字也会长大,在亮黄色的南瓜皮外面形成凹凸不平的白色字痕,就像他现在正在看的这颗南瓜。

南瓜上的信息很短,而且观点明确:书是我的。

"见鬼!"斯通嘟囔。

看起来,吉莉安顿时大发雷霆也是情理之中。"真是疯狂,"她抗议道,"这是要干什么啊?"

"可能是个警告,"斯通说,"不让我们碰触那些消失的童谣。"

不要我们碰鹅妈妈童谣,毫无疑问。

她深吸一口气,稳定住情绪。脸上的气色逐渐恢复。

"这个警告是给你的,还是给我的?"

"我想,是给我们两个的。"他握紧了她的手,"如果你想要退出,我能理解你的。你可以安心回家。"

"你休想!"她的两颊因为气愤而涨红,说明这一针对她肆无忌惮的恐吓刚好达到了相反效果。"我已经受够了被南瓜欺负!"

她挥手把桌子上的恐吓南瓜推到地上。南瓜摔在地上,瓜瓤溅落得满地都是。吓了一跳的顾客们纷纷吃惊地看向他们,但吉莉安并没做任何解释,也没道歉。她腾地一下站起身,抓起外套穿到身上。

"喂?"她不耐烦地问斯通,"你到底还去不去?"

9

·佛罗里达州·

"借过一下。对不起。不,谢谢。我很好。"

今天是迈阿密嘻哈夜店"丝兰特"的麦克风开放日,卡桑德拉发现自己正置身于人海中,台下拥挤的观众正跟随舞台上的节奏和韵律一起点头和摇晃。天气炎热,人群拥挤,声音喧嚣,她几乎招架不住,开始头晕目眩,更别提执行在这种人群密集的夜店里找乔治·科尔这种让人气馁的任务了,乔治·科尔就是那个她剪贴簿里出奇幸运的剪树工。

这可不是我期待的"宝贝摇"场面啊,她心想。而且,音乐有必要这么大声吗?

她已经在城中跑了好几个小时寻找科尔,一直没找到,直到其中他的一个邻居帮她引向这间夜店。"你要在星期六晚上找乔治?"这位女邻居在把一大购物袋东西提进自家之前,这么说,"你该去丝兰特找。"

当卡桑德拉在人群中仔细查看无数张人脸之后,还是一无所获,没有一个人长得像网上新闻照片中的乔治·科尔,她真心希望女邻居的建议能更确切一点。随机出现的人推挤着她,或者抗议被她挤到。有人给她递来酒水，但想到不久前在伦敦道林格雷酒吧的醉酒经历，她毫不犹豫地谢绝了；她需要时刻保持头脑清醒。

我真的不需要在明天经历一回宿醉，她心想。不论是魔法还是其他形式的。

喧闹的声音和混乱的场面开始让她头疼。舞台上，一个接一个嘻哈歌手轮番登台演出，引得兴奋起来的人群一阵欢呼或者奚落。卡桑德拉没有注意这些演出，只是专注地在人群中搜索。感官的超负荷刺激让她头晕目眩，嘻哈音乐中打击乐器发出的四四拍节奏占据着她脑海，让大脑中充斥着很多数学干扰项：四拍接四拍，十六小节组成一节，第二个节拍是弱起小节，节奏和韵律组成了循环的模式，音节同步映射在断奏的图表上，味道闻起来像儿童阿司匹林那种怪味道……

停下来！她摇摇头，想要清除脑中的干扰。要控制住啊。

她很想返回去，到科尔的房门前蹲守，直到最后他玩累了，总会回家，但谁知道那会等到什么时候，尤其是无法预料他会不会在酒吧遇见什么人。詹金斯曾强调过，时间很紧迫，她需要尽快找到科尔，即使现在她也不知道该怎么做。

也许我可以先到外面呼吸一点新鲜空气，安静一下？

她正准备走向最近的门口，尽管喧闹的人群挡在她和门之间，就在这时，主持人走回舞台中央，介绍下一位表演者。

"迈阿密，燃不燃？你们还想不想听到更多劲爆的歌？"

观众一起高喊回应，声音震得整间屋子都在颤抖。

"好的！那就喊爆现场吧！现在，我们欢迎流行的强劲节奏，来自最受迈阿密庇佑的小黑绵羊，我们本地的慢摇牧羊人——波比！"

波，比？

卡桑德拉停住离去的脚步，转过身，恰好及时地看到乔治·科尔来到舞台上，他身穿一件超大码的T恤衫、运动裤，还有一双滑板鞋。他颈间挂着一个大号镀金糖棒形状的项链，卡桑德拉过了好一会儿才恍然大悟，那个项链象征牧羊人的曲柄杖。科尔从主持人手中接过话筒，自信地转身面向观众，开始了他的说唱：

他们叫我波比，因为我要照看我的羊；
我不是信口说空话，是真的走过一道道山岗。
没人是座孤岛，想要不迷失就把脚下路看好。
如果不信我的话，你要仔细你脚下。

卡桑德拉并不是嘻哈音乐的歌迷，但她的心脏却因为兴奋而怦怦直跳。她绝对找到了正确的调查方向：科尔大声说出他的鹅妈妈渊源，想让世界都看到、听到。都不必去回想伊丽莎白·古斯的家族图谱中他那分支如何沿袭，她立刻就知道自己初战告捷。

你想要找好羊倌，你要记得我波比；
我在夜里仍放哨，因为夜狼不睡觉；
没人比我更敏锐，书中也会说我对；
羊群交给我守护，要相信我手里的拐杖和你的书。

焦急地等待"波比"结束他的表演时，卡桑德拉发现自己正随着节奏用脚尖点地，沉浸在嘻哈音乐里。最后他唱完交出麦克风从舞台右侧离开时，她心里甚至都有点失落。她踮起脚尖，越过拥挤人群的头和肩膀，拼命地张望，努力不让他从视线中消失。

"科尔先生？乔治·科尔？"她大声喊出来，想要在喧闹的环境中让对方听到她。她从人群中挤过去，心里真希望自己是伊芙那种高大的身材和体魄。随着她挤过去，她身后的人们脸上不时露出厌恶的表情，嘴里咕哝着抱怨之辞，这状态简直是鲑鱼努力逆流洄游那么艰辛。"波比先生！波比！"

她疯狂的叫喊终于引起他的注意。他周围有些朋友或者是歌迷，在他表演结束后正和他玩闹。听到叫自己，他非常好奇地盯着她。卡桑德拉知道他看上去非常疑惑的原因，她的穿着不像是来夜店消遣的。她身穿一件彼得潘圆领罩衫，粉红的花裙子，下身穿着过膝长袜，这身打扮一点都沾不上嘻哈的边儿。

"哟！"他回应道，"你迷路了吗，小绵羊？"

现在可找到路了，她心想。"我能占用你一点时间……吗？"

他示意让他的粉丝团给她放行，让她走过来。她松了一口气，从人群中冲过去，走到他近前。她的嗓音因为叫喊已经变得嘶哑。

"科尔先生？"她开口道，"我的名字是卡桑德拉，我……"

"叫我乔吉①。"他咧嘴笑道。他是个高大、健壮的家伙，与他相比，她比往日显得更加娇小、柔弱。他剃光的头在夜店灯光下亮闪闪的；他面容上快乐的表情让他魁梧的体格不那么吓

---

①乔吉，是乔治的昵称。——译者注。

人。"就和'乔吉·波吉'①里的名字一样,你知道吧?"他上下打量起她来,"我亲吻女孩,让她们哭起来。"

卡桑德拉觉得,恐怕他是会错意了。她是个图书馆员,不是什么花痴少女。"我相信你做得到,但我真的需要和你谈谈其他重要的事。"

"你是星探吗?"他问,"你喜欢我刚才唱的歌吗?我还创作了很多新的说唱音乐,绝对押韵,绝对流畅。"

"不,不,不是这样的。"卡桑德拉打算不绕弯子,直接切入正题,以免更多误会。"是关于……鹅妈妈的。"

他的脸瞬间被点亮。"哇,小姑娘,为什么你不早说?我写的当然是鹅妈妈啊。"他拍拍胸脯说,"你以为我从那里得来的押韵技巧?我发誓,你面前的我,就是纯正鹅妈妈的直系后代,是最古老的说唱音乐家后人!"

很明显,他以自己著名的祖先引以为傲。

"我知道!"卡桑德拉说。伊丽莎白·古斯家族图谱在她眼前闪闪发亮。"我正要和你说这件事。"一位走偏的酒吧客人与她擦肩而过,把她挤到另一边。她发现自己正站在一摊溢出的啤酒里。"我们可不可以先到其他……不那么让人分心的地方?"

---

① 《乔吉·波吉》是《鹅妈妈童谣集》中的一首童谣:
　　Georgie Porgie, pudding and pie,
　　Kissed the girls, and made them cry.
　　When the boys came out to play,
　　Georgie Porgie run away.
　　乔吉·波吉,布丁和派,
　　亲吻女孩,让她们哭起来。
　　当男孩们跑出来玩,
　　乔吉·波吉赶紧跑开。——译者注

科尔点点头:"我知道有个地方不错。"他和那伙粉丝团挥手告别,然后指引卡桑德拉来到后台的后门,"我们走吧。"

出口外面是一处拥挤的停车场,由几盏被高高架起的路灯照亮。凉爽的夜风拂来,缓解了酒吧里的闷热。科尔的车——一辆知更鸟蛋壳蓝的敞篷车,很容易就能认出,因为它的个性车牌相当浮夸——"BO PEEPS"(波比)。他绅士地打开副驾驶车门:"欢迎来到我的另一个小家。请随意,不要拘束。"

卡桑德拉犹豫着,但只有片刻。曾几何时,她才不会就这么上一个陌生男人的车,但那是她做图书馆员之前的事了。她陷入过多维涡流中,掉进洛夫克拉夫特[①]式地狱维度,新工作让她在其他时间点上还经历过魔女摩根、莫里亚蒂教授和大坏狼等对手。她认为自己能处理一辆停在迈阿密的敞篷车。

另外,她感觉和科尔还挺投缘的。

"我们要去哪里?"她问。

"我不知道。你有想要去的地方吗?"

"这个,去哪里要取决于你给我的答案。"她在进入车门前,深吸一口气,"我是个图书馆员,我正在寻找一本书……"

"是鹅妈妈魔咒书吗?被分成三部分的那本?"

卡桑德拉惊奇得直眨眼:"你知道这书?"

"当然。可能你还不知道,我对我们家族历史可是一清二楚。你得了解自己从哪儿来的,然后才能知道自己要往哪里走的,对吧?我知道那个协议的来龙去脉,而且我可以按照节奏说出来:嘿,魔咒,童谣,协议……"他用大拇指指向心脏。"鹅妈妈精神,时刻深埋在这里。"

[①]洛夫克拉夫特,全名霍华德·菲利普·洛夫克拉夫特(1890—1937),美国古典恐怖小说作家,他的作品中展示出独特的宇宙观。——译者注

卡桑德拉完全没适应调查的进度这么顺利。"你对……魔法这种事一点都不怀疑？"

"哦，当然不会怀疑。这个世界充满了各种科学无法解释的千奇百怪事件。你需要做的，就是睁开你的眼睛，然后仔细看看周围。"他指着他们头顶星星闪耀的夜空说，这时，一颗流星恰好扫过头顶天空。"不相信吗？如果你听说过我在白天工作上经历的那次完全疯狂的事以后，也许你就会相信了。"

"你说的是你神奇地从高空掉进蹦蹦床？"

这回，轮到他吃惊了："你已经听说过这件事了？"

"正是因为这件事，你才引起我的注意。"她透露，"也许你可以和我说说那天到底发生了什么，我想听你亲口说。"

"用我喜欢的方式说。"他打趣道，"那坐稳了，让我告诉你，小绵羊。"他假装拿起一只麦克风放到嘴边。"我是一个剪树工，在我的说唱走红之前好支付账单；有一天，我站在作业平台上，专心修剪树木，突然间，一股不知从哪儿来的狂风吹过来——就像是埃姆婶婶①那样的龙卷风——大风把我从平台上吹走，卷入半空中，一直飞，一直飘。"他回忆起当时，打了个冷战，"现在我不恐高了，高度完全没问题，但我也不怕被人笑话，当时我真的吓得像个婴儿一样哇哇大叫，心里想：完了，这次死定了。你要理解，我们这里说的高度，可是至少距地面24米高的高空。我能预见的，只有'啪'的一下砸到地面上。"

他为了表示强调，用手拍了一下仪表盘，吓得卡桑德拉跳了一下。

---

①埃姆婶婶是童话故事《绿野仙踪》中女主人公多萝西的婶婶。主人公和叔叔婶婶所住的小屋位于龙卷风频发的地区，常常有忽然出现的龙卷风打乱他们的生活。——译者注

"但是后来,就在我心里还在祈祷时,那股疯狂的大风把我带离了公路,来到了一户人家上方的半空中,然后把我扔到一个孩子的蹦蹦床上。"他摊开双手,表示不可思议,好像对自己幸存下来十分震惊,"很疯狂,对吧?别告诉我在这么大这么辽阔的世界上没有幸运和魔法!"

"我绝对想象不到。"她说。

"但这件事和鹅妈妈有什么关系?"他问。

"宝贝摇,"她提醒他,"大风起,摇篮掉……"

他脸上顿时出现恍然大悟的神情。"见鬼!我怎么没想到呢?"他惊奇地望着她,"你是说,有人用鹅妈妈魔咒把我编排进恶作剧?"

"我想,你说的是一种可能。"她羡慕他丰富多彩的措辞。"而且,你不是唯一的对象。我的同事和我找到很多线索,认为有人伪装成鹅妈妈——大概就是其他可以继承鹅妈妈名号的后人之一——正努力收集童谣集的三部分,好解锁一种强大的力量……然后滥用这种力量。"

她觉得她不必把整个蛋头先生危机解释给他听,因为这件事比"怪诞"的程度要宏大无数个数量级。即使她的脑中无法摆脱"把蛋头先生组合到一起会重启宇宙大爆炸"这一想法。

"这可不是小事。"科尔一边点头,一边沉重地说,"所以,我的一个远房亲戚正在运用魔法的力量,在上演《权力的游戏》戏码?"

"差不多可以这么说吧,"她说,"或者至少说,这是我们猜测到的事态发展。"

他沉思了片刻:"你说你是什么图书馆员来着?"

"我们负责追踪那些危险的魔法书籍,别见怪,但现在真没有时间详细解释我的工作。"她希望科尔对自己家族的了解,能够尽快帮她提供线索,找到藏有《鹅妈妈童谣集》的地方,"你该不会是碰巧知道我该在哪里找到那份失踪的童谣集吧?"

"对不起,小绵羊。根据我家人的描述,这个秘密已经故意被埋藏起来了。鹅妈妈的魔咒书就像圣杯或者遗失的方舟一样——都不会再被人们找到。"

她压抑住冲动,没有提及这些古物现在就安放在图书馆的玻璃展示柜里。"所以,你的意思是不会帮我找到那本书了?"

"我是这么说的吗?"他对她的观念付之一笑,"听上去,已经开球了,游戏开始。当然要算我一个!"

听到他这么说,卡桑德拉很高兴:"你有没有继承什么家族遗物?例如,一件刺绣工艺品?"

她怀疑,在他车上肯定没有这种东西,但如果他能记住绣品上的童谣,也许她能借此找到些线索。

"我这就给你看,小绵羊。你的工作业务还真是精通,说得很对。你仔细瞧瞧这个。"

他用力拽起身上的大T恤,从脑袋处把衣服脱掉。

"哇喂!你停下!"卡桑德拉一边把双手挡在身前,准备在必要时抵挡住他,一边从手指缝里偷偷看他,"我们还没相处到这种地步呢!"

"冷静点,小羊羔。"他转过身去,给她看后背,他皮肤上文着一首用歪歪扭扭的黑体字写成的童谣。"我只是想让你看看我的文身。"

"这就是你那件刺绣遗物里的童谣?"她问,"文在你后背了?"

"没错啊。像我之前说的,我从来都不会遗忘我是从哪里来的……而且，这个要比老奶奶的刺绣更硬核啊，如果你懂我什么意思的话。"他耸耸肩，"毕竟，我还要保持酷炫形象的嘛。"

卡桑德拉没对他的观念进行争辩。就她个人来说，如果要保存她家族的历史，她会选择一本漂亮的剪贴簿或者相册，但每个人都有自己的怀念方式。在起初的惊喜之后，她读起科尔后背上的文身。

> 从前有个扭曲男人，走了一里扭曲的路，
> 踏在扭曲的台阶上，看见扭曲的六便士。
> 买来一只扭曲的猫，猫抓一只扭曲的鼠，
> 他们一起生活在，一栋扭曲的房屋。

卡桑德拉在熟悉的童谣句子中寻找线索，不过，毫无头绪。"扭曲男人……呃，这就有很多种可能。六便士、台阶、猫、老鼠。这附近有什么特别的扭曲房子吗？"

"你说的是重罪里不正当作为的那种'扭曲'，"他问，"还是单单形式上的歪歪扭扭？"

"别问我啊，"她愈加沮丧地说，"这得问你诡计多端的祖先啊。他们中有人住在可能会被形容成……'扭曲'的房子吗？"

科尔挠起下巴，用力思考，卡桑德拉也和科尔一样被难住，不知道该怎么进行下一步追查。难道童谣里有什么她没注意到的深刻含义？艺术和诗歌之类的，是斯通，或者是詹金斯，再或者是弗林擅长的东西。为什么这一鹅妈妈家族分支没给她留一道伤脑筋的数学谜题呢？

她正准备打电话向詹金斯求助，忽然科尔灵光一现，他"啪"地打了一个大声的响指。

"神秘屋！我曾祖父并不是住在那里，但确定无疑的是，他负责管理建造神秘屋的建筑工程队，神秘屋可以算得上是'扭曲'的住宅。"

卡桑德拉一脸茫然，不知道他说的是什么。"神秘屋？"

"你是认真的吗？你竟然从没听说过威尔逊的神秘屋？你都在哪里过活啊，小绵羊？在岩石下？"

"确切点说，是在一座大桥下。"她回答，"但是，你刚才说的……"

"让我来给你指点迷津吧。"科尔重新把衣服套上，然后开始解释，"伊扎·威尔逊就是这个'扭曲男人'，他是个强盗贵族①，在一战后的繁荣年代里诓骗了很多人的钱。传说他和魔鬼做过交易，他把灵魂出卖了，获得财富和权贵，但有一个协议陷阱：只有当老威尔逊完成他的府邸建造后，魔鬼才能收走他的灵魂。所以，这个狡猾的老家伙就拼命让这座建筑永远不完工，这样就会以智取胜，战胜魔鬼。"

"可行啊，"卡桑德拉说，根据她过往的经验有感而发，"但这种事最好交给专业人士去做。"对于地狱之约的某些记忆如同地狱之火一样，在她脑海中"噼啪"作响，闻起来明显带有硫黄的味道。"我猜，这个主意最后并没有让威尔逊先生安然无恙？"

科尔点点头："你猜得很准。他们能找到的，只有一团他身影一般形状的骨灰。"

"哦。"卡桑德拉倒吸一口气，决定暂时还是不需要听到这么恐怖的细节。"无论如何，我明白了，威尔逊先生在某些方面

---

①强盗贵族，指某个时代由于政策的监管不力，而造就的垄断市场经济的金融资本家，尤指19世纪末至20世纪初在美国利用不正当手段获取财富和权力的金融资本家。——译者注

确实算得上'扭曲',但是,除了传奇的历史以外,他的房屋也这么扭曲吗?"

"扭曲,错乱,疯狂……全部用来形容那房子都不为过。似乎老威尔逊不完全信任魔鬼会遵守承诺,所以,他把自己的住所建造得特别复杂,让老撒旦来了也找不到路,然后也辨别不出房子到底建好了没有。里面充满了死胡同和奇怪的转角,还有很多秘密通道,让人疲惫的门和楼梯,奇怪的是,这些门和楼梯根本通向的是绝路。你亲眼见到就会明白我说的。那不是个房子,而是个六层楼高的魔方,还是没有明确直线边缘的魔方。"

这样的地方当然是藏匿书本的绝佳地点,卡桑德拉心想,被她听到的信息激起了好奇心,信心也大增。"你说你的曾祖父曾经在那里工作过?"

"绝对真话。他是当时这项疯狂建筑任务的总头,反正我从小到大他们是这么告诉我的。他的血汗都倾注进神秘屋的建造中,在那里工作,日复一日,年复一年,神秘屋的每一寸砖瓦上都留有他的指印。"科尔扬扬得意地说,对自己家族沿革的自豪感更加明显,"事实上,在我小时候,我爸爸曾经偷偷带我溜进去好多次……"

一个扭曲男人的扭曲房屋,卡桑德拉暗暗想。一个伊丽莎白·古斯后人建造了这栋巨大的迷宫一样的建筑,时间恰好和《鹅妈妈协议》生效的年代相仿。所有线索都连起来了,至少根据图书馆的特有预测方法来说,是这样。

她若有所思地看向科尔。

"你对这栋房子有多熟悉?"

"多熟悉?"他自夸,"我了解那栋房子就像了解我的——"

还没等他把话说完,头上忽然出现"轰隆隆"的声音,尽管夜空在几分钟前还是晴朗澄澈。暴风雨般的乌云不知从哪里翻滚而来,狂风呼啸着侵袭了停车场,好像故意要中断他们的谈话一样。一阵狂风吹过,把附近垃圾桶中的垃圾都卷入空中。快餐盒、音乐会传单、烟蒂以及其他垃圾胡乱地飞舞。一个空啤酒罐"嗖"的一下掠过科尔的脑袋,差点就打到他。卡桑德拉慌乱地挡开包裹在她脑袋上的一沓报纸,此时,她恍然发觉污迹斑斑的报纸是最不要紧的麻烦。遇到这种忽然转变天气的自然发生概率太小了,小到可以忽略不计。她知道,眼下在耳边呼啸的,是魔法。

大风起……

"绝对是巫术!"科尔说,得出同样的结论,"我之前就遭遇过这种大风!"敞篷车开始左右摇晃。卡桑德拉感觉到邪恶的狂风在狠劲拉拽她,想要把她从科尔和车身边拽走。

"系好安全带!"她在狂风中大声喊。她找到座椅的安全带,扣好,希望以此来挫败狂风不让他们离开的阴谋。"开车!"

"遵命!"科尔扣上安全带,启动敞篷车。一个飞舞的啤酒瓶"啪"的一声撞上前车灯,酒瓶和车灯都碎了。"是时候离开派对了!"

卡桑德拉抬头,在天空中寻找鹅妈妈的身影,但翻腾的乌云足够完全遮蔽住一大群母鹅或者公鹅了。也许,鹅妈妈是在远程遥控这起魔法?

啪嗒!

一坨异乎寻常大的鸟屎——分量至少有一加仑——砸到了挡风玻璃上。玻璃外面顿时被抹上一坨微绿浅白色黏糊糊的屎。

也或许,距离没那么远,卡桑德拉在心里纠正。

科尔盯着挡风玻璃上令人恶心的肮脏物。"老天爷,这是开什么玩笑!"

"快开车!"她大声喊,"油门踩到底!"

"但我的挡风玻璃都被糊住了!我看不到前面的路了!"

"别管那么多,只管开吧!快开走!"

更多特大号的鸟屎从云端落下来,掉落在敞篷车的周围,停车场的其他车辆也惨遭鸟屎攻击。这些车主从夜店出来后,一定会非常沮丧,但是卡桑德拉无暇顾及这些。汽车飞快地驶离停车场,前挡风玻璃上的雨刷器得到充足的试炼。卡桑德拉希望这辆车能跑得像它看上去那样快。他们需要快速地远离鹅妈妈,及时到神秘屋找到那遗失的童谣书。

最好是不带着鸟屎啊。

10

·俄勒冈州·

"这是什么?"贝尔德问。

附件馆里,詹金斯把一张彩色的老照片"啪"的一下拍到她办公桌上。她在办公桌上正徒然地尝试联系弗林,也没找到一丁点能了解他目前行踪的线索。短信、电子邮件和社交网络都没用,他的预约本和个人计划也没提供什么有价值的信息。她知道他牙科预约门诊的时间,但那是他在鹅妈妈魔法游乐园遭遇什么不测之前的事——从那以后,再也没有他的踪迹。

"纪念品?谜团?线索?"他严肃地站在桌前,几乎没有正面回答她的问题,"我也只能靠猜,上校。"

贝尔德仔细看着这张照片,从上面的人和景物来看,照片是在鹅妈妈魔法游乐园鼎盛时期拍的。一个顶着鸟窝头的男孩,大约七八岁的样子,站在蛋头先生前面笑着朝镜头挥手,那个时候,蛋头先生的状态要比贝尔德几个小时前见过的好很多。蛋头先生身上新喷的油漆还没有褪色,也没有剥落。背景上的草坪和花圃看上去修剪得整齐美观,没有野蛮生长到过高的花草和丛生的杂草。太阳高照的湛蓝天空说明,那是一个好天气,适宜全家无忧无虑地出游。

一张过去的度假照片？

大概是，贝尔德推测。在她上网查找有关荒废的游乐园信息时，碰到过很多这种照片。"你在哪儿找到这张照片的？"

"一个落满灰尘的文件夹里，"他说，"本应该放着《鹅妈妈协议》的那个文件夹。"他擦掉袖子上的一点毛絮。"我觉得最好是查阅一下原始的文件，当我找到正确的文件夹时——要知道这需要花费很多的精力和时间去挖掘，可是，结果文件夹里只有孤零零的一张纪念照片。"

她斜眼看了一眼照片。"呃，照片上的时间看上去不像是缔结协议的 1918 年拍的。"她留意到，照片上的男孩穿着普通的儿童衣服——一件 T 恤，一条短裤，一双运动鞋。他的脸让她隐约感到熟悉，但她又不确定这熟悉感是从哪里来的。"你认识这个小男孩是谁吗？"

"我不知道。"詹金斯说，"起初，我觉得好像认识他，但是直觉有时候也会犯错。原则上来说，我谢绝一切儿童，因为他们大多太过幼稚，缺乏得体的举止，这么多年来，我也见过了足够多的孩童，他们最初还没长成的模样已经在我记忆中变得模糊了。"他嗓音中夹带一丝若有若无的哀伤，假如真的有，也只有短暂的片刻。"除了那个叫莫德雷德① 的小孩。那是个非常可怕的人，即使是个孩子……"

这让贝尔德心里不禁怀疑詹金斯是否做过父亲，如果他曾育有子女，他活了这么久，那他孩子的后代得有多少人。她想

---

① 莫德雷德，传说中亚瑟王的私生子。魔女摩根用迷药使亚瑟王误认为她就是王后桂妮维亚，因而亚瑟王与摩根曾共度一夜，不过只这一次，摩根便怀了亚瑟王的孩子，这个小孩便是莫德雷德——预言中，他的天命将毁灭亚瑟王建起的不列颠王国。——译者注

不出如何才能用礼貌的话问他，无论如何，她不想重新撕开他心中的旧伤，而且这也和她没任何关系。

况且，目前我们面对的任务还如此紧迫，她心里盘算着。"那真正的协议去哪儿了？"

"我也不知道该怎么解释它的失踪。"他承认道，"值得注意的是，魔法图书馆从现实中消失过，然后又被找回，后来图书馆失去了它的记忆，再后来又找回记忆，整个经历大概也会让这份文件错误地放置到其他地方。"

"就在我们有一个凶恶的鹅妈妈出现的同时？"贝尔德不接受这种说法，她怀疑詹金斯本人也不相信这种理由。"你自己一点也不信刚才说的那些话，对吧？"

"对，"他阴郁地说，"我也不相信。"

"好吧，"她说，"这还真是我们'需要的'——另一个谜团。"

她从办公桌旁起身，焦虑不安地在附件馆里来回踱步，思考着下一步该怎么办。她相信她的图书馆员可以在各自领域处理得当，但她不甘心于守着阵地，在这么危急的时刻还守在图书馆。这是詹金斯的工作。

"我想出发去帮助他们其中一个，"她对詹金斯说，"但是帮谁呢？斯通？伊齐基尔？卡桑德拉？还是我出去找弗林？很难说到底谁需要后援……也很难说下一个鹅妈妈会出现的地方在哪儿。"

"的确。"詹金斯开始整理办公区，也许只是为了忙碌起来。"我也许会建议你——"

一阵警报器的嗡鸣打断了他的话。贝尔德警觉地看了看上边，她的肾上腺素瞬时被激发，随时准备突发行动。在过去几年，魔法图书馆不止一次被潜入后，他们采取了新型安防措施，警报器就是那时安装上的。普洛斯彼罗、莫里亚蒂、红桃皇后和弗兰肯斯坦的怪人都是迫使图书馆使用安防设施的最后冲击力，单是她能想到的就有这些。

"詹金斯。"她开始说话。

"我在查呢，上校。"

詹金斯用力拍了一下手，让刺耳的警报停住了声音。他走到房间的另一端，猛地拉开一面魔法镜子上遮盖的帘子，这面镜子实时监控着图书馆的各个地方。镜面上没有他的镜像，由木框镶嵌的镜子中，出现的是一间宽敞的房间，里面有很多书架、书桌和古老的台灯——那是典型的图书馆画面。画面上略带有怀旧色调，这件魔法监控器有闭路电视监控系统的功用。贝尔德相当不理解他们为什么不安装一些非魔法的监控摄像头，但詹金斯有时候相当固执。不论怎样，这是以后某天该操心的事。现在，魔法镜子有消息要告诉它们。

"骚乱似乎发生在主阅览室。"他检查完画面后，如此汇报。书都掉落在地，台灯被打翻，说明警报器的警铃并没有报错。"我再说一次，"他干巴巴地说，"我们真是需要考虑图书馆应该收费进入。"

贝尔德加入詹金斯，走到镜子跟前。"鹅妈妈吗？"

"一只鹅，"他回答，"但不是鹅妈妈。"

一只大个头的白色大鹅在银色的镜子里飞跃，它胡乱地在阅览室来回乱飞，好像要找到那间广阔屋子的最佳出口。魔法镜子没有声音，所以贝尔德听不到大鹅的鸣叫，但她很容易就能想象出这只狂暴的大鸟所发出的聒噪声音。她盯着屏幕，过了好一会儿还没认出这只乱蹿的大鸟。

"这是——?"

"下金蛋的鹅,"詹金斯一边点头一边确定地说,"根据古老童谣里所说,这只下金蛋的鹅曾经属于鹅妈妈和她的儿子杰克。"他背起记忆中的童谣片段:

> 杰克这样告诉我,
> 在个晴朗的早晨,
> 他有一个大发现,
> 他的大鹅已为他,
> 下了一颗大金蛋。

贝尔德看着这只童话中的母鹅,从她做守护者起,她就已经知道了在图书馆看护下的大鹅,但之前它一直很懂规矩。"我没听过这首童谣。"她承认。

"这就像国歌,"詹金斯说,"所有人都知道开头,但是后面的……?"他耸耸肩,对大众知识会存在可悲的代沟好像没什么可说的。"无论如何,我推测,最近急剧增多的鹅妈妈魔法扰乱了我们这只大鹅的心性,它也许迫切想要回到最初的女主人身边。"

"或者是回到它的公鹅伙伴身边。"贝尔德说。

"也有这种可能,"詹金斯承认,"它不经常出去。"

一般,这只大鹅平静地居住在图书馆的一处围栏里,但一定是有什么东西刺激了它,好像它被……呃,非礼了。暴怒的大鹅在阅览室乱飞时又撞翻了一盏古老银行家台灯,贝尔德看到后不禁皱起眉头。台灯摔到铺着地毯的地面,被摔得粉碎。

"真是太'好'了,"贝尔德讽刺地说,"就好像我们现在不够忙、不够乱似的。"

"从图书馆角度来说，同时处理多项任务是工作的先决条件，"詹金斯说，"更别提 2000 年那时候了。我们需要同时应对千年虫，毒王袋鼠的第七次苏醒，还有欧米茄彗星导致的白天时间过长，相信我，没有轻松的时刻。"他从镜子前走开，开始往其中一扇通往图书馆深处的门走去。"请快点，上校，看样子我们有只捣蛋的大鹅需要捉回来。"

贝尔德质疑他工作处理的先后顺序。"我们真的有必要现在就处理它吗？难道我们不应该集中精力在鹅妈妈身上而别去抓逃走的大鸟吗？"

"你也许低估了这一状况的严重程度，上校。"詹金斯在走廊上停住脚步，认真地解释，"我们不能冒险让这只大鹅逃出图书馆，更别提它还有下金蛋的特性。不仅仅是因为这只特别的鸟会对黄金标准造成威胁，由此影响整个世界的经济，还因为魔法黄金本身就自带厄运倾向，容易在世界范围内引起流血事件、背叛，甚至是战争。这点，你只需问瓦格纳[①]……或者托尔金[②]，就能明白。"

我的宝贝[③]，贝尔德心想。"我清楚了。"

"另外，"他用手指勾画出他要强调的重点，"一只逍遥乱走的大鹅在图书馆里乱闯，很可能引发其他爆炸性结果，因为它很有可能会唤醒其他危险的遗物，造成更多混乱，可以想象，

[①]瓦格纳，德国音乐家，著有著名歌剧《尼伯龙根的指环》和其他歌剧，以及其他管弦乐曲。——译者注
[②]托尔金，英国作家，语言学家及大学教授，著有《霍比特人》《魔戒》等奇幻巨著。——译者注
[③]电影《魔戒》中经典人物咕噜的台词，原名史麦戈（Smeagol），曾是魔戒的持有者，后来受魔戒的诱惑而堕落，常常称呼魔戒为"我的宝贝"（my precious）。——译者注

如果那样的话，一连串的连锁反应会酿成更大灾难……就像理论动物寓言集中的麦克斯韦妖[①]逃出来的那时候，它只是吃多了'愤怒的葡萄'而晕醉，就差点打开了潘多拉的盒子。"他严肃的声调暗示结果会相当恐怖，"除此之外，我本人实在不想到书柜或者真品蒙娜丽莎身上去打扫鹅屎。"

"行了，"贝尔德说，"你说得已经足够劝服我了。我们去抓鹅吧。"

抱歉了，伙计们，她在心中默默对她的图书馆员道歉，看来你们只能自己独自行动了，我和詹金斯要去追寻一只……真正的大鹅。

———

詹金斯锁住了身后通往附件馆的房门，这样能保证大鹅不会逃出图书馆。贝尔德让詹金斯领她到阅览室，大鹅最后出现的身影就在那里。她已经开始熟悉图书馆的主建筑群了，大概可以这样说吧，但詹金斯兴许更了解图书馆内部神秘而复杂的偏僻小路、近道还有各个分支，关于这点，在这个世界上他也许比其他任何人，包括弗林都更了解，所以贝尔德更愿意让他打头阵。他们越快抓住那只淘气的大鹅，越好。

"那个，童谣里有没有说怎么才能抓住那只大鹅？"她一边问他，一边跟随着他匆忙从布满书架和展示品的走廊里走过来。"我的意思是，有没有什么有用的线索。"

"那要看你如何定义'有用'，上校。"他挥舞起一柄大号的捕蝶网，那是他从超自然历史区征用来做工具的。"在童谣里，出格的大鹅最后是被捉住了，还被人收回——被鹅妈妈收回的，

[①] 麦克斯韦妖，物理科学中假想的妖，它可以探测单个分子的运动。——译者注

这大概是我们不想要的结局。"他背诵起童谣的后文：

> 杰克的妈妈走过来，
> 很快把大鹅抓回家，
> 她骑到大鹅后背上，
> 一直飞到月亮上啦。

贝尔德回想起从荒废的游乐园离开的鹅妈妈，也是骑着公鹅的后背飞走的。她可不想在她自己的办公区域再看到那个干瘪的老太婆。

"是啊，我们最好还是别叫她来帮忙了。"

他们到达阅览室后，发现大鹅已经从这间屋子飞走了，留下满地狼藉，还有一个金光闪闪的大蛋。亮红色的地毯上，静静躺着一颗大金蛋，反射着头顶电灯的光芒。从形状和大小来说，它和普通的鹅蛋差不多大，但它蛋壳的金属光泽绝非装饰和粉刷得来。这是货真价实的一颗金蛋，刚刚产下的。

"没错，是我们的大鹅。"贝尔德拿起鹅蛋，重量不轻，毫无疑问是全金实心的。金蛋还带着热度，摸起来有点烫手。"我觉得它没走远。"

"希望是吧。"詹金斯说，"图书馆几乎无边无际……而且，我还没穿我的运动鞋。"

贝尔德停留片刻，观赏起手中光泽闪亮的鹅蛋。"我不禁猜想，伊齐基尔到现在偷走了多少个这么漂亮的宝贝啊。"

"一个也没偷走过。"詹金斯自信地说，"我管理大鹅的金蛋可是非常严格，没有遗漏任何一个，至少可以说，这个世纪我没弄丢过一个。而且，我怀疑琼斯先生认为从图书馆里偷走东西不够刺激,无法激起他的兴趣吧……谢天谢地。我个人对他的印象啊,基本上,他的偷盗行径是出于自负而非贪婪。"

"换句话说,都是为了攒吹牛的资本呗。"她思虑了一下说,"是,这个看法很有道理。"她把精力重新转移回手边的工作上。"我们下一个要去查看的地方是哪儿?"

"答案很简单,上校。"詹金斯看到阅览室的另一端有第二个蛋,就在一扇门前。"我们跟着蛋走。"

詹金斯言出必行。他们离开了乱糟糟的阅览室,发现鹅蛋的路线引领他们在图书馆里来来回回兜圈子,每个新蛋都是隔了30米远的距离。贝尔德已经放弃把所有蛋都收集起来的想法,至少现在无暇挨个拣鹅蛋了,但他们很快就发现了足够填满一个大篮子那么多的鹅蛋,很难想象谁能提得动这么沉的东西。

"鹅蛋也太多了!"贝尔德说,"通常,它就这么爱下蛋吗?"

"不是。"詹金斯依旧握紧了手中的捕蝶网,这个大网过去曾经用来捕过一两只天蛾人,不过,那都是在贝尔德来图书馆之前的事了。"毫无疑问,鹅妈妈魔法被滥用刺激了它,让它能下更多的蛋。这就给我们多了一个理由:必须把它安全圈回笼子里,以免——"

贝尔德的脸上露出担心的慌张神色。

"以免什么?"贝尔德问,"只要这些蛋还在图书馆里面,就没有太大问题,对吧?"

"那不一定。"他阴沉的面容由关切转为痛苦,"千百年来,人类的欲望和偏爱赋予了黄金某种神话般的特质,远远超过了黄金本身的物理性状和稀缺性。我担心这么多散落的黄金会……激起……另外展览区其他某些物品的反应。"

他说的这事,贝尔德可不喜欢。"什么物品?能有什么反应?"

还未等詹金斯详尽说明,从前头传来一声巨大的沉闷撞击声。反复发出的"咔嗒"声沿着走廊朝他们逼近,但声音听起来并不像是行为过激的大鹅在飞行,而更像是一种沉重的东西不断在敲击。詹金斯疲倦地叹了一口气。

"你自己看吧。"他说。

贝尔德赶紧跑上前去查看,她走进一间里面铺着地板的陈列室,似乎之前她没有进去过。木架和底座上摆放着各式各样的神秘遗物,但她的目光最后锁定在声音的发出者上——一个18世纪的大宝箱,宝箱正在"X"形底座上前后摇晃。

就是这里了!

宝箱是用坚固的橡木做的,外面还有铁皮加固,样子看上去简直与《金银岛》①或者埃罗尔·弗林②演的电影中的宝箱如出一辙。一个金属挂锁封闭着它的开口,但此时,整个宝箱都像着了魔一样,箱口激烈地跳动着。宝箱里面看不到的东西同样发出"咯咯"的响声,导致整个宝箱莫名其妙地躁动不安。

贝尔德小心地看着眼前这个按捺不住的宝箱,小心程度一如她在反恐岁月中看一枚随时会爆炸的大规模杀伤性炸弹。她急忙停住脚步,不知道是该用什么办法"平息"这个宝箱才好,还是卧倒寻求掩护。

"现在该怎么办?"她疑惑。

---

① 《金银岛》,作家罗伯特·路易斯·史蒂文森创作的长篇小说,故事围绕着海上找寻宝藏的故事展开。——译者注
② 埃罗尔·弗林,澳大利亚演员、编剧、导演,出演过很多有冒险精神的电影,例如《铁血船长》《英烈传》《侠盗罗宾汉》等。——译者注

一阵剧烈的颤动使得宝箱从底座上掉下来，狠狠砸到这个收藏馆的木头地面上。箱子上的挂锁摔松了，"咔嗒"一声掉落到地上，宝箱盖子忽然打开，展示出里面的财宝——多布隆金币、珠宝、金盘和金杯。箱子里面散发出一股浓烈的火药味，让她联想起海盗船向西班牙帆船队开炮时的情景，也许是"黑胡子"[①]船长的火药引线味。据传说，他把火药引线编进他脸上的胡须里，好让他看起来更凶恶。正在贝尔德睁大眼睛看的时候，箱子的上盖不停地闭合、打开，这一举动使它看上去像个凶猛地上下咬合的骷髅嘴。

"我担心的就是这个。"詹金斯从她身后追赶过来，"这些大鹅下的蛋，如此随意乱放，恐怕会唤醒'亡灵的宝箱'……它一直都特别钟爱黄金做它的腹中食。"

贝尔德看到另一颗闪着光泽的金蛋就躺在她脚下。她弯腰拾起金蛋。

"它要追逐这些金蛋？"她问，"但它只是个木头箱子啊。它要怎么……"

宝箱的四个角长出了四条木腿，把宝箱从地面上支起来。

"没事了，我知道了。"贝尔德说。那只宝箱快速逼近她，就像一只螃蟹一样，它的大嘴还贪婪地"啪嗒啪嗒"不停咬合。

"小心，上校！"詹金斯说，"它在追那颗金蛋！"

留意到他的警告，贝尔德朝着向她逼近的宝箱高高抛出那颗金蛋，免得那个宝箱咬到自己。"走你！'吃豆人'[②]船长。"

[①]黑胡子船长，是16—17世纪臭名昭著的海盗，原名爱德华·蒂奇，他曾率领着一支海盗军团，他的海盗船上有40门火炮，另外还有三艘护航舰。——译者注
[②]吃豆人，是电子游戏历史上经典街机游戏，是一个嘴巴一开一合吃豆子的人头形象。——译者注

"等一下!"詹金斯喊得太晚了,"永远别喂任何东西给一个觅食的宝箱吃!"

他怎么现在才说这话,贝尔德心里埋怨。她无助地看着兴奋的宝箱用张大的嘴巴接住了金蛋。它的盖子立刻紧紧扣上。宝箱里面传来"嘎吱嘎吱"的咀嚼声,很显然,它在痛快淋漓地享用那颗金蛋。

"为什么永远别喂东西给宝箱吃呢?"贝尔德问。

"因为宝箱越吃东西,就会越饿,越贪婪。"詹金斯解释说,"很快,金蛋就不能满足宝箱的胃口了。"

"对战利品永远都不满足,是吗?"她说,"不出所料。"

宝箱的上盖又打开了,完全看不到吃掉的金蛋踪影。这个箱子仍是饥饿,开始像循着气味的猎犬一样,转过身,用四条小木腿开始向图书馆深处进发。

结果不曾想,这小木腿走得飞快。

"哦,天哪!"詹金斯说,"还记得我之前说过危机会升级恶化的话吗?"

贝尔德准备好了会听到更糟糕的消息:"不要有所隐瞒。这件事能有多糟?"

"比弗拉德·采佩什[①]一家人团聚还恐怖。"詹金斯回复,"上校,这下就不仅仅是大鹅,也不仅仅是金蛋的问题了。图书馆照看着很多珍贵的不可替代的黄金遗物,只要那只饥饿的宝箱还在四处游荡,这些宝物就都很危险。"

[①] 弗拉德·采佩什(1431—1476),是瓦拉几亚(古罗马尼亚)大公,因为他掌权后滥用刑罚,常常执行穿刺之刑,加上他的名字"采佩什"的罗马尼亚语意思是"穿刺",因而他被世人称为"穿刺大公"。他是著名的吸血鬼传说"德古拉伯爵"的原型。他的父兄在他和弟弟被送到奥斯曼做人质时,都因政治原因被杀,后来,他摆脱人质身份,成为大公。——译者注

"那我们怎么让它停下来呢?"她问。"一把魔法短剑?还是用一门老式的船上火炮?"

詹金斯摇摇头:"我担心的是,要比这些方法更费劲,更复杂。"

"不是一直都是这样吗?"贝尔德问。

"我们不能打破这个宝箱,"他进一步解释,"以防困在里面的恶灵被释放出来。"

"恶灵?"

"你听说过十五个亡灵被封印在一个箱子上吗?"詹金斯反问道,然后接着说,"呃,其实更准确地说是被'封印进'一个宝箱里,而且,他们都是非常、非常邪恶的人……"

她明白他的意思:"对残忍的事永远没有止境地渴望,是吗?"

"是的,以我的经验来说,他们不会停止作恶。"他凝视着走动的宝箱消失的方向,"可能我临时下命令会冒犯你这位驻地军师,但我还是建议,我们兵分两路吧。我继续去追大鹅,你去负责追宝箱……别让它吃任何我们更珍贵的宝物。"

"对此我没问题,"她说。

"那就祝你好运了,上校。"他严肃地说,"我觉得无法再强调你负责的工作有多重要了。图书馆并不是仅仅把这些宝物收藏、隐蔽起来,我们为了后世还有责任好好妥善保管它们。我们保存的珍贵文件和物品,都是为了全人类,对历史负责,尽管根据不可抗力的原因,有些东西需要锁起来。"

"这是我们为什么不简单地就毁坏它们的原因,因为只有保存完整才更安全。"贝尔德一边心领神会地说,一边点头。任务目的非常明确:阻止宝箱毁坏图书馆,还不能破坏宝箱本身。

"那只四条腿的箱子能往哪里跑呢，有什么想法没？"

"最大的实心黄金艺术品都在古文物区。"他提议，"我强烈建议你在箱子之前到那儿。"

"但我该怎么才能——？"

忽然，一声大象的长啸从他们身后的远处传来。还有鲸鱼的歌声莫名其妙地在远处回荡。一只恐龙咆哮起来。

"别见怪，上校，我觉得大鹅在大动物馆里招惹了动物们。"他白了一眼，然后匆匆跑开，"我发誓，大祸从来不单行……"

贝尔德一个人站在展示馆中，面对"X"形的基座和忽然天降的大任。"任务传达结束。"她嘟囔，"立刻执行。"

哟呼，有只海盗宝箱等着我去收拾。

11

· 俄亥俄州 ·

当伊齐基尔和玛丽到达会场时,班伯里展览正热闹着。当地人成群结队地涌进会场,整个会场占地有几英亩大,还有几座建筑物。木屑铺满了中间的步行街,沿路有很多小吃摊在吆喝着卖玉米热狗、焦糖苹果、棉花糖和漏斗蛋糕。一辆大观光车可以让上面的乘客俯视周边的乡村风景。评选出的获奖牛、羊,还有其他牲畜,都在畜舍里闲逛。很多需要技巧和幸运的游戏无疑是在操纵、榨取傻瓜,但给年少的男孩们一个机会,赢来的超大号毛绒玩具能讨约会对象开心。新鲜的水果和蔬菜被精心地摆放、陈列出来。一旁的复古旋转木马传来风琴的音乐声。午后的晴朗天气十分配合展览会,天空湛蓝澄澈,秋高气爽。另一边的链锯切割展示吸引了一大群人。

"我觉得我们可以先从'派'开始找起。"玛丽穿过人群,给他领路。"烹饪商品在这边。"

"好的,好的,夫人。"伊齐基尔暂时只能听从这位发号施令的图书管理员,于是一路跟着她。谁知道呢,他想。说不定一个本地的向导迟早会有用处。

另外,他好像也没什么在乡村展销会上穿行的经验。隐蔽的墓穴、私人宅邸、世界级的博物馆、戒备森严的军事基地,这些地方他都游刃有余,但一个不起眼的小镇上闹哄哄的周年庆典?绝对不是他平常会"光顾"的地方,也没有什么"光顾"的理由。这里有什么好偷的?是小猪?廉价的街边活动奖品?绑着蓝丝带的茄子?还是什么其他不值钱的东西?

"由我来领路,你没有什么意见吧,琼斯先生?很高兴最终你愿意用我的方式来调查。"

"似乎,你也没给我其他什么选择。"他再次质疑她的动机,心里暗暗想,还是随时都在她身边为好。如果她要耍什么诡计,我至少知道她在哪儿。亲近你的朋友,但更要亲近你的鹅妈妈敌人[①],类似这样的话吧。

他顺手从纪念品摊位上牵了一个氢气球,只是手痒练练手。随着他跟在玛丽后面走向派的展览区,气球在空中上下摆动。派展览区在一个开放式的亭子里,离游乐园的游乐设施不远。一排排刚刚烤好的派被整齐地放在木头屋檐下的野餐桌上,吸引了成群的游览者驻足品评。红、白、蓝色的丝带标记出某些获得特殊荣誉的餐点。一阵清凉的秋风拂过,飘来令人垂涎的派香。伊齐基尔的肚子咕噜叫起来,提醒他已经好几个小时没有吃东西了。他也看到有些切出来展览的小块派,小心地被保鲜膜封好保存。经不住一块尤其诱人的南瓜派诱惑,他悄悄走过去,用身体挡住了其他人的视线。灵活的手指够到那块派。

"把你的手拿开,琼斯先生。"

糟糕,被逮到了,他心想,抽回了手。永远不要低估一个

[①]这里伊齐基尔·琼斯仿用了《教父》中的一句经典台词:亲近你的朋友,但更要亲近的是你的敌人。(Keep your friends close, but your enemies close.) ——译者注

警觉的图书馆管理员啊。

"我只是想欣赏一下这些精美烘焙食物的品质。"他欲盖弥彰地说。

"呵呵,是吗。"她引导他从诱人的美食边走开,"等我们找到你疯狂理论中的那本书以后,我们会在其他地方享用美食的。"

"好的,夫人。"

心思回到案子上,他仔细查看起这座木制亭子,这里看上去很难藏匿一本遗失的《鹅妈妈童谣集》,即使说这书的三分之一也很难。整个建筑的结构牢固,地面是夯实的,四周的木头柱子也结实耐用,木屋式的屋顶是由原木搭建的。他用手指节敲了敲木梁,声音沉闷,并不像是中空的声音,实打实的实心木头。

哪里不对劲,他心想。这座亭子到也可能会有个藏东西的小隔间,但他的直觉告诉他——不是这里,而对这样的事情,他的直觉鲜少出错。"我感觉不太对。"他的视线穿过派展览的亭子投向展览会的其他地方,"这里有没有其他的地方可能会和派……或者和卖派的商人有关的?"

玛丽再三回想:"呃,大概好像曾有一两届平民教会或者其他组织筹办的烘焙展销会。他们的货摊应该在社区会堂里,就在艺术品展区的旁边。"

"烘焙展销会?"伊齐基尔摇摇头。这种小型销售不会持久到可以多年藏匿一本大部头书。"还有其他的吗?"

"我想到一个,烘焙比赛曾经在游乐会场和礼品大厅里举行,但是,那栋建筑物在1975年发生过火灾,里面几乎全烧毁了。"

他的耳朵忽然一耸。"大火？"

"嗯，是的。"很明显，玛丽是当地历史信息的确凿来源。"1975年燃放烟花的时候发生事故，引燃了游乐会场，几乎把会场全部烧光了。唯一幸存下来的，就是老旋转木马了。"

伊齐基尔咧嘴笑了。突然找对了，他大脑中的锁头"咔嗒"一下就打开了。

"旋转木马有多少年头了？"他问。

"让我想想。"她目光向前，并不像卡桑德拉那样看到脑中的所想物品，而是看向自己的记忆深处。"1919年？1920年？反正是一战刚结束以后。"

换句话说，伊齐基尔想，和《鹅妈妈协议》生效的时间很相近。

"走吧。"他说，"我们需要去坐旋转木马喽。"

他不需要玛丽的领路。她快步跟在他身后，气喘吁吁地急忙跟上，而伊齐基尔追寻着风琴音乐，朝游乐园中央的老式旋转木马大步走去。雕刻的木马，刷上了闪亮的颜色，绕着圈上下奔跃，还有很多其他的奇异动物围绕在木马中间，像鲸鱼、狮子和独角兽之类的。欢笑的孩童和很多大人，都坐在上下跳跃奔跑的老木马上，很显然，旋转木马保养得很好，此刻运转得十分流畅。伊齐基尔一般更喜欢高科技的游乐设施，但他不得不承认，这座旋转木马相当令人惊叹。它可算得上是收藏家的一件藏品了，这让他不禁揣测，如果他要在黑市上买这么一座旋转木马得花多少钱……当然，这种想法仅仅是理论上的。

先处理最要紧的，他暗暗告诉自己。"一定就是它了。如果你说的都是真的……"

"你是在质疑我对事实的掌握程度吗，琼斯先生？"

"完全没有。"他赶紧稳住她的情绪,"我只是说,它是整个展览会里唯一古老到可以藏匿那份童谣集的。旋转木马的古老度正好和有人偷偷打造小隔间的时间一致。"当他仔细查看眼前的旋转木马时,眼睛瞪得大大的,"看看上面的天蓬!"

旋转木马的天蓬被一个尖顶圆形的马戏团帐篷围住,上面有着红黄相间的条纹。更准确点来讲,形状是楔形。

"天蓬又怎么了?"玛丽问。

"你难道看不见吗?"他比往常更加扬扬得意,"这个帐篷被分成了楔形。就像切出来的派的形状!"

她看上去没有被说服:"你不觉得你说的太牵强了吗?"

"不牵强!所有的线索都集齐了。"他围绕着旋转木马,逆着旋转方向走了一圈。"让我们看看,如果是我要在一座旋转木马上藏起一本魔法书的话,我会藏在哪里呢?"

旋转木马中心围住机器的装饰镶板?但就藏一本书来说,那地方看上去太单薄,太不牢固了。伊齐基尔的视线拉近到跳跃前行的木马上,还有其他供人乘载的雕刻动物。在腾跃的木马中间,有一些卡座样子的座位,用来给年纪小的孩子或者胆小鬼乘坐。他注意到,其中一个座位的形状就是大鹅。

当那只大鹅的座位在他们眼前转过去时,玛丽也看到了它。"在那儿!"她指着大鹅座位说,"你觉得那里是我家族遗物藏起来的地方?如果你的故事里真有什么可信成分的话,那就是它了。"

"也许,"伊齐基尔说,"难道仅仅是对我而言?还是别人也会这么觉得?放在这里的话,未免有点太过明显了吧?"

她朝他撇了一记白眼:"把一本遗失已久的童谣书藏到一个有百年历史的旋转木马上的木雕大鹅里,在你眼里算是'明显'?"

"从我一直进行的其他棘手的宝藏追寻经历来说，"伊齐基尔"咯咯"笑起来，"绝对太明显了。"他忍不住向她炫耀。"你觉得这就算曲折？你真应该看看第四位东方博士①的书。每一页都是不同的迷宫，实际上，如果你没有解决前一页上的谜题，你就翻不到下一页，但是，就算翻到了最后，还是一无所获。结果是，祭司王约翰②遗失宝藏的路线图并没有藏在书中，而是缝进了书脊里。"他挺起胸膛自豪地说，"我不想说，我就是那个解出谜底的人，但事实上绝对是我。"

玛丽看上去仍旧半信半疑。"你最好不是在戏弄我。"

"谁？我吗？"他越走越慢，最后停下来，看着旋转木马在他身旁一圈又一圈旋转。"童谣里还有没有其他什么线索？"

"刺绣上的那几句，"她问，"还是童谣后面的？"

"后面还有？"

"哦，当然了！所有人都知道'单纯的西蒙'和卖派的商人那段前头，但实际上后面还有很长的一段呢。"她深吸一口气，背诵起童谣里其他的几句。

> 商人对单纯的西蒙说，
> "让我看看你的钱。"
> 单纯的西蒙对商人说，
> 其实我没一分钱。

---

① 东方博士，一般指东方三博士，又称"东方三贤"，《圣经》中的人物，在耶稣出生之前跟随伯利恒之星来到耶路撒冷的耶稣出生地，并在耶稣出生后给圣母玛利亚和耶稣母子赠送了黄金、乳香和没药（mò yào）作为贺礼。这里的第四位东方博士，是文学作品虚构的另一位东方博士。——译者注

② 祭司王约翰，基督教的传说中东方三博士的后裔，是一名宽厚、正直的国王，统领一片充满财宝和珍禽异兽的地方，那里是圣多马曾居住的地方。——译者注

伊齐基尔没发现旋转木马上有任何关于钱的东西，连投币孔都没有。"继续。"他对玛丽说，于是玛丽接着背起来。

……
单纯的西蒙去钓鱼，
想要钓条大鲸鱼。

"等一下！"他打断玛丽。一个形状是吐泡白鲸鱼的别致华美座位恰好在他身边一转而过。"为什么在旋转木马上会有鲸鱼呢？除非……"

真是狡猾啊，他心想，他在内心里摘帽向去世已久的鹅妈妈继承人致敬。你需要知道整首童谣，而不只是刺绣上的那几句。

"你认为那本书藏在'鲸鱼'肚子里？"玛丽问。

"我敢用整座农场打赌，就是在那儿，否则我就不叫伊齐基尔·琼斯。"他为自己祝贺，没有借助团队其他人的力量就解决了这个难题。"现在，我只需要好好检查一下鲸鱼了。"他看了看天空，很不配合地仍旧明亮、湛蓝。"展览会晚上什么时候停业？"

"我不清楚，"玛丽说，"大概，10点或者11点吧。"

"那么晚？"他皱起眉头，摇摇头，"总是在关门后偷偷溜进去，看来这次不行了。我猜，恐怕我要在光天化日之下做这事儿了。"

玛丽看上去很担心："你要做什么事？"

伊齐基尔满怀期待地咧嘴笑起来："你只管坐好，看看一位大师是怎么工作的。"

一个心不在焉的少年恰好走过去，手里握着一串纸质入场券。伊齐基尔绝不想花自己的钱去搭乘旋转木马，于是，他手法娴熟地从那串入场券上拽下来几条，前面的少年完全不知情，除了玛丽，她皱着眉头，表达不满。等旋转木马停下来，他把手里的入场券递给长满青春痘的少年看管员，然后就径直朝鲸鱼走过去。

追寻到世界尽头①，他心里想着，所以，是和鲸鱼有缘喽？

不幸的是，一个小女孩先到达那里。伊齐基尔不擅长推测小孩子的年龄，但她看上去就是个梳着长辫子的小家伙。圆乎乎的脸蛋上有着两团雀斑。

"好吧。"伊齐基尔自言自语，心里疑惑，为什么调查鹅妈妈童谣的工作总是有这么多讨厌的小鬼捣乱呢？"打扰一下，小朋友。你确定不想骑那边的木马……或者是那个独角兽？"

"我喜欢鲸鱼。"她正好坐在座位上。

"狮子怎么样？"他问，"狮子很酷的。"

"我喜欢鲸鱼。"

"你瞧，小朋友，我给你买个冰激凌或者一个棉花糖好不好，你让我坐这个鲸鱼？"

她怀疑地盯着他，胖乎乎的小胳膊交叉架在胸前。

"你是一个陌生人吧？我妈妈告诉过我，不让我和陌生人说话。"

伊齐基尔发现他根本争不赢她。"好吧，好吧，"他说，后退一步，"随你便。"

伊齐基尔直接找了鲸鱼后面那匹被油漆刷得亮闪闪的高头

---

① 《追寻到世界尽头》，1952 年的一部电影，讲述海上探险寻觅白鲸的故事。——译者注

大马,坐在上面,他忍着整个乐曲放完,直到旋转木马停下来。他在木马上转的时候,脑袋也在转,不停地思考下一步该怎么办,忽然他抓住一枚旋转木马外围木头架子上的一个铜环①,悄悄放进口袋。等到所有的乘客都离开,他飞快跑到前面,坐到鲸鱼座位。

终于啊!

他的多张入场券让他可以继续乘坐。他用手指轻轻敲了敲座位上的凳子,的确是中空的。他用手摸了一圈凳子下缘,灵活专业的手指找到了一个可疑的地方,也许正是可以打开隐蔽隔间的机关。他脸上的胜利笑容显示出他的成功。

叮叮,我们的选手胜利了!

现在,他只需要一个机会,好打开座位上的凳子,然后查看里面有什么。幸运的是,他知道怎么创造这个机会。他从口袋里掏出那枚小铜环,然后把它扔进旋转木马中央木隔板间的一个小细缝里,铜环就这样被丢进了旋转木马运转着的内部机械中。和预料的一样,一声巨大的摩擦噪声从发动机处传来,顿时冒出一缕油腻的黑烟,旋转木马突然间颠簸着停住。害怕的乘客大惊失色,尖叫着,急忙从出口逃出去。旋转木马的看管人拉起操作杆,关闭了整个木马运行的机械。

"请大家不要惊慌!"他高声喊道,"请大家依次从出口走!"

伊齐基尔开始行动。"打扰一下!"他走到木马操作员面前,说,"我是'游乐设施和景点管理委员会'的特别调查员。"他拿出手机,展示了相关证件,当然,这一证件是他诸如此类的广泛收藏品中的一件而已。"我需要立刻对这起事故进行调查。"

---

①铜环,大约在1880—1921年的旋转木马上,大多会在外围放置铜环让乘客去摘,以增加游戏的挑战性,获得铜环的乘客可以免费再乘坐一次。——译者注

"等一下。"操作员说。他工作服上面的工牌名字是"吉米"。不出所料,他对忽然出现的事故完全不知所措。"请不要小题大做。我确定,它没有问题。"

"检查完,我才能知道结果!"伊齐基尔跳回到木马上,"整个装置请保持关闭状态,等我说可以了,你才可以恢复运行。请让周围的人都走开,还有,离我远一点。"

"你等一下!"吉米开始跟到他身后,"你不能这么闯进来——"

"吉米·道格尔!"玛丽严厉地说,她跑来干涉两人,"你就让这位善良的先生做他的工作吧。我们需要严肃对待这件事。"

"西蒙夫人?"听上去,吉米被图书管理员恐吓住了。他看上去年纪不大,应该在不久的几年前也参加过图书馆的"儿童故事时间"。"但是——"

"不用什么但是,"她说,"我为这位调查员担保。你只需做好交代你的事情,我相信整个事故很快会解决。"

她朝伊齐基尔·琼斯眨眨眼。

永远不要干涉一个图书馆员的工作,他又一次感叹。心里对玛丽充满了感激,伊齐基尔并没有去查看被蓄意破坏的发动机,而是直接奔向鲸鱼。隐藏的旋钮根本不是他灵活手指的对手,"咔嗒",他听到了锁被打开的声音。随着他离要找到的宝贝距离更近一步,一阵熟悉的兴奋感让他心跳加速。铰链"吱悠悠"地抗议,座位凳的上盖被拽开,里面露出一沓薄薄的皮边大书,这本书原先就夹在隐蔽隔间里。薄书封面有浮雕式凸起的标题,如此写着:

《鹅妈妈童谣集——三部分之一》。

12

· 诺森伯兰郡 ·

通往古迹的小路正如之前吉莉安所说的,走起来相当费力。一阵清爽的秋风吹送过来,给太阳已经西落后的空气增加了一丝寒意,尽管辛苦的体力运动帮助他们远离寒冷。夜晚的黑暗在一定程度上也妨碍了他们的行进速度,迫使他们一边艰难地行走,一边用手电来照亮脚下的路。斯通常常认为自己的身体状况不错,但等到他们走到绿色山顶附近的岩石山坡时,也已经大汗淋漓了。他们身后背着的背包里,装满了临时从大学地质部门征用的登山装置,这些重物压得他们行动不便,他对差不多能跟得上自己的吉莉安很是刮目相看,虽然大多数时候是他走在前面。显然,她的体魄也相当不错,他的眼睛不时地如此提醒他。

多谢了剪贴簿,他想,我欠你个人情。

他停下来,喝口水壶里的水,趁机欣赏了一下山下崎岖、起伏的乡村风光,秋天的斑斓色彩给野树和欧洲蕨增添了几分韵味。枝繁叶茂的大树上,树叶呈现出土红和明黄色,山脚下的池塘中,池水昏暗,暗黑的水面泛起涟漪,反射着空中的皎洁月光。斯通又向远处抬眼，看到不远的大学城中，别致的屋顶和塔楼映衬在月色中。有些古老的石质建筑，看上去至少在17世纪就出现了，他从这些建筑的设计样式和材料能轻而易举地辨别出年份。

"好美的乡村。"他不禁赞赏了一句。

"你以为我不知道啊。"她附和着说，同样一览眼前的风景。为了保暖，她颈间系着一条樱桃红的丝巾，为她的户外装束上增添了一抹亮丽。繁重的体力锻炼似乎让她更加精力充沛。如果说，她还在为酒吧里那个忽然幽灵般出现的恐吓南瓜而害怕或者恼怒的话，她并没有把这种情绪表现出来。"我都无法想象离开这里去别的地方生活。"

"真的吗？"他好奇地问，"并不是说我看不到这个地方的魅力，但似乎对我来说，以你这样的智慧和专业度，应该不会缺少其他好大学抛过来的橄榄枝，不会缺少选择项和机遇的啊。"

"怎么说呢？"她回答，"我热爱这里。也许听上去很傻，但我觉得我命中注定要留在这片土地上。"

也许并不傻，斯通心想。这极有可能，当然了，她对从小长大的家乡有种天然的亲密留恋，不算过分，但也有可能是有某种神秘的力量或者关联把她牢牢地绑定于此，或许这种神秘力量就是她家族分支的强大魔咒赋予的。毕竟，她是鹅妈妈遗产的继承人之一……

"考虑到你的身世，我也无法说什么反对的话。"他一边拎起水壶又喝了一大口水，一边凝视着面前陡峭、崎岖、状况很糟的山路。他估计再使劲儿走十五分钟，他们就能到达目的地。"你准备好一鼓作气爬到山顶了吗？"

"那还用说，别想阻止我。"

一阵短程但费力的爬山后，他们来到山顶，也就是古罗马堡垒的遗迹，两千年前，这里曾经是古罗马军团镇守帝国、抵挡凶残的北方"野蛮人"的前沿阵地。正如之前吉莉安提醒过的，时光和年代已经把这里冲刷殆尽，抹去了大部分之前堡垒的痕迹，只留下一些坍塌的石墙和地基，最多不过膝盖高。半掩埋的残留部分全是过去一个石柱廊的遗留物。野草和苔藓漫过这些遗迹，掩盖住大部分曾经的场所建筑。斯通不奇怪为什么没有游客来这里；在那些没有经过训练的人眼里，这些遗迹根本不值得费苦力爬上来。

"就是这里了，"吉莉安说，"虽然它不过如此。"

"我看到了。"

斯通的眼睛可是训练有素的。尽管曾经宏伟的堡垒所剩无几，他依然能根据遗迹的总体布局，在脑海里重建起这座古代的前线瞭望阵地。他一边在遗址上走来走去，一边在脑海中逐渐拼接成图。

"从这些遗迹的样子看来，这里是一个相对的小型前哨阵地，大概是公元200年建造的，在建好的一百年时间里，这座堡垒又进行过多次修补和增项。"他捡起一块松散的石块，仔细检查起来。"建筑材料是砂浆混合物，有石灰、砂子、碎石和水，这些材料使得罗马人得以在不列颠建造第一座真正的石头堡垒，留存千百年的堡垒。"他把石头扔到一边，"在中世纪的黑暗时代，他们遗弃的很多建筑物最后被偷石头的人给拆毁了，因为那些人也需要建筑材料。"他朝远处的小镇一扬头。"如果说，你们大学里古老建筑物上的石头，是千百年前被人从这座堡垒拆下、抢走的，我不会感到奇怪。"

他没有像卡桑德拉凭空想象的真正幻觉，但在他脑海中，他能从眼前所剩无几的遗迹上，看到叠加的影像——全盛时期繁忙的军事堡垒模样。身穿盔甲的军团士兵，毛线外衣之外套着金属护胸铠甲，守卫着牢固的石墙和石门。瞭望塔，很早以前就已经坍塌成一片碎石，砖石被洗劫一空，但它曾经高耸，监视着下面被征服的土地，还有热闹的商店、客栈和市场，这些总是在堡垒和护城墙周围繁荣发展起来。斯通在脑中描绘出堡垒防御工事和内部建筑的大致布局。

"好吧，"他一边说着，一边担任起古迹的导游，"这里过去曾是指挥官的房子，也可以叫官邸，这些看起来是营房的地基，那边过去应该是粮仓。每个典型的洗澡堂都建在防御城墙外边，因为用来加热水的火炉会有火灾隐患，但一个堡垒里，必须有一个备受保护的水井或者是蓄水池，以防被围攻时断水，水井经常就建在……这里！"

拨开周边丛生的杂草，他发现一个锈迹斑斑的金属盖子，大约是现代下水井盖的两倍大，金属盖上被沉重的石头挡住，石头一半掩住井盖，一半埋入土中。他用拳头敲了敲井盖，听到里面空空的声音。

"没错！"

紧随在他身后的吉莉安也跟着探索了一遍古迹，赶紧跑过来。"就是这里？"她问，"就是我们要找的那口井？"

"我敢拿我的所有学位打赌。"他用力拉那个金属井盖，但盖子纹丝不动，"当然，这个盖子不是遗址原来的。我猜，是出于安全原因，有人受命把井道盖上的。"

"听起来好像有这么回事。"吉莉安说，"既然你提起来，我似乎想起来几年前报纸报道过的一则新闻。说是有人担心会发生事故，以防粗心的游览者跌倒掉入井中……"

"这些传言让我觉得，我们调查的方向准没错。"斯通从盖紧的井边走开，放下肩上的背包。"好在，这不是我第一次炫技。"他从背包里拿出一柄压缩罐式乙炔焊枪。"准备这个就是为了防止遇到这种复杂的事。"

"那是自然，"她打趣地说，"我走到哪里都要带一把焊枪。"

她讥讽的话逗得斯通呵呵笑起来。"说认真的，罗马人在建造堡垒的年代就已经在排水系统中使用先进的陶瓷管道了。我之前以为，还是做足准备嘛，免得我们在调查过程中万一需要切断什么古老的水管道呢。或者是也许需要切一个古老的铁穹顶。"

"万事俱备，才可行，你真是又一个童子军啊！"吉莉安挑挑眉毛，"你还是个多面手呢，杰克·斯通。"

"你以为我不知道啊。"斯通说，"但已经很久没听到有人叫我童子军了。"

"竟然是这样啊。"她惊奇地说，"我会记得这份殊荣的。"

他很喜欢她的玩笑话，但还有工作等着做，金属井盖不会自己打开。他戴上一副黑色护目镜。

"往后站。"他说完，就点燃了焊枪。从焊枪的喷嘴处吐出稳定的蓝色火焰，他弯下腰，开始用火焰灼烧生锈井盖上的铁锁。火焰碰到金属栓，立刻迸出一大圈晃眼的火星，很快，金属栓变成了樱桃红。铁屑的刺鼻气味让斯通知道自己的进展。"有意思的是，"斯通说，"实际上，你可以通过一些材料在荒郊野外自己做焊枪，只要有氧气罐、一根黄瓜和一些生火腿。"

"你知道怎么用这些材料做焊枪？"仍旧保持着安全距离外的吉莉安问他。

"说来话长，但这次我想，为什么要冒险呢？不可能总指望在古罗马遗迹上有生火腿可用吧……"

凭借在俄克拉何马州铺设石油管道时多年积攒的经验，现在当他小心翼翼但高效地烧开铁栓时，这些技能完全用得上。关闭焊枪，他等待了足够长时间，好让井盖冷却下来，然后，他才扭开金属栓，把井盖推到一边。井盖"咔嗒"一声掉落在坚硬的岩石地面上，露出一口通往地下深处的竖井。月光只能照进竖井上方的几英尺，让他们看到已经腐烂的木梁——看上去已有几百年的历史了，木梁支撑着竖直向下的深井，这种做法是当时罗马工程师常用的方法。竖井的底部隐藏在一片漆黑中。

"好吧，好深的一口井呢！"吉莉安说起俏皮话，"你觉得这井有多深？"

"只有一种办法能知道。"

斯通谨慎地避开井口，从背包里拿出下滑绳索的齿轮，还有一个带有嵌入式头灯的洞穴探索头盔。下深井的想法并不会吓住他，过去曾作为石油装配工，他很久之前就已经习惯了在地下做开凿的工作，这是他做图书馆员之前的生计，作为图书馆员，他也经常要进到地下墓穴或者隐蔽的神庙废墟里。相比塞林镇[①]上让人恶心的地狱坑，遗弃的罗马古井对他来说，简直易如反掌。

"你在这里等着，"他一边把登山绳固定在看起来相对牢固的大石块上，一边对她说，"以防我在下面遇到什么麻烦。"

"你在开玩笑呢，对吧？"她回复，"我们真要再这么争论一遍？"

[①]塞林镇，美国的一个小镇，位于波士顿以北25公里，被称为"女巫城"。——译者注

"你看,我很感激你的帮助,"他说,"如果没有你,我走不了这么远,这么顺利,但是……"

"没有什么但是。我爬了这么久的山,可不是为了在这里傻等,而你却可以在下面尽情探索。"她从背包里同样拿出一盏带头灯的头盔,走到他旁边,也站到深渊的边缘上。"我可见过太多洞穴探索的例子了,单独行动绝对是莽夫行为。假如你一个人的话,你跌倒,掉下去,在下面撞到脑袋该怎么办?"

"那你加入的话,如果你也跌倒,掉下去,撞到脑袋呢?"他反问道,"那到时候我们就全被困在这里了,都没办法向别人求救。"

"你说得对。"她承认,"也许在我们下到井底之前,应该让别人知道我们在做什么。"她把胳膊交叉,架在胸前。"请注意,是'我们'。"

"没法不注意。"

她坚持要陪他一起下井,让斯通顿时涌上一层怀疑,虽然他心里不愿接受这种怀疑。她要追寻魔咒书的真正意图是什么?另一首经典的童谣不知不觉闯入他脑海:

菲尔医生,我不喜欢你,
其中原因,我说不清晰。
但有一点,我完全明白,
菲尔医生,我不喜欢你。

问题是,不管从哪方面来说,他相当喜欢这个"菲尔医生",也许比他工作需要的程度还多,但考虑到他对她和她的动机知之甚少,他内心非常矛盾。她会是下一个"鹅妈妈"吗?

他不能让自己对她的好感使自己变得盲目，而毫无觉察她的秘密计划。遗失已久的魔咒书无疑是宝物，吸引了鹅妈妈后人中的无数人去争抢，好获得鹅妈妈的名号和力量。

"浑蛋，"她看了一眼手机，骂出声来，"没有信号。"考虑到他们身处偏远山区，她无奈地叹了一口气，把手机收起来。"当你需要一个信号基站的时候，古罗马兵团怎么不建一个呢？"

他也查看了自己的手机："我的也是。"

"现在该怎么办？"她问。

他瞥了一眼周围的古迹。没有看见任何完好的门保留下来，所以附件馆的魔法门也连接不上这里。他们暂时和图书馆中断了联系。

"我们可以采用一种古老的方式。"

他在自己的语音信箱里留下一条简短的消息，然后把手机塞进一个古老砖石的缝隙里，用吉莉安那条鲜红的丝巾做出标记。"我给我的同事留下一条消息，让他们知道我们要去哪儿。如果他们来找的话，他们能根据这个线索来追踪我们。如果我们被困住了，我们就只能等他们来救我们了。"

"但我们不太可能会被困的，对吧？"吉莉安说，"你对你要做的事情有数吧？"

他试着平衡自信和小心之间的关系。"其实会有一点危险的。你确定不想在井上边观察周围，而要下到井底去乱转？"

"如果你之前提到过的'竞争者'出现，也许就是那个悄悄趁黑把恐吓南瓜放在桌子上的人……那怎么办？"她回过头，看了一眼他们来时的路，"无论什么状况，我都不会让你把我丢下，留我一个人，就这么暴露在荒郊野外的山顶。人多更保险，我就这么觉得。"

斯通知道，他们这样争论下去，等到和这些古迹一样老的时候也未必有结果。另外一个选择就是，他妥协，然后继续进行探险调查。

"好吧，"他同意，"但我先下去。拒绝争论。"

她往令人生畏的古井看下去。然后，她又朝那口古井里扔了一块松落的石头。一声微弱的溅起水花声从幽深的黑暗处传来。

"随你便。"她说。

他谨慎地沿着井的一侧绕着绳子滑下去。登山绳比他想要的下滑程度更紧一点，年久破败的撑井木梁让他也不那么放心。他下降过程中，木梁松动了好几处，井壁也松落了好几块，迫使他加快速度，到达井底。尽管他不缺专业度和经验，他仍等到脚落到一摊膝盖深的浅水中的实底时，才肯松一口气。他在心里抱怨自己为什么没找来一双橡胶长靴带着，尽管他需要背负沉重的大靴子爬一路山道。看来过会儿，他需要些干爽的鞋袜了。

"杰克？"吉莉安从上面向下喊，井口传来她关切的声音。他抬头看过去，看到月光映衬的天空下她脑袋和肩膀的轮廓剪影。"你还好吧？下面安全吗？"

"给我一分钟，"他朝她回喊，"让我查看一下周围。"

借助头灯的光束，他看到下面好像是相当大的地下蓄水池，被设计成能够收集和保存雨水的样式，可以从向上的竖井口汲水，当年堡垒还能使用时，罗马士兵可能会把这里的水转移到其他地方，也许是当泉水干涸时使用。私人游泳池大小的蓄水池里，只有一半的水，水面上漂满浮渣。他周围都是用砂浆贴好的瓷砖，防止收集到的雨水渗入土地。厚实的木梁支撑起蓄水池的圆形蓬顶,看上去是天然的洞穴,然后被罗马的工程师加以雕琢,修改成可以使用的样子。四周墙壁上长满了霉菌和苔藓,也有很多木梁已经脱落。污浊的空气散发出霉味,整个空间挂满了一层层的破烂蜘蛛网。沿着蓄水池的边缘,有一条人工铺设的狭窄小路;斯通爬上去,离开湿冷、混浊的池水。当他爬上来时,蜘蛛和虫子赶忙四处逃窜开;他觉得自己算是幸运的,没有看见任何老鼠的影子。

不像那次在苏门答腊岛上⋯⋯

他抬起头,看到围绕穹顶下缘一圈的装饰马赛克瓷砖,已经出现破裂、斑驳,还有的地方被蜘蛛网和绿色黏液遮挡住了。他靴子里的水来回晃荡,他向前迈一步,想要仔细看看那些瓷砖,结果只听到他身后有什么东西跳进水里。

"你看到什么了?"吉莉安急切地问,她已经自行绕绳下到井来,"你找到其他线索了吗?"

他有些懊恼地转过身,面对她:"我不是告诉你等一会儿吗,先让我检查一下这里的环境。"

"我等得不耐烦了嘛,"她毫无悔意地说,"你不会打算让我一直等在那里吧?"

"只需要几分钟而已!"

"即便如此,已经是覆水难收⋯⋯嗯,我们这情况算是井水难收,就不要计较了吧。"她蹚过污浊的池水,朝斯通站的地方走去。她向他伸出手。"绅士一下,扶女生一把好吗。"

他帮忙,拽她起身站到位置更高一点的小路上,但她踩在瓷砖上的脚一滑,又朝后面的水池仰过去。斯通狠劲拽过她的手,将她拉到自己身边,使她不至于摔进污水里,而是直接撞到他身上。他的胳膊环住她的腰,紧紧抱稳了她⋯⋯当然,只是为了帮助她站直,恢复平衡。

"真是我的英雄。"她喘口粗气后,说。她紧紧抓住他,稳住自己的重心。"你真是身手敏捷,体格有力啊!"

"没什么,小姐,"他说,不知不觉露出美国口音,"不用在意。"

一瞬间,时光好像被定格住,他们就这样在地下深处紧紧拥抱在一起。水面波纹荡漾,向他们身边阴郁的石墙上投射出微弱的潋滟光影。地下蓄水池很难说得上是发生浪漫的地点,但斯通没有什么好抱怨的。吉莉安在他怀抱中,那么应景,那么让人心醉。

菲尔医生,我不喜欢你……

过了一段既让人觉得时间太漫长,又让人觉得太短暂的时间后,她低头看了看他的手,那只手已经不知为何移动到她的臀部。"我觉得你可以松开我了。"她如此说,他听进耳朵里,觉得她有一丝不情愿的意味。

"你确定?"他回问,没有立刻放开她。

"我们在寻宝呢,不是吗?"

对哦,他想,鹅妈妈,杰克和吉尔,蛋头先生,拯救世界……

"没错,我们正忙着呢。"他嘟囔一句,"我真是幸运。"

"幸运女神可是很薄情、很善变的,"她用若有若无的撩拨语气说道,"每个民俗学家都知道的。"

"这句话是什么意思?"

她别有深意地笑起来:"我以为,你应该特别擅长通过线索解谜?"她又看了一眼放在她臀部的手,斯通立刻移开手。"那么这时候……"

"你先请。"他说。

"如果你这么坚持的话,我就不客气了。"

她轻轻推开他,自己站着,然后目光(还有头灯的光束)扫了一圈不同寻常的周围。"哦,天哪,真不敢相信,我以前从没来过这样的地方。提醒你一下,我不是考古学家,但我都感受到了历史正等在这里,等我们探寻,虽然这个地方已经发霉,还破损严重。"

她的头灯照射到大山洞另一侧的一个圆形开口上,那个洞口就在水池边沿高一点的地方。厚厚的白蜘蛛网挂在那里,使得洞口有些模糊,看上去,洞口的直径大约有1.3米宽。一截大概曾经封住洞口的生锈金属栅栏,已经半凹进去,掉落进约一米外的水池中。

她指着那个洞口:"那是什么?"

"大概是个暴风雨排水孔吧。"斯通猜测,把心思又集中到任务上,"保护这个蓄水池不受洪水影响。"

吉莉安有点忧虑地注视着那个排水孔:"我们不会是要爬进那里去,不会吧?"

"我不认为会,"他说,"没有人会想把贵重的东西放到那里,因为会被洪水冲走。"他将注意力转移到四周墙壁的破碎马赛克瓷砖上,从这些瓷砖上想要寻找点线索或者隐藏的蛛丝马迹。马赛克图案是由无数个石头和玻璃做的小碎片组成的,这种片状小瓷砖叫"锦砖",目前状况堪忧,大概是因为近几年完全被忽视了,没有好好修护。掉落的马赛克比贴在墙上的还要多,所以,大部分丢失的马赛克使得整体看上去像一幅游戏拼图,仅剩的小瓷砖上也被污垢、霉丝和蜘蛛网遮蔽得不甚清晰。斯通本身艺术史学家的属性被激发出来,看到马赛克这种悲惨的状态,不由得皱起眉头,而他身上的图书馆员属性又要求他继续从中寻找藏匿遗失魔咒书的线索。

"有没有找到什么?"吉莉安的头灯同他头灯的光束汇集到一起。

"还在看。"他坦承。

尽管被时光剥去了光滑鲜亮的外衣,斯通仍辨认出整个马赛克似乎是以天空为主题的,有拼凑成的星座图案,还有希腊—罗马神话中的人物——猎户座猎人、双子座的卡斯特与帕勒克、带着大大笑容的圆脸月亮从天空中往下看……

月亮的脸?

"等一下,"他激动地说,"罗马帝国时期,人们将月亮视为露娜,是一位女神,为什么这里挂在天空中的月亮面孔明显是个男人?"他转身问吉莉安,"你之前是不是说过什么'月亮人'?"

"没错,"她说,"在最初的北欧神话中,修奇和碧儿——也就是杰克和吉尔——被月亮人抓走了,他们被抓进了天堂,而不是从山坡上跌下来。"她盯着那轮咧嘴笑的白月亮。"你认为它有问题?"

他点点头。"这感觉就像,有时候吧,游戏拼图中的一小块看上去是我们需要的那款,但拼的时候又会发现并不符合。"忽然,他又发现月亮的马赛克似乎比周围其他小瓷砖保存得更完好;只可惜,它位于他们头上差不多3米高的地方,够不到。"问题是,我们怎么才能靠近查看呢?"

"想都别想站在我肩膀上。"她说:"我得提醒你,以免你忽略,作为女人我是相对强壮一点,但绝算不上魁梧。"

"我没这么想。"他思索着四处看了看:"也许我们可以把碎石和垃圾堆起来……"

吉莉安的视线落到附近一根掉落的木梁上。

"你知道吗,"她说,"还有一部分'杰克和吉尔'童谣中经常被忘记和遗漏。那段是在杰克的脑袋被包好,而吉尔被她不耐烦的妈妈用鞭子教训了一顿以后:

然后杰克哈哈笑,
吉尔却只好哭号,
但她很快就转好,
吉尔说,可以用板玩跷跷,
门边跷跷板,正等人来跷。

斯通没明白她说的是何意:"所以呢?"
她指着那根掉落的木梁说:"想不想玩跷跷板游戏?"

13

·佛罗里达州·

威尔逊的神秘屋是一座杂乱无章蔓延的维多利亚式建筑，这座宅邸坐落于一条两旁有五六棵高大棕榈树的私家车道尽头。高耸的树篱和灌木丛将建筑与外边世界隔绝开，不过，这座建筑的各种尖顶和塔楼要更高一些。被立在门外的"请勿入内"标示牌已经斑驳褪色，不欢迎任何访客，但卡桑德拉和科尔还是成功偷偷溜进来，他们把受到污染的敞篷车停在了几个街区外。卡桑德拉抬头仔细看，瞧见了外山墙上面的钟楼。现在是午夜一点钟，但是钟楼上的钟似乎还卡在午夜零点。她暗自猜想，这应该不是巧合。

"所以现在这栋房子没有人住？"她问。

科尔点点头："威尔逊老家伙死后没有遗嘱，他的子孙对如何处置这栋房子已经争执了好几代人。我听说，他们对这栋房子做了足够的修护，防止房子坍塌，好保存它的价值，但是，它其中的结构自老威尔逊在1929年左右的事故中去世以后，就没有变过。"

"我明白了，"卡桑德拉说，"和鹅妈妈的后人为了争夺魔咒书而产生的内讧大同小异。"

"你算是说对了。"他摆出一个她不认识的动作。"家族争斗,是最差劲的争斗。"

卡桑德拉在脑中记下,要随时更新自己的遗嘱,把遗嘱都收好。"那威尔逊先生到底是怎么去世的?"她鼓起勇气问。

"自燃,"科尔说,"人们是这么说的。"

卡桑德拉倒吸一口冷气。这听上去当然是魔鬼的伎俩,至少以她的经验来看是如此。回想起烧焦的屋顶和神秘魔符四处引燃木制品,让她不禁打了个冷战。"我相信你的话。"

他们用手机当作手电,来到房子的后面,去屋后的路被长得过于茂密的厚厚灌木丛掩住。卡桑德拉差点被一颗松动的铺路石绊倒,但她一个趔趄后恢复了身体平衡。凉爽的秋风让她起了一身鸡皮疙瘩。她希望这是个好兆头。

"你确定你知道进到房屋的入口?"她问。

"相信我,"他自信地回复,"你可是找到了正确的'鹅老弟'。在我爸爸领我来过一次之后,小时候我常常过来玩,大多数时候是向我的朋友证明我不怕魔鬼和诅咒。"

"而你也从来没有遇见过什么特别的人……没见过恶魔,对吧?"

"没见过,"他的话让她稍稍安心下来,"不过有几次,我确实在里面迷路了,等你去看过这个地方,你就能理解我为什么会迷路了。"

卡桑德拉发现他的话并不那么鼓舞人心。

一段快要散架的木楼梯通往高高架起的后门廊。她紧跟着科尔,爬上楼梯,来到后门前,后门是一扇坚固的橡木大门,门上有个铜扣环,扣环下面的纹饰是一张不怀好意的恶魔脸庞。

她猜想，是不是这个装饰有什么特殊的实体用意，这张面庞也并不像她最近见过的恶魔模样，但你永远都不知道……

"试一下门。"科尔带着得意的笑说，"女士优先。"

卡桑德拉有点蒙："门没上锁吗？"

"你自己看。"

她疑惑着走上前，握住门上的球形把手，拉开。令她惊奇的是，门很容易就打开了，但门内却是一堵坚实的红砖墙，和这栋房子的其他外立面一样。

"这……这不应该是堵墙啊。"她抗议道。

他轻声笑她的迷惑："你不要相信这里的门。有些根本就不是门。"

"那我们要怎么进去？"

他朝下面指了指："这扇门只是个掩饰。真正的入口藏在门廊下面。"

他领着她走下楼梯，来到门廊的隐蔽处，在楼梯下面，他们的手机光束照到一扇镶嵌彩色玻璃的窗户，像个地下室的门。

"但这不合常理啊，"她说，"为什么要在太阳都照射不到的地方安装一块彩色玻璃呢？这种做法简直疯狂。"

"现在你了解这里的风格了吧。"

科尔解开一根小小的不明显的门闩，向内打开了窗户，露出另一段通往下面地下室的楼梯。他迅速站到一边，给卡桑德拉让路。

"小心你的头，"他提醒她，"我这么说可是有血的教训哦。"

卡桑德拉弯下腰，慢慢下楼梯，走进一个昏暗的门厅，这里有第三段楼梯，通往第一层楼。天花板上奇异地安装着天窗，地下的楼层可以接收进少许太阳光。

"看到我说的了没？"科尔和她一起站在前厅里，用手机四处照，"整个房子都像这样。等着瞧，你能看到。"

"你是我们参观团的导游，"她说，"你来领路。"

她跟着他走上楼梯，她一边走，一边开始发现伊扎·威尔逊建造的这栋房子到底有多"扭曲"了。室内的墙上安装着户外窗户，让人感觉好像整栋房子都从里翻到外面了一样。一块波斯挂毯被钉在天花板上。地中间的天窗就像一块地毯。卡桑德拉绕过天窗，担心如果踩上会把玻璃踩碎。曲折的走廊往各个方向延伸。有的楼梯直接通往天花板。过道随意地一会儿宽，一会儿窄。壁炉前面的活动天窗一直打开，露出一条通往地窖的路。一幅肖像油画挂在壁炉的上方，画中鬼鬼祟祟的老人，脸上带有明显忧虑的表情。他哀伤的双眸仿佛从画中焦虑地看向外面，提防着随时会降临到自己身上的厄运。他双眼周围被幽暗笼罩，透露出主人多个夜晚无法安然入眠。

伊扎·威尔逊，卡桑德拉推测，被烧死前的样子。

还有六……到处都是数字六。威尔逊似乎对数字六和六的倍数有着变态的痴迷。一旦卡桑德拉看到，她就无法忽视：每扇窗户有六片嵌板，六边形的地砖，每个枝形吊灯有六盏灯，一个房间有六个角落，楼梯也是有六阶，或者十二阶，或者十八阶，或者二十四阶。仔细回想起来，她记得前边的车道两边也是，有六棵棕榈树，房子的外围有六面山墙，算上钟楼的话，这栋房子共有六层……

"六，六，六。"她一边自言自语，一边大脑在飞快运转。她眼前出现无数个散发微光的数学算式。她耳边回荡着几何图形。"正六边形，正六面体，唱一首《六便士之歌》……"

她脚下开始不稳，走起路来跌跌撞撞。就算眼前没有在黑暗中发光的乘法表像卫星一样在她脑袋边旋转,这栋扭曲的房子本身就够让人迷失的。她伸出手,用手掌按在壁纸上,让自己稳住。

"你还好吧,小羊羔?"科尔问。

"还好,"她说了句谎话,"只是让自己适应一下。"

她闭上眼睛,屏蔽掉房内激增的古怪和越来越多的数字六。她用贝尔德教她的深呼吸法调整,逐渐把倾泻而出的神经元触突和混乱的感知都调整到正常水平。已经很久没有遇到过神秘屋这种能让她大脑超负荷到死机状态的东西了,以前她会无能为力,但现在,她已经学会了控制和利用自己的天赋,而不是害怕它。现在,她是一位图书馆员,一个曾经辉煌的嘉年华欢乐屋还不能把她打倒。

你能行的,她鼓励自己,你要坚强一点。

闯入脑海的算式终于安定下来。她耳中的六弦琴合奏曲逐渐淡去,回到周围的声音。她睁开眼睛,松开了扶住墙的手。

"抱歉,"她说,"刚才我有点头晕。"

"不论是你,还是其他任何踏足这座古怪房子的人都会感到头晕。"科尔说,"不必为这件事自责。"

他们来到一个向六个方向分开的岔路口。一盏没有灯光的六枝吊灯挂在他们头上。铺满木地板的地面上落满灰尘,明显没有任何可以往那个方向前进的线索。卡桑德拉惊奇地看向四周,完全茫然,在这栋杂乱的老宅里,如果要找到遗失的古书,该往哪个方向走?

"这栋房子里到底有多少个古怪的角落?"

"很难说,这些疯狂的设计没人能猜破。"科尔耸耸肩,抬起手臂,"过去,老威尔逊让工人们一天24小时开工,一周7

天都要工作，一年365天全年无休。木匠、粉刷匠、玻璃工、装潢设计师……但凡你能想到的，都在这里工作。"他走过去，仔细地检查一块华丽的红木护墙板。"你会发现这栋建筑简直是神奇。我们的'扭曲男人'当时给市价两倍的薪水，所以，人们也就能容忍他疯狂地要求改来改去，如此一来，工人们还能获得稳定的薪水。那时，加上所有的添置物、扩建和结构改变……只有鬼才知道到底这栋房子有多少个房间、衣橱和隐蔽的秘密夹层。"

卡桑德拉自然是不知，但她很容易猜到，估计总数会包含"魔鬼数"①。他们的任务异常艰巨，但她绝不会被困难吓倒。詹金斯和其他成员还指望着她，更别提他已知的关于宇宙将被毁灭的事实。

"嗯，我们在找一本书。"她说。

"所以呢？"他问。

"所以我们从藏书室开始。"

科尔认为他知道去往藏书室的路，不管这栋房子有多让人迷乱的布局。但卡桑德拉很快发现他可能有点夸大了自己对这里的熟悉程度。这栋宅邸如同迷宫一样，相比之下，图书馆的布局太容易让人辨认方向了。尽管卡桑德拉尽力去记，但很快就迷失方向，忘记自己在第几层楼。他们总是遇到死路和假门，迫使他们不得不原路返回，重新找他们应该要走的路。等到他们路过一个她清楚地记得已经是第六次见到的彩色玻璃窗时，她开始对眼前这个"有用处"的向导失去了信心。

"我以为你很清楚这栋疯狂房子该怎么走？"

---

①魔鬼数，《启示录》(《圣经》新约的其中一卷书)中，魔鬼数字为"6"。——译者注

她脑海中浮现一丝令人不安的猜想。如果是他出于不可告人的动机有意误导她怎么办？如果他想要独吞，或者和其他人合伙争夺那本书怎么办？仅仅因为之前的狂风袭击过他，并不能肯定他没有不与她分享的私人打算。

"有点信心啊，小羊羔。"他说，表情有点尴尬，"这栋房子比我记忆中的更具迷惑性，但我们就快到了。"他们绕过一个位于房子右翼不远的转角，只看到又一个死胡同。走廊的两侧各有一扇木门。科尔停顿了片刻，目光来回在左右两扇门之间转悠，随后，他自己点点头，然后信心满满地走向右侧的门。他走过去，手握住门上的球形把手。

"你想要去藏书室？这就是藏书——"

他打开门，只露出通向一个水泥天井的三层楼高外围。一股阴冷的微风从被打开的门吹进来。科尔立刻退后一步，离开了那个人工悬崖，"砰"的又关上了门。

"看上去一点也不像藏书室。"卡桑德拉说。

"我的错。"他走到另外一扇门前，这次动作更加谨慎了一点。"现在，我认为这里就是……"

第二次开门是见证奇迹的时刻。门打开后，露出一间私人书房，尽管和魔法图书馆不能相提并论，但是这间书房也相当让人惊叹。卡桑德拉数了一下，六面墙上，每面墙都有六排书架；她停下来，没有继续数每个书架上有多少书，大概也是六的倍数吧。单单是这种想法就让她开始感觉有点眩晕，但她咬牙坚持着，死磕到底。

"现在该怎么办？"科尔说。

"开始浏览每个书架，查找与'鹅'有关的书。"卡桑德拉怀疑那本隐藏起来的书不可能直接被放在书架上展示，但谁知道呢?也许他们就藏在了显眼的地方,就像爱伦坡的"被窃之信"。""也许我们会被幸运女神眷顾。"

他们开始从书房的两侧书架找起,共同往两人中间找。卡桑德拉的手机扫过一排排书脊,扭着头读书名。毫不意外的是,威尔逊对超自然类书籍有广泛的涉猎,从星体投射到通灵术等主题都有,可惜的是,研究这些最后也没让他逃脱魔鬼的追逐。仅仅是读起某些书的名字,就让她毛骨悚然,其他的书还让她有种冰冷湿滑的触感。一股发霉的味道,掺杂着不可名状的气味,让她胃里一阵翻腾。

这种《蠕虫的神秘世界》会讲什么内容呢?

她猜詹金斯也许会认可伊扎·威尔逊的藏书,说不定将来的某天詹金斯会借用这其中的某几本书呢,但那是另一回事了。借助手机的光线,继续四处搜索,心里希望威尔逊如果不是喜欢这些,而是喜欢毕翠克斯·波特或者讽刺性五行打油诗就好了。"让他读一读《小妇人》这种书会比死还难受吗?"

"怎么了?"科尔从屋子的另一端问她。

"没事。"她回答,"只是发表一点个人看法。"

"好的,没问题。我以为也许你……嘿!看看这个!"

他语气中的兴奋让她心跳加速。她中断了自己的寻找,飞快地奔到他身边。

"什么呀?你找到什么东西了吗?"

"也许。看看这个。"

他手机的光束照亮他面前书架上一本精装书的书皮。卡桑德拉仔细看书脊上的书名:

《鹅妈妈全集》。

"哦,太好了!现在我们总算有点进展了。"她举起胳膊,不知道现在击掌和碰拳还是不是被认为很酷的手势,但结果是,她举起手的笨拙样子没有这种效果。"眼神不错,波比老兄!"

"你知道的。我告诉过你这件事我包了。"

卡桑德拉从书架上抽出这本书。她瞥了一眼版权页,上面显示这书的版本是1916年印刷的,也就意味着,这本书不是他们要找的《鹅妈妈童谣集》,除非遗失的书页狡猾地藏在书中某些地方。她开始翻开这本书,然后发现有一页很特别,这页在整本书的中间,比其他书页突出一点点,好像这页有点松动了,或者肯定是装订手法上有什么问题,导致这页像书签一样容易识别出来。

"怎么了?"科尔发现了她的注意力都在书中这页上。

"这一页,它……是'扭曲'的。"她翻开书,翻到"标记"出来的这页,她发现在这页的正反面是两首带插图的童谣。左边的那侧,也就是奇数页这边是那首关于"扭曲的人";右边的那侧,即偶数页——也就是实际上被折过的这页,印着另一首耳熟能详的童谣:

嘀嗒,嘀嗒,嗒,
老鼠爬上钟,
时钟敲一下,
老鼠又溜下,
嘀嗒,嘀嗒,嗒。

卡桑德拉把书放到桌子上,以便更好地检查。科尔站到她身后看,也把光线投到书上。卡桑德拉拉开老银行家的台灯电源线,没想到,灯竟然真的亮了,让他们能好好看清这本书。

"又是'扭曲男人',"卡桑德拉指着左页的内容说,"这绝不是巧合。"

"你觉得这页书是故意扰乱我们思路的……还是给我们提供线索的呢?"

"我还不清楚。"她感觉自己就像是在沿着面包屑在追寻,虽然现在可不是什么童话故事的剧情。"现在,我们需要甄别出这其中的奥秘。"

"另外一首童谣呢?"科尔问,"就是这首,应该也不寻常,它正是'扭曲男人'手指的方向。"

"你说得对。"她对比了两首童谣,读完左边的,又读右边的。"嗯,两首童谣里都提到了老鼠。'猫抓一只扭曲的鼠'和'老鼠溜上钟'等。也许这有什么隐含意义?"

一种让她感觉恐怖的想法突然出现:"请别告诉我,我们要在这个像困住老鼠的陷阱里找个小老鼠洞啊。那我们找一晚上也不见得能找到!"

"我觉得找一整个星期也不见得找得到。"科尔说,"我们可是在一个房中房、屋套屋的地方,记得吧?"

卡桑德拉想找到个方法,减少搜索项。"你的曾祖父会有什么线索吗?"她问,"他大概就是最初把童谣集藏起来的人。他在这里工作时有没有建造过什么特别的房间或者地方?"

科尔对这个提议有点不以为然。"哪里不是他建造的?老威尔逊一直在建了拆,拆了重建。一旦一间屋子盖好,他就命令拆掉重新按照与之前风格不同的方式再盖。这栋房子的每一寸都至少重新建造过很多次,当然,除了地狱屋。"

"什么?"卡桑德拉问。

"我忘了告诉你这部分了。传说,老威尔逊在钟楼里有间秘密的屋子,是用来和魔鬼会面的,每晚他都会和魔鬼在那间屋子里谈论事情。"

"我以为他把自己藏起来不让魔鬼找到呢?"

"嘿,我只是在讲听别人说的故事好吗。也许出于某种原因,地狱屋是个他和魔鬼交往的安全场所,在那里,他得以和魔鬼对他们的协议讨价还价,或者是讨论股票交易秘诀,或者是打扑克牌,或者是什么其他的疯狂事情呗。当然没有人确切知道是怎么回事,老威尔逊一直守口如瓶,不和任何人分享他的秘密,但他最终就是在那间屋子死去的,就在钟楼那里。"

"钟楼!"卡桑德拉指着有折痕的那页。"就是它。'老鼠爬上钟'。'扭曲男人'让我们找到'老鼠'这一线索,然后'老鼠'指引我们到这栋房子中你曾祖父唯一可以指望它用来藏东西的屋子,因为它不用重建。"为以防万一,她把书拿在手里,然后匆匆往走廊走去。"快点!从哪儿能去地狱屋?"

"你和我只能靠猜来找。"

"哼?"

卡桑德拉动作慢下来。"你说什么?"

"据说房子中有个地方有一段隐蔽的楼梯能通向钟楼,但如果我家人知道那段楼梯在哪儿的话,他们也从没告诉过我。"他赶上了她。"大概是因为什么,不想让我到地狱屋里闲逛吧。"

卡桑德拉叹了一口气:"那,我想,我就得用最笨的方法来解决这个问题了。"

"什么方法?"他问。

"启用我的大脑,让大脑思考,图书馆员的方法。"

她将手机连上网络,找到几张房子的外表图片,包括有些非常便利的鸟瞰图,能让她很好地掌握钟楼附近的楼顶布局。

她把这些图片记录在脑中,然后收起手机,伸出双手,召唤出她的联觉——显示出整栋房子模型的幻觉,这一模型在她眼前以三维立体的方式呈现,散发着微光。她耳中传来优雅、飘逸的音乐,这是由大脑中那颗葡萄大小的肿瘤谱成的管弦乐,这颗肿瘤说不定哪天会夺走她的性命——如果她危险的工作没有先把她杀死的话。她手指挥动,好像在指挥一支管弦乐队,她把眼前的模型旋转一周,从每个角度仔细检查。

"呃,你在干什么,小羊羔?"

"试着解开这座神秘屋的奥秘,另外,你可以叫我'卡桑德拉'。我很久之前就不再是迷失的小羊羔了。"她语气中多了一丝坚决、冷静,"现在,你要安静,让我集中精力。"

"但是——"

"嘘!"她说,声音就像一个严格的图书管理员态度强硬地执行工作任务。"这活可没那么容易。"

科尔明白她的意思,安静下来,这时,她详细向他解释他们面对的问题。

"除了所有的障眼法、诱饵和分散人注意力的装饰,这栋房子的物理几何数据仍然是容量、面积和高度问题。考虑到这些实际显示的结构,这栋房子里有太多地方可以隐藏那段楼梯……除非老威尔逊有办法到达扭曲空间。"她做了个鬼脸。"如果那样的话,就太讨人厌了。"

但她现在不考虑非欧几里得的桥梁,除非她什么时候自己遇见。现在,她选择把假设建立在传统数学和物理学上,因为非现实的扭曲空间道路计算起来让人真的太崩溃了。

"我们需要在这栋房子的外壳下画出内部结构,这样就能确定隐藏空间在哪里。"她说,"当然,如果这栋房子本身正常一点,问题就简单多了,但无论如何……"

她大脑的一部分已经开始运行起来,在空中画出没有走过的房间。她把视线转移到另一边,她尝试着一层接一层地描绘出 3D 图景,不管房间有多不规则,窗户的装饰有多误导人。画出的每层图中都不完整,有些地方很模糊,但它们逐渐拼接到一起,成为条理分明的模型,差不多可以这样说。

"好吧。那些连接实体门的后面楼梯,藏着一个奇怪的走廊,从颠倒的壁炉那里折回来,纵横交错的,能把你带到你刚进来的地方……"

她伸出的手不断地摆弄眼前发光的图像,根据她脑中的想法不断改变房子模型的墙、走廊和窗户。起初,她总是犹豫,后来,她变得更加大胆,速度也更加快,好像拼图自己逐渐呈现在她眼前一样。视觉上的蓝图闻起来像烤面包和柠檬香味的洗洁精。

"然后,这个楼梯间平台连着……不,是这里!就是它!"

她不仅怀疑是否斯通比她更擅长解这个谜题?还是他比她还要被这栋房子的疯狂构建方式折磨得头脑混乱?毕竟这栋房子的建造样式不符合任何合理的设计理念和原则。他们中谁会更沮丧懊恼,她,还是斯通?

没关系的,她已经拿定主意了,他不在这儿,而我在这儿。

当她尽最大努力把房子的室内地图勾画出来后,她一把将图像推到左侧,把地图叠加到她幻觉模型中外墙和房顶里面,然后在其中寻找能向上通往钟楼的隐藏路线。迷宫拼图的答案忽然跳出来引起她的注意,伴随着红色的嗡鸣,闪亮出钗一样大的声音。

"就在那儿!"她急切地指着科尔看不到的示意图。"这个负形空间。应该就是隐蔽的楼梯。"

他不敢相信地盯着她看："你指什么东西呢，姑娘？还是你在施展什么神奇的图书馆员魔法呢？"

"不是魔法，是数学！"她一把抓住他的手。"我现在知道怎么走了。跟我走！"

她大脑中的地图在她眼前飘浮着，就像伊齐基尔的3D游戏机的画面显示屏，和她保持同步，她将眼前的地图当作游览这栋不断出现神秘结构房子的导航，脚下的步伐越来越快，她也越来越自信。当她穿过这栋房子时，从曲折的楼梯上上下下，她灵巧地抹去幻觉模型中混杂其中的诱饵和欺骗式结构，构造出更加清晰的前路。当她挥手擦掉时，假门和迂回路线像肥皂泡一样"啪"地破灭了，这一路她还紧紧拽着科尔一同走。

"嘿，我以为我是这次游览的向导呢？"他说，"你确定你知道要往哪里走吗？"

"现在我看得很清楚，就像白天一样！跟紧我，别落下！"

他们走过两层楼，三个房间，八个大厅，之后还走进一个巧妙地藏在橱柜中的小路，卡桑德拉在一段从大厅突出去的不规则木楼梯前停住，这段楼梯直接通往一面墙，尽头是一块彩色玻璃，上面有一只以立体派抽象画法绘制的大猫。那块彩色玻璃上没有光透进来。

"就是它！"卡桑德拉一挥手，推倒眼前发光的模型。她激动地握紧了科尔的手，指着通往艺术品的那段楼梯。"'扭曲的台阶'和'扭曲的猫'……正好都表现出来扭曲的样子！"

"我想是这样，"科尔说，努力想理解她的兴奋，"但是，'扭曲的老鼠'在哪儿？"

"我们找找看。"她记得外面那扇彩色的窗户隐藏起通往地下室的入口,"看看这扇窗能不能打开。"

科尔没费多少力气就找到了门闩。他拉开窗户,露出一段螺旋向上的楼梯,正如卡桑德拉预料的那样。

"乖乖,姑娘,"科尔敬佩地说,"你的数学就是魔法。"

"我喜欢这个说法。"她开心地笑起来。接招吧,神秘屋。

他们一边爬隐藏的楼梯,她一边忍不住地数起楼梯数量。六,十二,十八……最终,三十六级台阶后,他们来到一扇门前。门上装有一块彩色玻璃,上面刻画着一只扭曲的老鼠,样子和楼梯底下的猫很相称。

三十六,卡桑德拉心里想,六乘六……

14

·俄勒冈州·

大动物馆是一个动物园,从许多方面来讲都是。围栏、围墙、水塘和贮水池圈养着很多奇异的动物,有的是神话中的,有的是传说中的,包括无数的海洋小怪兽、神话怪物、变体动物和杂交动物,当詹金斯以不太体面的速度跑到动物园时,它们全都处于骚动不安的状态。通常情况下,这些动物都像在方舟里似的和平共处,但大鹅的古怪行为明显已经搅乱了它们的心智,证据就是尼斯湖水怪前面地上的那枚金蛋。吼叫、长啸、狂吠、悲鸣、尖叫、叽喳、嘶嘶、哞哞、嘶鸣和混杂的猫叫组合起来刺痛了他的耳膜和他的耐心。自从为了禁止海妖们继续唱歌,女妖族大战海妖族之后,他已经很久没有听过这种喧嚣了。想要平息恼人的喧闹声,免不了要使用大量骨头、饼干、方糖和咀嚼类玩具,更别提他目前紧缺的宝贵时间。这不是第一次,他希望图书馆的预算可以容许再雇用一位全职的动物管理员。

可惜愿望终归是愿望,很难实现,他心想,大概还是需要我去照顾它们吧。

"嘘！嘘！"他已经扯开自己嗓门用最大音量喊，"所有人，都安静。没有什么可看的。"他把那个引起麻烦的金蛋放进一个空巢穴里，然后往备货充足的饲料间走。"所有人，都耐心一点，我们这就要恢复全部秩序。等等，很快就轮到每个人。"

一只质疑的动物激昂地嚎叫着。

"我说过了，耐心点……我说的就是你，格兰蒂森特。"

那只猛兽暴躁地在围栏中生闷气。它细长的脖子缩了回去。

"这还差不多。"詹金斯正想从哪里开始收拾，忽然，他后知后觉地发现两个围栏里的动物不见了。万兽之王不在它的王者巢穴抖威风，而独角兽的围栏里也是空的，里面只留下一桶还没有被吃掉的燕麦和蜂蜜。所有动物都没有被关进笼子，很久之前就不必如此了，所以詹金斯一时间不知道它们到底跑到哪里去了——直到他想起另一首童谣：

狮子和独角兽，为了王冠而战斗……

"哦，我的天哪。"他责备自己为什么没有预料到这点，因为肇事者大鹅，狮子和独角兽很明显被打破《鹅妈妈协议》之后的力量影响到了，也就意味着它们都冲出大动物馆去争夺王冠了。

不，他在心里纠正自己，不仅仅是普通的王冠，而是王者王冠。

图书馆看管着无数宝贵的皇家王冠，从冥界之王哈迪斯的王冠，到安娜斯塔西娅·罗曼诺夫娜[①]的受诅咒皇冠，但对于詹金斯——一位曾经的圆桌骑士来说，唯一称得上王者王冠的，就是——

[①] 安娜斯塔西娅·罗曼诺夫娜，俄罗斯历史上第一位沙皇伊凡四世的第一位皇后，后遭毒杀。伊凡四世有六位皇后，都惨遭横死，所以后世盛传皇后的皇冠受到诅咒。——译者注

亚瑟王的王冠。

其他动物们可以等等再收拾。现在当务之急是处理两头猛兽对王冠的争夺,他急匆匆离开大动物馆,拼劲老命跑向图书馆的另一个展馆,那间馆室里,王冠是荣誉的最高象征。

如果王冠有什么闪失,他焦虑不安地想道。

不。在我的看管下绝不可以发生这种事。

还没看到王冠时,他就听到另一头的吵闹,证实了他的担心的确有根据。暴怒的吼叫、咆哮和激动的嘶鸣、厉叫交锋,各不相让。这阵混乱让詹金斯既烦恼又担心,曾几何时,也就是不久之前,图书馆总的来说还是一个安静的适宜沉思和学习研修之所……那是在暗野魔法被再次释放到世上之前的事了。

你真该死,德拉克。你真的毁了所有事……又一次。

明显冲突的喧闹声吸引他来到卡米洛[1]收藏馆,他发现狮子和独角兽果然真在为王冠而战斗,令他稍感欣慰的是,王冠仍旧安放在神话动物之间的大理石底座上。詹金斯永恒的双眼立刻聚焦到正闹哄哄殴斗的双方。

这头狮子是普世的万兽之王;安德鲁克里斯[2]、丹尼尔[3]、巴比伦[4]和犹大[5]的狮子,其形象曾被广泛应用于中世纪纹章和宏伟建筑上。它通体黄褐色,形态庄严,有着金黄的皮毛和浓密

---

[1]卡米洛,传说中的英国城镇,是亚瑟王的宫廷和圆桌会议所在地。——译者注
[2]安德鲁克里斯,爱尔兰作家萧伯纳所写剧本《安德鲁克里斯和狮子》中的主人公,是一位与狮子决斗的奴隶,但因之前他救了这只脚上扎刺的狮子,所以狮子不但没有吃掉他,还亲吻了他,他因此被释放。——译者注
[3]丹尼尔,《圣经》中勇闯狮穴却没被吃掉的人。——译者注
[4]巴比伦狮子,巴比伦文明中,狮子是其重要文化符号,其中浮雕狮子作品最为著名。——译者注
[5]犹大,古以色列人的支派,是大卫王、所罗门王和耶稣基督的嫡系祖先,狮子在犹大派中是权柄和力量的化身,耶稣就被称为"犹大派中的狮子"。——译者注

的棕黑长鬃毛，这只猛兽露出尖牙，亮出利爪，扑向独角兽。它洪亮的吼叫使得房梁都震颤。有人觉得它就是图书馆前门台阶上那对金色石刻狮子的原型，但其实这只狮子和那两只石刻狮子的家世要更复杂一点……

独角兽，这只从中世纪动物预言集跳出来的动物长着一只螺旋形的独角，全身是纯洁的白兽皮，四只偶蹄。与带有欺骗性的谣言相反，它其实在古代的确登上了诺亚方舟，但它独角的神奇力量导致它被人类不懈地追逐猎杀，使它成为濒危物种，几千年前只好由图书馆给它提供一处避难之地。独角兽此刻抬起它的后腿，和疯狂的狮子正在缠斗，它用独角和猛烈的蹄子招架狮子的尖牙和利爪，它们相互追逐，在底座下面恶斗不休，都想要争夺王冠。

亚瑟王的王冠安放在玻璃罩下，盛放在白貂皮的垫子上。王者之冠已经遗失千百年，几年前，它才在弗林和其他图书馆员的共同努力下追回。纯净无瑕的蓝宝石和血色红宝石装饰着华丽的银质头环，它曾经庄严地戴在永恒之王——亚瑟·潘德拉贡[①]的头上。一如往常，詹金斯见到王冠后，心中涌上一层悲喜交织的感触，但现在有比追念往事更要紧的事，所以他不会容忍自己沉湎于回忆中。看上去，无论是战斗者还是王冠都没有受到太大伤害，但他不能保证这样的状况一直持续下去。狮子和独角兽都毫不相让，不可避免地会争个头破血流。

除此之外，王冠本身不仅仅是一件价值不菲的文物。它是力量的载体，被赋予了神秘的护身符和魔咒之力，这种力量久

[①]亚瑟·潘德拉贡，通称亚瑟王，传说中古不列颠最富传奇色彩的伟大国王。——译者注

远到阿瓦隆①刚刚成立之初,所以,王冠太过危险,绝不可以落入任何野性未驯的人——或者野兽手中。假如狮子取得了王冠,会给它的神话力量更强的影响力,它可能会成为万兽和人类之王,威胁着人类对地球脆弱的统治。而如果独角兽取得王冠……哦,那所有的处女都会很危险②。

必须阻止这两种可能发生的事出现,詹金斯意识到面临的威胁,但解决这个问题,我需要些帮助。

他把两个手指放到嘴唇边上,吹出响亮的哨声。正如詹金斯料想的,酣战的两只猛兽完全没理会他的哨声,但另一个以图书馆为家的常驻民可没有忽视这哨声。

展厅中王冠对面的宝剑——湖中神剑,从熟睡中清醒过来。埃克斯卡利伯回应他的召唤,从石头剑鞘中急拔出来,掠过半空,来救詹金斯的急。

就该如此,他想,有什么能比亚瑟王的忠实宝剑来护卫亚瑟王的王冠更好呢?

的确,埃克斯卡利伯已经没有过去那么神勇。在与毒蛇兄弟会交锋时,宝剑被毁,经过湖中仙女玄妙的诡计和复杂难解的穿越时空把戏,这把传说中的神剑最近才又重回世间。结果是,它仍旧需要继续恢复力量和技能,但詹金斯觉得,即使一把重新复原的埃克斯卡利伯也比没有强。

"守卫王冠,"他下达命令,"以亚瑟王的名义!"

魔法神剑克服了地球吸引力,呼啸着飞到房间另一侧,与

---

① 阿瓦隆,亚瑟王传说中的重要岛屿,是亚瑟王最终的休息之地。阿瓦隆的湖中有多位仙女,守护着这一方仙境。——译者注
② 传说独角兽喜欢纯洁和天真的少女,传说因为这一特性,猎人们通常会把一位处女放到野外,独角兽会走近少女,把角探进少女腹中,这时,少女便可趁机切掉它的角。——译者注

独角兽交战。埃克斯卡利伯与神兽打斗时，光亮的剑身碰撞上独角兽银白色的角，激出晃眼的金色火花。随着它们躲避和猛刺的招式，武器间的撞击发出水晶洞里的清脆响声。

令詹金斯感到欣慰的是，飘浮在空中的神剑是用剑背作战，还没有使出任何致命招式，但他又担心接好后的剑背会在战斗白热化时被打断。他不确定魔法神剑是否会划伤魔法独角兽的角，但他不愿意这种情况出现。

"那是图书馆的财产，"他提醒埃克斯卡利伯，"小心一点，别伤到它！"

随着独角兽被转移了注意力，狮子朝王冠扑过去，但詹金斯已准备好迎战它。他一只手扶着一把老式温莎椅①的靠背，另一只手挥舞着他的皮带，在唤出埃克斯卡利伯之后，他就灵巧地从腰间把皮带抽出来。皮带对他而言有点过长了，但此时，皮带成为有用的皮鞭。他"噼啪"地挥舞起来吸引猛兽的注意力，就像一把驯兽鞭一样。

"下去，陛下，"他如此称呼万兽之王，"这个王冠可不属于你。"

狮子挑衅地咆哮起来，但詹金斯用皮带和椅子阻止了它继续靠近王冠，詹金斯采用了一套他曾经在繁荣的 20 年代时教授给克莱德·贝蒂的驯兽技巧，那时候，他没脑筋地爱上了马戏团事业。他反复挥动皮带，用椅子挡住狮子的爪子。

"后退！"他命令道，"注意你的举止！"

狮子的大爪子狠劲一挥，差点就把椅子从詹金斯的手中打落。他的胳膊已经无法撑住，拿不住椅子。他是永生的，但却

---

①温莎椅，18 世纪流行于英美的一种细骨靠椅。——译者注

不是不知疲倦。当然,这还是有点微妙区别的,尽管区别并不明显。

这全是鹅妈妈的错,他抱怨道。他无比渴望回到过去的老时光,那时只需把这头狮子脚上的刺拔掉就可以赢得它的心。如果贾德森遇到这种事他会怎么说?

"哈库呐玛塔塔①?"

狮子又抓了一下,把椅子撕成了碎片,这一下震得詹金斯朝王冠的底座后退了几步。让看管人懊恼的是,他整洁、笔挺的西服和衬衫前身都被撕破成几条。

"真是抱歉了,我只能忽略这些破损。"

然而,他身上的刮伤却没有衣服多。世界上很少有东西能真正伤到他,超大个头的"虎斑猫"不在其中,几个抓痕而已。更令他担心的是,他的抵挡对于挽救危局的作用十分微弱,而他还在这里耗时间,留一只大鹅仍在图书馆里横冲直撞,还有亡灵宝箱四处疯狂猎食,还有,哦,对了,鹅妈妈还在努力把蛋头先生拼回去,真是千钧一发。

我实在没有时间浪费在这种没用的事上。

在脑海中寻求灵感时,他忽然想起童谣的另一段:

狮子和独角兽,为了王冠而战斗。
狮子和独角兽,斗得满个小镇跑。
有人拿出白面包,有人拿出黑面包,
有人拿出梅子蛋糕,终于把它们都撵跑。

---

①哈库呐玛塔塔,电影《狮子王》中的插曲,斯瓦希里语的音译,大意为:从此以后无忧无虑,梦想成真。——译者注

"呃，这几句当然没什么用。"他嘟囔。他自诩是一位技艺高超的厨师，经过多年在世界各处就餐，他已经熏陶出高级别的美食鉴赏力，但他没有时间突击餐具室去拿适合做梅子蛋糕的厨具，做什么蛋糕的时间都没有。就算他真的做了蛋糕，等到做完，王冠早就遗失了，图书馆会遭到更大的洗劫，说不定，宇宙蛋已经孕育出一轮新的创造万物过程。

换句话说，现在可不是烘焙的好时候。

他手中的皮带朝狮子的口鼻狠劲挥过去，甩出响亮的声音，迫使野兽后退了一点，但也仅仅是一瞬间。詹金斯不敢转身去看埃克斯卡利伯，但他耳朵所听到的动静告诉他，神剑仍然在和独角兽决斗。铁器和兽角相撞，发出如同天体音乐[①]一样的声音。

音乐……

詹金斯回想起来，据说，音乐有某种使凶残的动物平静下来的魔力。这种理解实际上是对莎士比亚最初写法的一种曲解，其实莎翁最开始写的是"凶残的尤物"，但有时候，常常会有印刷错误或者对原文的解读错误，就像另一个例子，灰姑娘那双著名的不实用的玻璃鞋。一个高明的主意突然蹦进他的脑袋。

对啊，他想。这个方法大概会奏效，只要我设法让自己摆脱眼前的困境，同时保护好必要遗物的安全。

哎呀，他可不相信狮子肯让他有机会出去一趟。

现实只留给他另一个选择。

考虑到这一想法的后果，他痛苦地皱起眉。他用胳膊向下敲打保护王冠的玻璃罩，玻璃顿时碎了一地。他手中挥向狮子

[①] 天体音乐，古代哲学家认为天体运行时产生的和谐音乐，这种音乐并非字面理解的音乐，而是谐波、数学和宗教的综合概念。——译者注

的皮带没有停下来，用另一只手拿起王冠，心里向他令人悼念的已故君王默默道歉。

请原谅我的无礼，陛下。

他用尽力气把王冠抛出去，同时，他冲埃克斯卡利伯喊。

"埃克斯卡利伯，接住！"

不像弗林，他从来不用神剑的名字简称来称呼它为"卡尔"，但名字又有什么关系？神剑立刻回应，他终止了和独角兽的缠斗，呼啸着追赶王冠去了，就像狗追逐飞盘一样。埃克斯卡利伯追上空中的王冠，用剑背尖碰触到王冠的银环，把王冠串进剑背，接着，它又翘起来，好让王冠滑向剑身中间。

"接得好！"詹金斯表扬神剑，"现在……跑！离这儿远远的！"

当埃克斯卡利伯"嗖"的一下飞出展览厅带走王冠时，狮子和独角兽都高声嘶鸣，强烈抗议。两只猛兽都离开了，它们紧追跑开的神剑，此刻独留詹金斯一个人站在空荡荡的走廊上。破碎的玻璃在他鞋底"嘎吱"作响。被撕碎的椅子残骸仍需要在某个时刻清扫干净。空空的盛物垫子让他内心百味杂陈。

"走了……还被狮子和独角兽追赶。"

目前来看，情况还不错，詹金斯心想，他把皮带重新系回腰间。如果幸运女神站到他这一列的话，埃克斯卡利伯能领着一门心思要王冠的猛兽跑上一阵子，给他争取到足够时间去找到有效办法补救目前的局面。趁这短暂的时间，我动作麻利一点的话，应该能办到。

他把生命的大部分时间都奉献给了图书馆，这意味着他比任何人都知道图书馆不断扩大的布局。他没有丝毫犹豫，向着右边方向出发。图书馆的布局有时候可以比拟折纸艺术品，灵巧、精妙地将各个空间折叠起来。詹金斯利用几个折叠的空间，以创纪录的速度达到音乐历史馆。古代的七弦琴、鲁特琴、战鼓、摇铃、竖琴和特雷门琴①放置在木架上，旁边的架子上摆放着收集来的活页乐谱、遗失的曲谱、被禁的歌词和很多上等黑胶唱片，唱片的数量之多，质量之高，怕是会让任何有见识的发烧友都不自觉地垂涎三尺。詹金斯没有留意架子上展示出的海量稀有乐器，直接走向藏品中的一件特别乐器——一组古希腊时期的排箫，它的历史可以追溯到奥林匹亚山时代。

这组古老大乐器被挂在一个挂钩上，距离牧神潘恩②那足球大小的大理石雕像不远，雕像上的潘恩，长着羊角和四只蹄子。在排箫下面，挂着一个篮子，里面放有新鲜的蜂蜡，那是从图书馆另一处的蜂房里采来的。詹金斯用手舀出一点蜂蜡，堵住了两只耳朵，就像奥德修斯③曾从伊利昂出发返航回家的漫长旅程中做的那样。准备妥当之后，他打了个响指，确定基本听不到了，才召唤那组排箫。

"升起来，闪耀吧，"他说，"现在是表演时间。"

排箫微微颤动，从挂钩处脱节，如埃克斯卡利伯一样飘浮在空中。神话中，潘恩的排箫原身曾是一位名叫"西琳克丝"的仙女，后来宙斯为了帮助她逃离潘恩的热烈追求，就把她变成了一丛芦苇。一想到这部分神话，詹金斯都认为神仙们的做法有点太极端，但他哪里有非议的资格？何况，那也是他出生

---

①特雷门琴，1919年由苏联物理学家利夫·特雷门发明。这一乐器的发音原理是利用天线和演奏者的手构成电容器，天线接收人手位置的变化而发出声音。特雷门琴是世上唯一不需要身体接触就可以演奏的电子乐器。——译者注
②潘恩，希腊神话中的牧神，潘恩相貌丑陋，但特别擅长吹排箫，传说吹出的箫乐是难得的天籁。——译者注
③奥德修斯，希腊神话中的人物，在返航途中经过海妖岛时，他堵住了耳朵，躲过了女妖塞壬的魅惑歌声。——译者注

之前很早发生的事了,他可不喜欢像传福音一样说这些闲言碎语。他十分确定的是,排箫自身有自己的独立人格,而且,排箫奏出的音乐拥有非常特殊的威力。

排箫在他面前的半空中不断跳动,跃跃欲试地想演奏。

"让我先把你的听众召唤来。"他向排箫承诺。

他又吹了一次呼唤神剑的口哨,很快,埃克斯卡利伯就迅速朝他飞过来,后面依旧跟着独角兽和狮子。独角兽要比狮子跑得快一点,但后面的狮子也只有几步远,它们从书架间飞奔而来。尽管詹金斯已经做好了应对计划,而且他自身还是永生的体魄,看到狂暴的猛兽朝他猛扑过来,他还是感到一阵胆战心惊。他稳住呼吸,等到它们完全到达听力范围内,他就指示排箫开始演奏。

"请演奏一曲安眠曲,有劳西琳克丝女士了。"

神话中的排箫十分乐意,不需要任何人的手上操作,也不用吹气,就开始自己演奏起音乐。尽管詹金斯的耳朵里塞进了蜂蜡,仍然能听到排箫发出的天籁之音。这音乐具有奇异的舒缓作用,犹如催眠曲一样。詹金斯发现自己极度疲惫的双眼已经开始要闭上了,在完全睡着之前,他赶紧振作精神。

回想起来,也许我往耳朵里塞的蜂蜡量有点太少了。

狮子和独角兽没有任何防护措施,当西琳克丝的音乐奏响时,它们立刻被音乐平息了残暴的怒火。狂野的猛兽逐渐慢下脚步,忘记了它们被童谣魔力控制后对王冠的追逐,接着,它们在催眠曲不可抗拒的作用下倒向地面。詹金斯看着它们俯卧在地面上,依偎在一起,双双进入梦乡,终于,他松了一口气。没过多久,它们就睡熟了。狮子打鼾的洪亮声音也透过詹金斯的蜂蜡耳塞传进他耳朵里。看管人驻足片刻,感受这一场面的宁静。他不得不承认：当它们睡着时，它们看上去真像天使般可爱。

"好哇，真好。"他用手示意出鼓掌，但又不真的让双手碰到一起，以免吵醒酣睡的两只猛兽。排箫在它被音乐困住的听众上面飞来飞去。"现在，如果您能继续一直演奏，那就极好，感谢您。"

说实话，他不确定排箫的催眠曲能完全战胜鹅妈妈毁灭性的影响，但似乎此刻，看排箫现在的表现是暂时领先。太可惜了，他心里琢磨，这样他就不能借助排箫来使逃跑的大鹅安静下来，他现在需要西琳克丝在这里，让狮子和独角兽一直安眠，而他，要独自对付另外那个紧要的目标。

一次只专心做好一件事，他想。"埃克斯卡利伯，把王冠放回原位吧。真是好剑！"

神剑立刻飞走，去着手办这件差事。

一声"嘎昂"的鹅叫在图书馆没有尽头的走廊和大厅中回荡，尖锐地提醒着詹金斯：他还有个大鹅需要追捕。碰巧，他终于想到一个能够对付这只逃跑大水鸟的计策，但实施这个计划需要他先从图书馆多种多样的收藏馆里借用几样东西。

当然是越快越好。

"继续演奏吧，"他一面悄悄地对排箫说，一面踮着脚从睡着的猛兽旁边走开，"再来一曲……"

他后悔自己绕弯子解决这件事占用了太多时间。他只好寄希望于贝尔德上校能用自己一贯的沉着和高效完成她的任务。

她必定能完全控制住局面……或者失败。

15

古文物区大概是图书馆最古老的馆区，可以追溯到千年以前图书馆最初布局的亚历山大帝国时期。展馆中陈列着各式各样的文物、卷轴、挂毯等，它们来自古希腊、古罗马、古埃及、巴比伦、苏美尔、亚特兰蒂斯、利莫里亚和其他已经消失的国度和王朝，这些物件都被分成小隔间放到不同的小房间中，大概都是按照地理方位整理分类的。贝尔德抄小路跑进这间收藏馆，希望能在亡灵宝箱到达之前先它一步来到这里，她发现，詹金斯说图书馆拥有相当多的金器这话绝不是夸张，这里的金器数量相当可观，有法老的纯金棺材、一尊价值不菲的纯金佛像、一大片金羊毛、马拉喀什的金骆驼、一双金带子鞋……甚至还有变形为纯金雕像的国王米达斯①。国王米达斯还端坐在同样是黄金的王座上，因为那人尽皆知的诅咒，他的肉身和服装都变成了纯金。根据弗林所说，米达斯曾经在图书馆的主入口大厅处展览，但后来因为什么原因又重新收回到收藏馆里，至于原因是什么，和眼下的任务也没什么关系。

古代人是真喜欢这种亮闪闪的东西啊，贝尔德心想，我猜，

---

①米达斯，希腊神话中拥有点物成金法术的国王。——译者注

千百年过去了，人类对这种东西的贪婪嗜好还是没怎么变。

她迅速扫视了一圈，确定她的确是比饥饿的宝箱快一步到达这里，但她根本没有时间喘口气，因为很快，她就听到了小木腿"嘚嘚"跺地的声音，宝箱正朝她和这些闪闪发光的文物进发。她转过头，看向声音的来源，她见到宝箱不断"吧嗒吧嗒"咬合着盖子，急切地冲向文物。四只小木腿抬着箱子，走起来相当快速，箱子轻快地走过大厅，朝着开放的走廊过来。

詹金斯说得很对，她想，这不禁让人怀疑，是不是这个宝箱之前就发作过狂暴的贪食症？

她没耽误片刻工夫，急忙冲进希腊—罗马区手动激活了最后一道安全防护措施。一扇厚重的铁闸门"砰"的一声下落到地面，挡住门口。贝尔德希望这么厚的铁门足够阻止穷凶极恶的海盗宝箱。

但没想的那么幸运。

宝箱开始"咯咯"地咬开铁门，就像土拨鼠啃木头一样。在持续强烈的饥饿作用下，宝箱为了吃到黄金而疯狂吞咬铁闸门，火星和金属碎屑四处飞散。

"糟糕。"贝尔德自言自语。

她一把操起放在墙上的一柄青铜时代的长矛，站在宝箱和国王米达斯中间，似乎立志要成为宝箱吞没金子的第一道防线。传说中的国王是出了名的贪婪，但贝尔德认为，他的下场不至于沦落到被一只辉煌一时的矮脚柜吞噬。而且，还有什么独特的历史意义之类的……

当宝箱跨过被撕碎的铁闸门时，撕碎的铁条发出刺耳的声音抗议着，但它无法阻止宝箱跨过铁门，走进古文物区，直奔国王米达斯，尽管半路有个坚定的守护者拦路。

"还没这么快让你得逞,浑蛋!"

她用长矛使劲儿戳那宝箱,但令人沮丧的是,她的对手没有任何明显的致命部位。也许,如果不释放里面的十五个恶灵,就无法打败这个宝箱,詹金斯说的差不多是这个意思,但也许,她可以阻挡宝箱不吃这些文物?

"后退,臭箱子!去找金蛋吃。"

然而,她似乎低估了宝箱的固执程度。宝箱的小木腿向前跳起,张大的嘴巴正好含住了长矛的尖,然后直接把长矛的前端咬掉,吃进肚子里,留贝尔德只拿着短了一截的长矛柄在对战,长矛的前端被海盗宝箱一点一点吃掉。宝箱越来越靠近贝尔德,它在一寸又一寸地大口吞掉长矛剩余部分时,青铜碎片从咬合部位喷射出来,掉落到地上。

"好吧,是时候找个备选方案了,"她嘟囔,"什么能做备选呢……"

她扔掉长矛的后半部分,心里还在祈祷:但愿这长矛不贵重。她的目光快速在古文物区寻找下一工具目标。很显然,她需要某种工具,或者是什么可以远距离抵挡的东西,避免接触到宝箱那锋利的大嘴,但什么东西满足这样的条件呢?

朱庇特[①]的雷霆权杖?不行,它的毁灭性太大。很有可能,她会把宝箱击成碎片或者把它给引燃了。伏尔甘[②]的金网?就是《战神》里那个他用来捕捉他出轨妻子和她情人的网?不行,那金网起不了什么作用,反到会成了饥饿的宝箱口中美味的意大

[①]朱庇特,罗马神话中的天空、光明和法律之神。罗马十二主神之首,对应的是希腊神话中的宙斯。——译者注
[②]伏尔甘,罗马神话中的火与工匠之神,他给诸神打造神器。伏尔甘长相丑陋,但却娶了长相最美丽的女神维纳斯,神话中,维纳斯出轨战神马尔斯,后来被伏尔甘捉住。——译者注

利面条。普鲁托①的王冠？不行，很明显对她此刻的危机不起什么作用。丘比特②的箭？不行，也没用。尼普顿的三叉戟？

她脸上露出一个大大的笑容。

这个我可以试一下！

当宝箱吃完最后一截长矛时，贝尔德从底座上拔出了锻造的金属三叉戟。摸上去，这兵器又凉又湿，好像刚刚从海底挖掘出来的一样。她耳边响起古老的海浪翻涌声。为了让宝箱远离米达斯，当宝箱正朝金国王和他的宝座扑过去的紧要关头，她用锋利的三叉戟指向宝箱。

"让它冷静下来。"贝尔德说。

手中的兵器顿时回应了她的命令，三股高压海水柱从三叉戟的尖刺处冒出来，汇聚成一股水流，直冲向宝箱，将它击退。在贝尔德不断进攻时，她的鼻孔里充满了腥咸的海水味道。这片馆区很快就被水淹了，但这只是为了保护米达斯和其他文物安全所付出的最小代价了，毕竟要防止乱跑的箱子到处进食。

但是，这种消防水带式的工具就足够了？

宝箱可不这么认为。尽管有惩戒性的盐水喷射，但它仍吃力地抵抗着三叉戟的魔法。似乎，没有什么东西能熄灭它吃东西的热情，即使是七大洋的惊涛骇浪也不行。水柱的喷射力强劲到贝尔德要双手拼命握才拿得住，但宝箱仍然在往前走，虽然很慢，但仍然朝着香甜可口的金人节节逼近。米达斯国王眼看就要成为宝箱的开胃小菜，谁知道之后又会有多少主菜和甜品成为宝箱的腹中餐呢。

---

①普鲁托，罗马神话中的冥王，对应希腊神话中的哈迪斯。——译者注
②丘比特，罗马神话中的爱情使者，使用一把特制的神器——弓箭，被射中的两人就会相爱。——译者注

"呼叫贝尔德上校。"詹金斯的声音从附近的一把里拉琴上发出来,他以一种神奇的方式把里拉琴用作对讲机。里拉琴的琴弦声使得他的声音带有一种特别的鼻音。"你那边已经搞定亡灵宝箱了吗?"

"正在努力,"她喊着回答,"大鹅怎么样了?"

"还没抓到,"他承认,"但我已经想到了一个挽救的计策。我只是想再强调一遍,你千万不要破坏那个宝箱的结构完整……"

"我尽量,"她简短地回答。

"那我就把宝箱交给你处置了,上校。""嘎昂"一声鸣叫从詹金斯那边的背景传出来。"通话完毕。"

贝尔德生气地嘟囔一句。她现在此刻,只有左手知道右手在干什么,她也希望自己能想到个什么计策,但她现在正忙着用一个神圣的三叉戟抵挡一个穷凶极恶的宝箱呢,况且三叉戟的打击力度已经开始减弱。

令她气馁的是,水压开始放缓。她咬紧牙关,想要命令三叉戟继续喷射海水,但她只是一介凡人,只是一位守护者,不是海神。她能通过三叉戟召唤出的水量是有限的,很明显,她也接近这一极限点了,但宝箱还是那么饥饿,那么顽固不舍。看上去,你无法靠淹没战胜一个宝箱,那么换作是罗伯特·路易斯·史蒂文森[①]的话,该怎么把你……

答案犹如一艘海盗船忽然打出火炮一样,让她打了个激灵。

当然,她想,应该就是这个办法了。

她心里已经有了主意。现在,她只需要实施。她一边用手

[①] 罗伯特·路易斯·史蒂文森,19世纪后半叶英国小说家,他的作品《金银岛》讲述了有关海盗和寻宝的故事。——译者注

继续用三叉戟的水柱抵挡宝箱，一边将目光扫过附近的物品，寻找一件合适的诱饵。金羊毛，曾经被伊阿宋和他的阿尔戈英雄们[①]偷来的礼物，就在几码外闪闪发亮，在墙上占据着非常显赫的位置。神话中的公羊皮诱惑着阿尔戈英雄们横渡黑海去追寻；如果幸运的话，亡灵的宝箱也会认为它无法抗拒。

又到表演斗牛士的时间了，她心里暗想，哦嘞！

距离她设法做出同样的特技表演吸引卡吕冬魔猪，难道仅仅过去一天左右的时间？等这个大鹅的事情完结后，假设宇宙还是照旧运转，到时候她一定要睡个大觉，也或许，喝点烈性酒。

最后一股加压的海水喷射让宝箱向后翻了过去。这股加压的神力让三叉戟流干了它的最后存量，水流从尖锐的水柱变为涓涓细流，但它仍然为贝尔德争取了一点宝贵的时间。她扔掉浸湿的三叉戟，利用片刻的时间猛冲过去，拽起金羊毛，无意间撞倒了支撑金羊毛的底座。羊毛质地的金羊皮，是几千年前从一只神圣的公羊身上扒下来的，重量比人们想象的要重得多。但贝尔德并非一般人，她可是曾经扛着受伤战友在阿富汗崎岖的山路上走了好几公里的人，那是在一次突袭早已向南转移的恐怖分子训练营地之后的事。她认为自己可以把金羊毛从图书馆的这边运送到另一边。棘手的地方是，要保证在此之前，宝箱不会吃掉金羊毛。

"哟！"她朝宝箱喊，"嚯，嚯！"

被三叉戟的最后一股强力喷射后，宝箱四脚朝天地立在地

[①]伊阿宋和阿尔戈英雄都是古希腊神话中的英雄人物。伊阿宋是忒萨莉亚的王子，在叔叔篡权夺位后，他被叔叔命令去科尔喀斯寻找金羊毛。伊阿宋得到神的帮助，与赫拉克勒斯、墨勒阿革洛斯等乘坐阿尔戈号船，历经艰险，取得金羊毛。——译者注

上。它的小木腿无法控制地在空中乱动,过了好一会儿,贝尔德以为它也许会像翻了壳的乌龟一样被困住,但它利用铰链开合的嘴巴快速翻转过来,又用四条腿站起来。贝尔德抖搂金羊毛,吸引宝箱的注意力。

"你想要这个吗?你当然想要!"她朝宝箱诱惑地挥舞起金羊毛,"过来,过来吃呀!"

宝箱起初犹豫不决,在米达斯和金羊毛之间举棋不定,但正如贝尔德希望的那样,金羊毛金光灿灿的样子太诱人了,让人根本无法忽视。宝箱的边沿挂着古怪的水流,好像是大嘴边淌下的口水。宝箱暂时放弃了米达斯和其他宝物,朝贝尔德飞奔过去,贝尔德把金羊毛披在肩上,开始奔跑,后面的宝箱穷追不舍。小木腿从馆区的海水坑里"啪嗒啪嗒"地踏过。

"就这样!"她朝宝箱喊,催促它继续跟她跑,"看看你能不能追上我,你这个贪婪无度的保险箱!"

她自信自己能跑得比一个宝箱快,即使身上驮着沉重的金羊毛,但实际上,金羊毛和她过去驮过的东西大不相同。她心想,历史上充满了很多走厄运的商船,它们满载宝贵的货物,以为能够轻松超越不肯放弃的海盗船,最后,它们的财宝都进了贪婪海盗的囊中。

贝尔德希望她不会像那些船只一样。詹金斯还指望她能完成任务。

同样指望她的,还有图书馆。

16

·俄亥俄州·

从古老的旋转木马里找到的,是一本真正的书,而不是一沓散开的书页,这让伊齐基尔多少有点吃惊。大概这个家族已经重新装订了他们这三分之一部分的原始童谣集,以便能更好地保存它。他当然不会抱怨。这就让我的工作更顺利了。

"哦,我的天。"玛丽从他身后冒出来,越过他肩膀看着这本书,"真的是它吗?这不是什么精心设计的骗局吧?"

"不是。只是另一项被伊齐基尔·琼斯发现的文物……当然,借助了其他人的一点帮忙。"他承认。

他刚要动手去取那本书,却被旋转木马的管理员打断了,管理员恰好在此时想要查看伊齐基尔的工作进度。那个少年迷惑地盯着被打开的暗箱。

"请等一下。"他阻止道,"发生了什么?这是什么书?"

"调查员先生无意中发现了一本小镇的古书。"玛丽推开伊齐基尔,拿起书,"现在,我以班伯里公共图书馆的名义正式宣布:由我来处置这本书。"

伊齐基尔张大嘴巴,刚要抗议,但发现此时并不是争辩的好时机。他可以利用当地图书管理员的影响,让这本书离开展览会,而不会受到质问。"当然。"他同意,"发现这种物品就应该交给知道如何正确处置的人。还好你就在身边。"

她得意地冲他一笑:"是的。我觉得这是个幸运的巧合,不是吗,琼斯先生?"她把书抱在怀里,从吉米身边走开,往门口走去。"如果不介意的话,我这就把这份具有历史价值的文件安全地收在图书馆里,那是它应放的地方。"

嘿,我以为这是我的工作,伊齐基尔想。他紧随玛丽身后快速往外走时,眼睛紧紧盯着也在离场的书,把吉米一个人和有缺口的鲸鱼座位留在身后。

"喂!"茫然的管理员大声喊,"那检查怎么办?你甚至都没有看一眼发动机。"

"这不是我部门的工作,哥们儿。你找一个好机修师吧。"

"但——"

吉米困惑的询问声被展览会的喧闹声压过去,伊齐基尔紧追几步赶上玛丽,而玛丽果断地大步往他们来时的方向走。他贪婪地盯着《鹅妈妈童谣集》,想知道他是否是第一位找到这本隐藏大书的。他还没接到通知他斯通或者卡桑德拉已找到了目标物的电话。

"刚才你表现得非常不错。"他恭维玛丽。这一路上,这本皮革包边的大书看上去和周围格格不入,旁边的每个人手里都拿着爆米花、汽水或者毛绒卡通玩具。迎面走过一群乐呵呵的人,往展览会深处走去,伊齐基尔紧跟着玛丽,防止在人群中与她走散。"但你现在可以把书给我了。"

他伸手去够那本薄薄的大书。

"没门。"她紧紧抓着手中的书,比之前抱得更紧了,"我当然希望你不会觉得：你可以就这么从这里闲逛出去，带走我的家族遗产。"

"但直到几个小时前，你才知道有这本书的啊！你以为这本书就是个睡前故事？"

"呃，现在我更明白这是事实了，不行吗？"她加快了步伐。"还有，我不会把这本书交给一个花言巧语的可怕人物，一个说谎像呼吸一样自然的骗子。"

"但我告诉你了，我是位图书馆员。这是我的工作。"他的手指迫切地想从玛丽手中抢过书，但这不是他的行事风格；他是个小偷，不是抢劫犯。"相信我，这本书太过危险，不能存放在普罗大众的世界里。"

"相信你？"玛丽对这话不屑一顾，"你长得太贼眉鼠眼了。你以为我看不出来？如果你是图书馆员，那我就是尼斯湖水怪。"

"实际上，尼斯湖水怪比你更懂得合作，尤其是她到了产卵的季节，但这是另外一件事了。"他把有关鳞片的记忆赶出脑海，集中精力在眼前的任务上，"我发誓，我会照看好这本书，直到把书送到合适的人手中。"

"你的手吗？"她在派的展览亭前停住，这里很适合向他说明她的一点看法，"别逼我——"

一声粗厉的狞笑从上面某个地方传来，打断了他们的争吵。伊齐基尔震惊地抬起头，错愕地发现了好像直接从童书中跳出来的鹅妈妈本尊，正站在卖派亭子的原木屋顶上。她的出现吸引得人群大吃一惊地倒吸冷气，还引来人群的欢笑声，大部分人似乎以为这位头戴黑帽的老太婆是为了游客而装扮的。人群传来零零落落的掌声，欢迎她的到来。很多受惊的孩子躲到家长身后。

玛丽眼睛瞪得圆圆的。"那是——"

"没错!"他认为这位应该和之前贝尔德遇见的鹅妈妈是同一人。她竟然从新泽西州飞快地来到俄亥俄州,这让他不禁怀疑那只魔法大公鹅到底飞得有多快,或者她也有某种形式的魔法门或者能够瞬间转移的魔咒。他看了一眼天空,但没有看到任何飞走的翅膀。"快把书给我……现在!"

玛丽仍然拒绝交出手中的书。"我……我不明白。发生了什么?"

"不要吵,孩子们。"鹅妈妈低头看了一眼,说。她把疙疙瘩瘩的手杖指向前面,要求收回童谣集。"我现在要收回我的书了,如果你不介意的话。"

伊齐基尔摇摇头,"绝不可能。"他轻轻推玛丽,"我们需要赶紧离开这里。谁知道这个鹅妈妈能干出什么事来?"

话说得容易,做起来难,人群里三层外三层地围绕着他们,还有更多的展览会游览者朝这里聚集,想要看亭子这边的"表演"。"对不起。"当玛丽和伊齐基尔努力挤过拥挤的男人、女人和孩子时,她时不时地致歉,"对不起,借过。"

"让路!"伊齐基尔说,没有玛丽说得那样礼貌。

"别走那么快,孩子们!"鹅妈妈在骚动的人群上方大声喊,就像她已经习惯了大声给听众讲述故事和童谣一样。她冲着逃走的图书馆员工们晃动手杖。"你们不可以带走我的书,没有我的允许,你们绝带不走!"

又来了,伊齐基尔心想,知道事情总是不会一帆风顺。又到了讨人厌的魔法时刻。

"唱一首六便士之歌,"干瘪老太婆背诵起来,"满满一大袋黑麦。二十四只黑鸟,被厨师烤进了派①……!"

伊齐基尔叹了口气,当然机警地防备着,不出所料,许多只黑鸟组成的鸟群立刻从展览的派中飞出来,翅膀的抖动带来一阵疾风。当这群躁动的飞鸟从亭子中冒出来飞向人群时,受惊的人群立刻一团混乱,鸟儿们刺耳的啭鸣夹杂着受惊旁观者的尖叫和喘息,不断传入耳际。伊齐基尔被尖叫的游览者推来搡去。这场面就像鹅妈妈和阿尔弗雷德·希区柯克②合作起来……

"小心你的鼻子!"他对玛丽大声喊,想起童谣后面某个不幸女仆的遭遇,他不顾一切地朝那鸟群掷过去工艺品和细小东西,他想要过去抓牢童谣书,正在这时,一大群黑压压的鸟群将他们团团围住,迫使他放开手,保护他总是自认为格外英俊的脸。无数的小鸟撞击他,一边扇动翅膀一边啭叫,让他耳膜受到强烈刺激。每个派飞出二十四只鸟,二十个派飞出的鸟儿数量就相当多了,也许只有卡桑德拉能算出来确切有多少只;

---

① 《唱一首六便士之歌》(*Sing a song of sixpence*) 是《鹅妈妈童谣》中的一首:
  Sing a song of sixpence, a pocket full of rye.
  Four and twenty blackbirds baked in a pie.
  When the pie was opened, the birds began to sing,
  Wasn't that a dainty dish, to set before the King!
  The King was in his counting house, counting all his money.
  The Queen was in the parlor, eating bread and honey.
  The maid was in the garden, hanging out the clothes.
  Along came a blackbird, and pecked off her nose.
  唱一首六便士歌来,满满一大袋黑麦。
  二十四只黑鸟,被厨师烤进了派。
  当熟派被打开,鸟儿欢快唱起来,
  摆到国王面前,多么美味一盘菜!
  国王坐在小金屋,一直在数黄金币。
  王后坐在会客厅,吃着面包和蜂蜜。
  女仆工作在花园,辛勤劳作来晾衣。
  忽然飞来一只鸟,狠狠啄掉她的鼻。——译者注
② 阿尔弗雷德·希区柯克(1899—1990)著名的惊悚片导演、编剧、制片人。——译者注

伊齐基尔所知道的,就是有太多可恶的鸟朝他脸飞过来!

真是愚蠢,他心想,什么人会把鸟烤进派里?

鸟群风暴逐渐散开,就像来时那么突然,它们带走了书。前一分钟,伊齐基尔还被鸟儿攻击到无法呼吸,下一分钟他就完好无损地站在受惊吓的混乱人群中间,他摸摸鼻子,确定鼻子还在。然后,他无助地站在原地看向空中,那些黑鸟用嘴叼起鹅妈妈守旧的衣服,将她举到天空中。干瘪的老太婆欢快地"咯咯"笑着,随着她逐渐升入空中,还挥舞起那本偷来的书。她在半空中嘲弄伊齐基尔的话语,带着胜利的喜悦。

"祝你下次更幸运点,图书馆员!"

伊齐基尔看着她消失在云端,然后,把视线拉低,看向周围混乱的场面。破裂开的派洒出了很多水果馅料,掉落在亭子中,到处都是,一片狼藉,而这时,被吓傻了的游览者都蜂拥往别处散去。从他所见到的周围情况来看,没有人的鼻子被啄掉。明显被震惊到而至今还在颤抖的白发图书管理员也没有丢掉鼻子,尽管她的头发非常凌乱,皱起来的衣服上还紧贴着几根细小的黑色羽毛。她惊异地盯着自己两只空空的手。

"书!"她小声地说,"书被黑鸟抢走了。"

"别开玩笑啊。"他可不想通知贝尔德和詹金斯说他的任务失败,"本不该这样啊。"

他希望斯通和卡桑德拉能够比他幸运些。

17

·诺森伯兰郡·

在斯通和吉莉安的共同努力下,他们用一根木梁和附近的碎石堆搭建起一个粗糙的跷跷板。"对我们来讲,这根木梁刚好掉落在这里,真是幸运。"她感叹。

"说不定,并不是巧合。"斯通调整了一下木梁,以弥补吉莉安比他更轻的体重,"现在我想起来了,古罗马时代的原始木梁恐怕早已腐烂光了,尤其是在这种潮湿的环境中。有人替换了井中的木梁,还在原木上做了防水,大概也就是一百年前的事。"

"也许是1918年以后的什么时候,你说过的《鹅妈妈童谣集》被藏起来的时候?"很明显,吉莉安理解了他说的话,"你是认为我的一位祖辈把这根木梁留下来,故意让我们找到?"

"也许。"斯通说,"我见过更精心设计的谜题,给遥远的几代人之后的后人,有些谜题可以追溯到亚特兰蒂斯时期。"

"亚特兰蒂斯?"她重复着他的话,"现在,我知道你原来是在戏弄我了。亚特兰蒂斯只是一个传说。"

如果你亲眼见过海王尼普顿的三叉戟,就不会这么说了,斯通心想,但他不想强调魔法事件。他仍然不愿把所有严肃的魔法事物强加给吉莉安,担心她会觉得自己是个疯子。"我们这样说吧,可能有的传说比你想的更真实一点。"

他坐在跷跷板的一端,面对着月亮马赛克。吉莉安吃力地爬到跷跷板另一端,自然,他被抬到等待他的马赛克近前。

"这个方法真的行得通!"她一边说着,一边压着跷跷板,直到她这端的木板"砰"的一声碰触到地面。"真没想到,以我的体重居然能把你翘起来。"

"杠杆原理,"斯通说,"你只需要找到一个合适的……支点。"

终于,他更近距离看着马赛克,利用头灯的光线仔细查看。"没错,"他大声对下面的吉莉安说,"正如我之前料想的,这个区域的马赛克是一块浮雕板,一整块预制墙板,在其他地方先组合好,然后作为大一号的马赛克再嵌入这个地方。"他凑近查看那块画着不怀好意的月亮面庞的瓷砖。"而且,这块浮雕板很特别……它是一块伪造品,或者至少可以这样说,这块大马赛克不是原始瓷砖,很多迹象都表明:它是距原始建筑千百年后才被设计镶嵌到这里的。"

吉莉安惊讶地瞪大眼睛。"你是怎么知道的?"

"小细节。"他解释说,"一方面,传统罗马马赛克总是在人物浮雕外围有一圈极细的白色轮廓线。"他把光线照到右边约1米外其他破碎的瓷砖上,那是一副残破的卡西奥帕亚[①]浮雕。大多数马赛克都已经脱落,只剩下光秃秃的石头和凝固后的干泥浆,但人们仍然可以从残存的手臂和脚部马赛克小块看到细微

[①] 卡西奥帕亚,希腊神话中的埃塞俄比亚王后,曾因夸口自己和女儿最美而得罪了海王,幸亏被英雄珀尔修斯搭救。最终国王和王后升到天界,卡西奥帕亚成为仙后座。——译者注

的白色轮廓。"但这个月亮人周身并没有这圈轮廓线。"

"也许因为月亮人就是白色瓷砖做的?"她猜测,"偶尔唱一下反调。"

"不是。罗马人在建筑方面是很坚持自己原则的。他们会用两种不同色调的白色来体现浮雕画像的轮廓。"他把头灯的光线重新照到月亮上,这块月亮瓷砖就像真的月亮一样,反射出银白的光亮。"还有一点。这块大嵌板上,有些玻璃马赛克的外形会稍稍倾斜一点,这样会更好地反射多个方向的光线。这是拜占庭的技术,自古罗马军团离开不列颠地区很久以后才开始出现的技术。所以,安装在这里的这块墙板,绝对不是这个堡垒还在使用时安装的。它是个仿制品,被人有意混在真正的古罗马马赛克中间——一定程度上可以这样说。"

"那它有什么用意?"

"这正是我要继续调查的。"他把手轻轻伸到浮雕像前,尽管它并不是真正意义上的古物,但如果能避免的话,他还是不想破坏这件艺术品。难道仅仅是他的想象,还是这块特别的预制板真的比相邻的其他部分都低一点点?"我怀疑……"

他不是像伊齐基尔那样的偷盗大师,但斯通在多年四处搜寻遗失手稿和机密文物时,也动手发掘过很多东西。他用手掌压住那块嵌在墙上的墙板,小心地用手压着用力,尝试向左滑动,然后试着向右,接着……

"我发现了!"

整个浮雕像向下滑动,露出一个隐蔽的小壁龛,里面放着一个上了锁的松木盒子,斯通看着那盒子,尺寸恰好够放进一本幽灵大书的三分之一。他手指伸进去,把盒子从小洞穴里面拿出来。

"我找到一样东西！"他说，"让我下去……慢慢地。"

"收到指示。"

她慢慢从她那侧的跷跷板下来，但也许并不算太缓慢。斯通那侧的木头突然下落，"咚"的一下砸到地面。木梁摇摇晃晃，让斯通根本无法站住。

"喂！"他大声抗议，尾骨疼得厉害，"我说了，慢慢地！"

"对不起！"她说，"这比我想的可是难多了。"

"这话对我撞瘀青的屁股来说，可没用。"

她伸长脖子，"是吗？"她奸笑着说，"从我站的这个角度来看，你的屁股看着挺好的。"

她调戏的口吻减轻了不少他遭硬物撞击的疼痛。他倒是也可以用玩笑的语气来回应，但此刻他更想要知道盒子里装的是什么。他打开一个插销，掀开盒盖，看到一本皮革包边的薄书。凸印的标题跃然出现在他眼前：

《鹅妈妈童谣集——三部分之二》。

"哇，这是真的啊！"吉莉安敬畏地赞叹一句，"我们找到它了。"她抬头看了看斯通，"仔细想想，我也许需要重新考虑我对亚特兰蒂斯的观点了……"她随即流露出怀疑的语气："除非，这一整个探险过程都是一个精心设计的骗局，而你，把这本书摆在这里，等我们来发现它。"

她有这种想法，他一点都不见怪，尤其是他不久前还质疑过她的动机。"你是想出用跷跷板这个主意的人，"他指出她的怀疑有漏洞，"而且，是你告诉我和北欧神话有关联的。"

"嗯，这个理论自从19世纪就已经有人提出来了，我是个民俗学者，所以，我能联想到这个理论也不奇怪——"

"听着，"斯通打断她的话，"相信你自己的直觉。你真的觉得我在诓骗你吗?"

她看着他的眼睛:"好吧,我没认为你是在骗我。"

"那,让我们先离开这个大山洞吧。"为了安全起见,他把盒子又重新盖上,"我们可以找个更干爽更舒适的地方查看这里面的东西。"

他急切地想查看这本书,但他实在不想在井底逗留太久,尤其是还有个鹅妈妈正到处作乱。虽然说,贝尔德是在新泽西州撞见的她,距离这里有千里万里,但魔法可以把时间和空间变得更加灵活变通,就像每次他踏进附件馆的魔法后门,魔法都会如此演示一遍。如果他可以从美国即刻到达英国,也许,鹅妈妈也可以办到?

趁还没有其他人来之前,让我们赶紧把这摊子收拾了。

想要返回竖井道,意味着他们需要跳进蓄水池,蹚水走过污浊的水潭。当他们来到出口下边时,斯通始终紧紧握着盒子。他认为应该让吉莉安先爬出井,然后他再向上爬。越快回到地面联系上图书馆,越好。

这部分《鹅妈妈童谣集》,绝不能落在她的手中。

"你先请。"他说,"女士优——"

让他出其不意的是,那根一直等着他们用来攀爬的绳子,忽然快速地被朝上拽走,很快消失在他们眼前。他跳起来要够绳子,差点就把盒子掉进水里,但还是没能够到。他们逃出井的希望就这样在眼前消失了。

"搞什么——?"

一声奸佞的笑声从上边高处传来。斯通抬头看去,看到鹅妈妈正低着头望着他,就像之前吉莉安那样。

"你们想要去哪里呀,孩子们?"干瘪的老太婆奚落起两人。

吉莉安无比震惊,看看陌生人,又看看斯通。"让我猜猜,"她竟然是一脸沉着地说,"我们的竞争者?"

"回答正确。"他说,"介绍一下,这是鹅妈妈。"

她惊得掉了下巴。"鹅妈妈童谣的鹅妈妈?"

"更像是一个自称鹅妈妈的人——我们是这么认为的。"他耸耸肩,"这件事很复杂。"

"你们闲聊够了没有!"鹅妈妈厉声斥责,"把书给我。它属于我。"

"根据1918年的《鹅妈妈协议》,它可不是你的,"斯通说,"至少我是这么听说的。"

"那个混账协议算什么东西!完全无效,作废!"她用绳子放下一个水桶。"我已经从你的朋友——小偷手里拿到书的第一部分了,所以,你最好也合作一点。"

"你是指琼斯?"斯通很希望眼前的这个老太婆是在说谎,她根本没从伊齐基尔手里抢到遗失的童谣书,但他心里也知道,这种想法,只是美好的愿望而已。他已经做图书馆员很长时间了,所以,他太了解坏人对想要得到的目标是有多执着。"琼斯怎么了?他没事吧?"

"小偷身体健壮着呢,不过,这个无关紧要。"鹅妈妈说,"现在,做个乖乖的好杰克,把书放到水桶里。"

"否则呢?我们就要遭殃?"他没有放书,而是试图抓住老太婆递下来的绳子,但他觉得她的力气根本拼不过自己——或者,如果他想,就会一直拽着。"《沉默的羔羊》[①] 最糟糕的场景重现。"他低声自言自语。

[①]《沉默的羔羊》,1991年上映的根据托马斯·哈里斯同名小说拍摄的惊悚电影。影片中,杀人魔头"野牛比尔"会把受害人困在井中,然后再犯罪。——译者注

"否则,你就待在井下边吧,"鹅妈妈说,"把书给我,也许我会把你们自己的绳子递下去。"

"抱歉。不行。"

如果詹金斯的话是对的,斯通没有理由怀疑他,让鹅妈妈重新获得另外一份童谣集会引发严重的灾难性后果。斯通太热爱历史了,可不打算就此中断,重新来过。

"如果你不介意的话,我们可以留在这里。我们不着急出去。"

吉莉安不解地看他一眼。"我们不着急吗?"

"相信我。"他小声说。

斯通非常信任贝尔德和他的其他图书馆员同事。只要给他们足够时间,他们会根据线索来寻找他的,也许能找到个方法打开魔法门,让他回去。况且,这井下不是还有个排水孔吗……

"也许,给你添个小伙伴会让你改变主意。"鹅妈妈说,"你记得人们常说的,三人成群……"

"伙伴?"吉莉安问,慌张地巡视了一眼四周。"她这么说是什么意思?"

斯通倒是希望自己明白老太婆的意思。"小心点,"他提醒她,"小心周围所有东西……我真的是指,所有东西。"

站在他们头上高处的老太婆开始念起一串咒语,用童谣抑扬顿挫的方式说出:

>   萌萌小蜘蛛,水管上攀爬,
>   大雨哗啦下,蜘蛛冲走啦,
>   太阳露出脸,雨水全晒干,
>   萌萌小蜘蛛,再次往上爬。

巨大的昆虫爬行声音从他们身后的排水孔里传过来。斯通凝息盯着古老蓄水池上面挂着的蛛网。他抬起头,看到夜空已经开始泛亮。黎明,即将来到英国。

太阳露出脸……

"哦,糟糕。"斯通说。

吉莉安抓住他的胳膊,匆匆跑到他身边。"这声音听起来可一点都不萌啊。"

"一种诗意的表达方式而已。"鹅妈妈耸耸肩,不以为意地说。"我担心我们的八条腿朋友可能个子长得大了点……还饿了点。"她欢快地咯咯笑起来,"你们确定不想要回你们的绳子吗?"

斯通犹豫不决。忽然,等在井底似乎不再是切实可行的方案了。迅速移动的爬行声音越来越大,越来越近,好像有什么东西沿着古老排水孔的水管朝他们而来。斯通把头灯照向排水孔上面,突然看到一团巨大的棕色阴影出现在悬挂的蛛网后面。是守护在此被人遗忘的镇守兽,他心里想,还是鹅妈妈用魔法变出来的东西?大概是后者吧,他猜测。

"焊枪!"他喊,"把我背包里的焊枪拿出来。"

吉莉安点头,明白他的意思:"你都不用说两遍!"她在他身后,紧忙从背包里取出乙炔焊枪,在这种情况下,她居然保持冷静沉着的行动,还拿出了护目镜。"现在呢,该做什么?"

他还没来得及回答,那只并不萌萌小的蜘蛛冲破蛛网,跳到洞穴里面。习惯了老式露天电影里的画面,斯通本以为会见到一只巨大的狼蛛,但他忽然想起,英国本地并没有狼蛛。他看到的一只超大个的棕黑色家蛛,体型大概有一只德国牧羊犬那么大。八只毛绒绒的长腿支撑着硬壳胸部和腹部。四对眼睛盯着斯通和吉莉安。毛绒绒的触须很不祥地抖动着。它超大的毒牙上挂着毒液,迅疾地掠过水池表面,朝他们冲过来。

"快点燃!"他把视线从蜘蛛身上转移开,冲吉莉安大声说。

吉莉安点燃了焊枪。一道刺眼的蓝色火焰从喷嘴处喷射出来,震慑住了蜘蛛,逼得它撤退到一个墙角里,爬上了洞穴顶,很快,它又从上面朝两人飞速爬下来。

"当心!"斯通高喊,"它就在我们正上方!"

"我看见了!"

她旋转焊枪,恰好及时地阻止蜘蛛跳落到他们身上。唉,可惜焊枪不是火焰喷射器,它只在短距离范围内防御时好用。大蜘蛛从15厘米长的火焰下仓惶逃走,躲到棚顶的一个阴暗角落,伺机等待下一次从另一角度扑到他们身上的时机。这一次也是,幸好吉莉安及时用焊枪抵挡住了它。蜘蛛快速撤退,没被烧到一根毫毛。

"我不知道我能坚持多久,"她无奈地承认,用微微带着颤抖的音调说话,"这个该死的蜘蛛,动作太快了!"

斯通当然明白。他同样怀疑焊枪使用不了多久,之前用来切割铁门闩时,他已经用了大部分燃料。焊枪绝非长久之计,鹅妈妈自然也知道这点。

"这回呢?"她从高高在上的井边问,"为了我那小小的童谣书牺牲掉性命,值得吗,图书馆员?或者是牺牲掉你的吉尔?"

无论有没有焊枪,那只饥饿的大蜘蛛没有流露出一丝放弃猎食的迹象。蜘蛛是食肉动物,而眼前这只似乎格外冷血,那颗节肢动物的心执意要吞掉他和吉莉安。《小小淑女玛菲特》,他想起来另一首童谣,但玛菲特只是被蜘蛛吓跑,他猜想,玛菲特见到的蜘蛛肯定没有这么凶猛。面前这只蜘蛛,志在必得。

"浑蛋!"当那个恶魔试图绕开她直接攻击斯通的时候,吉莉安脱口骂出这句,情势所迫,为了保护他,她只好换了个位置。但蓄水池湿滑的水底让她差点松开手里的焊枪,更让他们在劫难逃。"我忽然想到,也许许多年以后,会有人从这里把我们的尸骨挖掘出去。"

"见鬼。"斯通咒骂。他个人的生命是一回事——图书馆员一般都不太长寿——但他可不愿让吉莉安也成为蜘蛛的腹中食。他愁眉苦脸地把盒子放进水桶。"好吧。给你该死的书!"

"真是个好孩子!"鹅妈妈用力拉起绳子,一直开心地笑着。"我就知道你会做出正确的选择!"

斯通愤怒地看着上升的水桶,里面放着离他越来越远的珍贵书籍。这时,吉莉安的后背仍然背对着他后背,她不停地在身体面前来回挥舞焊枪,为他们两个争取更多时间。蜘蛛可怕的身影从井坑的另一边跳过来,不断地进攻,试图突破他们的防线。顽固的猎手仍然不放弃,而焊枪已经不能让这只怪物停顿了。

"杰克?"吉莉安问,"就我们两个来说,我想,我们可能逗留得太久了,已经不受这里欢迎了。"

"我正在解决这个问题。"他朝老太婆喊,"你快点!你已经拿到你那该死的书了,现在,给我们那根绳子!"

"哦,你不会想要原来那根绳子的,"鹅妈妈回复,"我有些更好的东西送给你!"

她拿到书,在水桶里放进了某种东西,然后把水桶又递回井中。等水桶能够着,斯通就急匆匆伸手去拿里面的东西。他希望里面是什么东西——任何东西——能帮助他们逃离蜘蛛的老窝。可是,他找到了……一瓶麦芽醋和一卷褐色的牛皮纸?

"嘿!"他朝鹅妈妈大声喊,"你给的是什么啊?"

老太婆从他视线里消失,但斯通仍然能听到她在古迹上头吟诵的童谣:

> 杰克杰克爬起来,
> 找老婆婆把头看,
> 她用醋和牛皮纸,
> 包住杰克小脑袋。

她的声音渐行渐远,留斯通仍然被困在井底,手里拿着一些童谣里的无用小道具。他举起玻璃瓶,沮丧地想把它摔到蜘蛛身上,但忽然间,他重新斟酌了一下。也许,鹅妈妈令人发狂的礼物能派上什么用场?

"醋?"他自言自语,"对啊!"

"你刚才说什么?"吉莉安问,手中焊枪的蓝色火焰开始发出"噼啪"声,"杰克?"

"醋!是天然的蜘蛛驱虫剂。"他打开瓶盖,也没问一句,就把里面一半的液体倒在了她头上。在俄克拉何马州长大的他,在野外玩耍时很早就学会了几招抵挡棕色隐遁蛛的办法。他把剩下的醋浇到自己头上。"相信我!"

吉莉安晃晃脑袋,头顶的几滴醋溅落到他脸上。她吐了几口流到嘴边的棕色液体。"你应该提前通知我。"

"没时间了!"他推她往排水孔那里走去,只有约1米远,"快去排水孔……快点!"

如果幸运的话,醋散发的味道能够让蜘蛛倒胃口片刻,他们可以趁机潜入排水孔。他也不知道排水孔的另一端是什么，但至少钻进水管可以避免在此逗留成为蜘蛛的猎物。他不明白棕色牛皮纸有什么用，大概只是为了和童谣一致吧，不过他还是把纸塞进口袋里。

"快走！"他大喊，"我们得赶紧离开这儿！"

他们吃力地爬出水，冲向张开的排水孔。排水孔的入口被破烂的蛛网半掩着，无法看清水管另一端是什么样子。蜘蛛发现了它的猎物要逃走，从后屁股吐出一缕蛛丝，缠住了斯通的腿，此时，吉莉安已经跑到了排水孔的上边。斯通使劲想抽出腿，但发现自己根本动不了。

"你个狗娘——！"他忍不住大骂。

吉莉安回过头，发现了他的困境。"杰克？"

"不用等我！"他命令道，"快走！"

"瞎说！"她小心地摆弄焊枪最后一点喷火，烧断了缠绕住斯通的那缕粗大白蛛丝，然后把还是滚烫的焊枪扔向了大蜘蛛。她扔得不准，没有砸到蜘蛛，但焊枪碰触到一张悬挂着的蛛网，蛛网顿时燃烧起来。蜘蛛惊慌地"啾啾"乱叫，躲到火焰的远处，就在这时，火焰已经吞噬了支撑井道的木梁。古老的蓄水池中充满了浓烟，让他们看不到蜘蛛的身影。刺鼻的浓烟严重刺激斯通的眼睛和喉咙。

"哦，天哪，"吉莉安说，"我不是故意的。"

"没关系，"斯通说，"反正我们要离开这里了。"

一边是熊熊大火，一边是狂躁的大蜘蛛，他们可没有时间磨蹭了。他抬起吉莉安，让她第一个爬进排水孔的开口，然后在她身后也跳进去。

我们变成了杰罗尼莫①,他心想。

排水孔的水管比他料想的要陡峭,也更黏滑。污泥和水藻让砌好的坑道更加滑溜,他和吉莉安滑倒在好像全世界卫生最差的水滑道上。当两人越来越快地滑下坑道时,他们的尖叫声不绝于耳,一路撞破了很多蜘蛛网和水草的根茎。他们头上灯光乱晃,在黑暗的滑道里根本没什么作用,斯通紧紧闭上双眼,紧张地等待着这场刺激的滑行结束。

这到底是谁的天才主意啊?

一时间,他们以为要一直这样从水管里滑下去,但他们冲破最后一道水草的悬根幕帘后,直接"哗啦"地冲进了山脚下幽深的池塘里。吉莉安首先掉进寒冷的池水中,斯通随即在后面跟着也扎进水里。他没来得及屏住呼吸,喝了一大口水,然后才游出水面,艰难地喘口气。他一边在水中游,一边回头看排水孔的端口,看看大蜘蛛有没有跟随他们过来,他没看到蜘蛛的身影。如果幸运的话,它现在可能已经被烤熟了,或者被活埋了。

"吉莉安?"

"在这里!"她一面回应,一面艰难地摆脱高芦苇的阻挠往岸边走去,"老天,这水真冷!"

他在她身后蹚水走过来,没过一会儿,他就瘫坐在泥岸边,坐在她身边,压倒了很多湿芦苇。他们两人都浑身湿透,不停地打冷战。英格兰北部已经迎来的秋天,没留给他们在户外梳

---

①杰罗尼莫(1829—1909),美国西南部阿帕切印第安族领袖,率领族人抵抗欧洲人入侵,曾率35名武士与5000美军缠斗5个月之久。晚年时,杰罗尼莫归化美国社会,但他一直作为美国印第安人不屈精神的代表。传说杰罗尼莫曾在一次战斗中,被美军围追堵截,钻进山洞。美军不敢贸然进洞,就一直守在洞口。多日后,从隐蔽出口逃出的杰罗尼莫已在另一个地方出现。——译者注

洗的时间，即使太阳已经升起。又湿又冷，他们都快冻僵了。

往好的方面来想，他们至少没有醋味了。

"我们刚才做得不对，"她为了取暖紧紧抱着他，"我应该在你身后滑下来。"

他把她抱紧："我不知该说什么好……就像不知该怎么说鹅妈妈的事。"

"哦，对了，关于……"

"晚一点再说，"他承诺，"如果在温暖的火炉前边就更好了。"

她颤抖着同意他的话："去我家，还是去你那儿？"

"我猜你家更近一点吧。"

尽管即将会和吉莉安一起到更温暖、更干爽的舒适环境中，斯通仍然在心里提醒自己搞砸了工作——他让鹅妈妈带着另外三分之一的童谣集潜逃了，让她离重组蛋头先生更近了一步。他希望他的手机没有被老太婆损毁。

对不起了，伙计们，他在心里道歉，小心那个老巫婆。

18

·俄勒冈州·

亡灵宝箱还在追着贝尔德跑。

亡灵宝箱执拗地要吃掉金羊毛,已经追着贝尔德走过大半个图书馆了,四条"咔嗒"奔走的小木腿紧紧跟在贝尔德的脚后。贝尔德甚至能感受到宝箱的炙热呼吸,带有强烈的朗姆酒和火药的混合气味,而肩上的金羊毛好像也越来越沉重了。至少,阿尔戈的英雄们有艘船来运送金羊毛,她暴躁地胡思乱想,反正不用像我这样驮着跑过大半个魔法图书馆。

更糟糕的是,她不能让饥饿的宝箱落下太远,防止它追着追着就跑去找其他更容易吃的固定猎物了。她需要宝箱一直追着她,直到她跑到想要宝箱去的地方,当然,这一切都是在她始终要保持住离宝箱几步远的基础上,而她现在腿已经酸痛,肺也快炸开。汗水浸透衣裳,紧紧贴在她皮肤上。她脚"铛铛"踏着硬木地板,走在图书馆深处一条似乎没有尽头的走廊上。

我发誓,做这里的守护者可比我追踪恐怖分子跑得都多。

不过,她很清楚自己所跑路线是正确的。她也许没有詹金斯和弗林那么了解图书馆,如果她偏离主路走到生僻、不常走动的分馆时,也许还会迷路,但她在这里做守护者已经有几年了。只要她坚持走已经熟知的地方,她就能找到她想去的任何地方。

理论上是这样。

她走进一条幽深的走廊里,两侧是紧闭的房门,这些门将图书馆的各种特殊地方都隐藏起来,有些门后的物品还是她相当熟悉的。她一边冲过去,一边在脑袋里给已经熟知的分馆做好标记。

> 太阳房……不是。
> 巨人的冰封馆……不是。
> 迷失丛林……不是。
> 巨蜂巢……天啊,不是!

她回头看去,只见那只宝箱在她身后只有几米远,完全没有减速的迹象。她嫉妒它超自然的持久动力,她现在完全是靠愤怒和肾上腺素支撑脚下的步伐,同时,她强烈地意识到逃跑的大鹅带来的附带影响有多严重,亡灵宝箱让她无法分身去寻找弗林,也没法集中精力调查鹅妈妈和蛋头先生的巨大威胁,虽然于她而言,整件事仍然很疯狂。

宝箱在她身后"咔嗒"奔跑。如果有必要,她可以抛开金羊毛,让宝箱把金羊毛吞掉,然后她趁机脱身,但作为守护者,怎么可以把一件真正有传奇的文物毫不犹豫地抛给咬牙切齿紧追不舍的箱子?贝尔德深呼吸一次,然后使出全力一阵加速,拉开了她和宝箱之间的距离,但也没有拉开太远。

只需要再跑一小会儿,她安慰自己,就快到了……我觉得。

她的疑虑很快消散了，没过多长时间，一扇关闭的木门出现在走廊的尽头。门上的铜牌证实了这里正是她要到达的地方：奥兹曼迪亚斯①馆。

"真是时候，"她大口喘着粗气。尽管她终于可以松一口气，看到这间分馆，回想起她和弗林曾经被困在这间屋子中拼命地支撑起七根智慧柱②的场景，她仍然不由自主地打了个冷战。那次差点就丢掉性命……

但现在，没有时间游走在回忆小路（真正的回忆小路就位于图书馆东南侧的负二层）上。她来到关闭的门前，转过身，迎着扑过来的宝箱。她手紧抓住门上的球形把手，等着那个贪婪的工艺品追赶上她。她深呼吸，保持头脑清醒，平复着激动的神经。这次，要拿捏到分秒不差才行……还要忍受一下非常恶劣的天气。

宝箱还流淌着朗姆酒的口水，用四条滑稽的木腿支撑着快速奔向她。玄铁包边的箱盖像嘴巴一样不停地开合，急切地想要把金羊毛吃掉，好像任何东西、任何人都无法阻挡它吃掉那些美味的金子。贝尔德想起来，有十五个邪恶的幽灵被囚禁在宝箱中，她不禁怀疑是不是这些幽灵才是宝箱对黄金贪得无厌的原因，或者是宝箱的受害者，或者两者兼有。

她需要问问詹金斯……晚些时候再问。

"来吧，"她轻声说，"让我们把这一切了结了，我还得照看我的图书馆员呢。"

---

①奥兹曼迪亚斯，古埃及第十九任法老。——译者注
②七根智慧柱，源自托马斯·爱德华·劳伦斯（1888—1935）所著的自传体小说《智慧七柱》。在一战期间，英国的劳伦斯在阿拉伯地区开展情报工作，为阿拉伯国家独立和解放推波助澜，他本人被称为"阿拉伯的劳伦斯"。——译者注

宝箱越来越近，朝金羊毛和贝尔德扑过去，就在宝箱腾空的瞬间，贝尔德猛地拉开门，跳到门后边，她用门来抵挡奥兹曼迪亚斯馆朝走廊吹过来的凶猛沙暴。一股酷热的沙漠狂风猛扑过来，裹挟着海量太阳烘烤过的黄沙向受惊的宝箱喷射。即使有坚固的木门保护她，贝尔德仍然能隔着门感受到炎热的温度和沙暴的威力。咆哮的狂风盖过了她剧烈的心跳。她急切地想知道自己的计划是否成功，就小心地探过门边往外瞧，看到宝箱被沙子完全压住，沙子太多，竟然在走廊中堆起了小沙堆。更多沙子吹进了宝箱张开口的无底洞中，沙子越来越多，越来越猛烈，让宝箱无法吞咽。

"噎住了吧。"贝尔德说。

没过多久，宝箱就被沙子掩埋，完全看不见了，宝箱的上方堆起来一座新的沙丘。为了确保万无一失，贝尔德一直等到宝箱完全被埋上，才做下一步打算。她用肩膀抵住木门，用尽力气，把门推回到原位。沙暴让她活动一寸都无比艰难，但最终，门还是被推回去锁住——咆哮的狂风和漫天的沙子都立刻停止了。

呼！

用尽了力气，她气喘吁吁地倚靠在关上的门后，同时，还留心查看那堆放错位置的沙丘，只是以防被掩埋的宝箱自己能逃脱出来，但堆起的沙丘下面没有任何活动的迹象。看上去，宝箱吃不消沙暴的折磨，正如她计划的那样。

很合理，她心想。要怎么处理一个宝箱呢？

你可以埋了它。

"看看我的杰作，非常了不起，不过也是孤注一掷。"她自言自语，然后，她绕过沙丘，匆匆走到来时的路，留亡灵宝箱自己安全地在她身后埋着。这样可以困住它一时半刻，她心里这么希望，至少等我们约束好鹅妈妈以后再来处理它。

现在，希望此刻詹金斯已经处理好另外那只大鹅……

不知道该去哪里找詹金斯和大鹅，她朝附件馆走回去。如果大鹅的确是想要逃出图书馆，那它最终一定会找到去附件馆的路。如果，詹金斯已经搞定了大鹅，那附件馆也是她找到他、与他会合的最合理地点。

"詹金斯？"当她小心地避开潜在的复杂路线，一路走过图书馆时，她如此大声呼喊，"詹金斯？你是带着耳塞吗？"

起初，并没有人回答她，但当她接近图书馆的前厅时，她听到生气的大鹅发出尖锐的"嘎昂"叫声，还有那一位永生看管人愤怒的声音。

"给我下来，你这个可恨的东西！我有太多事情要去做了，可没时间和你这个忘恩负义的下蛋机器纠缠！"

听上去詹金斯还在进行大鹅抓捕行动，贝尔德想，也许自己可以支援他一下。

循着喧闹的声音来源，她来到图书馆的入口大厅——一间巨大宽敞带有拱形穹顶的大厅。深色的木制书架和护墙板排列在墙边，还有一行行玻璃展台，里面盛放着很多珍贵的藏品，包括命运之矛、都灵裹尸布、水晶头盖骨和贤者之石。一对与实物体型相仿的金狮子守卫在石阶上头两侧，石阶一直通向磨砂玻璃门，这扇门挡住了去往附件馆的路。鸟粪和金蛋散落在房间四处，证明这里的确被大鹅入侵了。

贝尔德没有理会展览的不朽文物和珍宝，现在，这些东西对她来说已经不是新闻了，她打量着大厅里一团糟的场景。令她惊奇的是，她看见詹金斯手里的巨大号捕蝶网换成了……喷水枪？

确切点说，那是一杆超大尺寸的冲锋喷水枪，詹金斯拿着它朝头顶大声乱叫、到处乱飞的大鹅喷水。不幸的是，这间大厅的天花板太高了，意味着大鹅可以轻易飞离喷水枪的射程范围，加压的喷水柱够不到飞行的鸟类目标，喷出来的水都溅落到地面和家具上。贝尔德只好向后跳，避免被溅落的水碰到。

"你小心点，上校。"詹金斯看到她来这里以后，如此提醒她。他的西装和衬衫前面被撕破了，看上去是被锋利的兽爪抓破的，这让贝尔德不禁担心在他们两人分开后，他到底遇上了怎么凶险的麻烦。"相信我说的，你肯定不想被这特别的水浇到身上。"

贝尔德努力想要跟上他的节奏："结果会很糟，那是因为什么……？"

但詹金斯太忙了，根本来不及解释，考虑到他的年岁和上气不接下气的说话方式，这些都意味着他忙碌到无暇顾及其他。"请帮我拿着，上校。"他说完就猛地把空了一半的喷水枪丢到她手里，然后转身去拿另外一件东西，之前贝尔德没有留意到的东西——一件老式的喷气飞行器！它就放在马尔他雄鹰雕像的玻璃展示柜下面的底座旁边。这件银白色的小玩意儿看上去像是直接从纸质连环漫画中拿出来的，它有两个圆柱喷气桶，就安装在一个不锈钢的背包下面，背包上还有背带。

我们还有这东西？贝尔德疑惑，我们到底从哪里搞来的这种东西？如果这玩意儿来自地球……

詹金斯的双手现在是空的，他把飞行器的背带套在他的日常灰色西装外面，系好背带，然后从贝尔德手中拿回喷水枪。"现在还给我吧，谢谢你。"

贝尔德盯着詹金斯身上难以想象的装备,他的这身打扮,像极了穿着西装打领结的巴克·罗杰斯[①]。"一个背包飞行器……真的假的?"

"当然,这是我刚从复古—未来主义收藏馆借用来的。"他温和地说,好像根本无须解释一样,"我认为,这种不方便的插曲出现应该归结为高度问题。"

她发现好像缺了点什么:"不戴安全帽吗?"

"永生的,忘了?"

"对哦。你是永生的。"

"请见谅我没时间聊天了,上校。"他走了几步,为了安全,与她保持着一定距离,"所有系统,他们好像是这么说的,全部启动。"

他手中握着黄色的塑料喷水枪,然后启动了喷气背包,背包朝地面喷射出一股橙色水蒸气的旋涡,味道闻起来就像 Tang 牌果珍——曾经宇航员所喝饮料的味道。贝尔德被这味道熏得咳嗽起来,她眨眨眼,捂住了嘴,然后斜仰起头,看詹金斯像火箭一样升空去追赶大鹅。

空中的这只大鸟被喷射的气流惊吓到,开始尝试机动逃逸策略,在图书馆的上方随意乱飞,但詹金斯快速移动,紧追不舍,身后拖着长长的橘子味浓烟。大鹅惊慌地拍打翅膀,想要逃离空中飞行的看管人,但詹金斯已经将目光锁定住大鹅。他扣动扳机,瞄准大鹅喷出一股水柱,正好击中大鹅。

"这水能让你收敛一下流浪的癖好,"他说,"很快就会没有乱跑的想法了。"

[①] 巴克·罗杰斯,电影《25 世纪的巴克·罗杰斯》中的主人公,一位来自未来的太空人,带有很多新奇的科技发明。——译者注

喷水枪的水立刻起效。飞在半空的大白鹅忽然收缩，它的羽毛模糊起来，变成一团嫩黄的茸毛，翱翔的两翼收缩成短粗的小翅膀，疯狂拍打也飞不起来，无论它多么用力多么快速。贝尔德惊奇地仰头目睹了全过程，一只成年大母鹅变成了一只可爱的小鹅——小鹅仔垂直落下，朝地面砸下去。

"詹金斯！"

"不用担心，上校。"他把空了的喷水枪扔到一排高高的橡木书架上，然后冲过去接住掉落的鹅仔，"我已经……或者说，快要掌控住了局面。"

他加速经过受惊的小鹅，伸出双手，在它快要摔到地上时，捧住了它。他轻轻地将小鹅抱在胸口，然后在空中转变方向，朝地面缓慢下降，在距贝尔德约1米外降落到地面，这边贝尔德还沉浸在不敢置信的惊奇中。

"这是怎么回事——？"她问，自然是满腹疑惑。

"水枪里面是不老泉的泉水。"詹金斯保持着稳固但又手劲温和的力道握着不停扭动的小鹅仔。"我认为，不老泉的水能帮我更好地处理这只大鹅，直到魔水效力消失。"

贝尔德想起不老泉就在图书馆某个地方汩汩流淌着，距诺亚方舟不远，她在心里感激自己的幸运星，没让不老泉水意外洒到自己身上。她实在不清楚不老泉水保持青春的魔法时效是多久，图书馆员们可不需要一个穿着纸尿裤的守护者。

"想法真妙。"她说。

"亡灵宝箱呢？"他问。

"埋起来了……埋在了奥兹曼迪亚斯馆外面。"

他赞同地点点头："那会让它暂时稳住，虽然，我也不喜欢打扫那条走廊。"

贝尔德想起被淹的希腊—罗马区。"呃，还需要有人去用拖把清理一下古文物馆。"

他挑起眉毛："是海王尼普顿的三叉戟惹的祸？"

"你猜得没错。"

他叹了口气，但果断地克制住责骂她的冲动。"嗯，我也肯定三叉戟没帮上什么忙。"他将手中"叽叽"叫的小鹅交给她，然后，脱去肩上的喷气背包，把背包放在附近的一个架子上。"祝贺你，上校，祝贺你又圆满完成一项任务。"

听到他的夸赞，贝尔德很开心，但她得把战胜宝箱的喜悦延后。她目前还有更紧要的任务要处理。

"我们的图书馆员怎么样了？"

19

·佛罗里达·

门很容易就推开了，卡桑德拉和科尔得以顺利进入地狱之屋，这间屋子果然是预料中的幽灵般阴森。黑色幕帘覆盖住所有六面墙，屋子正中摆放着一张六条腿的木桌，地面上一颗不祥的六芒星镶嵌在地板中。乌黑的桌子上面，端放着一盏六枝烛台。当看到桌子旁有两把椅子时，一股寒意爬上卡桑德拉的脊背。一把椅子是给伊扎·威尔逊的，那另一把椅子……是给客人的？她发现，其中一把椅子的椅套有烧焦的痕迹。难道是她过度敏感的直觉作祟，还是真的有一丝硫黄的气味残留在空气中？

"我不知道你怎么想的，"科尔说，"但我真的是需要再考虑一下，到底要不要从这里开始找起。"

卡桑德拉无法指责他，以她的经验来说，危险的魔法遗物往往都不在舒适的环境中。很多时候，你需要冒险进入废弃的地窖或者龙窝。

"让我们找到那本书，然后尽快离开这里吧。"她说，"没必要在这里耽误太长时间。"

"太同意了。"科尔说。

他们用手机的光线照射整间屋子,寻找线索。卡桑德拉想要点燃桌子上的烛台,但想了一下又放弃了,他们可不需要召唤出一位不受欢迎的客人。她低头搜寻地面时,看到六芒星的一角有个地方被烧焦了,打破了古老的保护封印①。对伊扎·威尔逊来说,这可不是好兆头。

"哟!"科尔说,"看样子还有个可以进来的入口。"

他手中的光线照到屋子那一侧的另一扇门上。因为门也被漆成了黑色,所以卡桑德拉没有从暗黑的幕帘中认出那有门。

卡桑德拉的眉毛因为疑惑而皱在一起:"不可能啊。"她就算没有召唤出幻觉模型,也清楚地记得:"没有任何空间了,从空间来算的话,没有通向台阶的空间了。"

"你确定?"科尔走到屋子的另一边,握住门上的球形把手,"那这扇门是通向哪里呢?"

他一拉开门,吹进一阵大风。门后边,什么都没有,是直接从六层楼可以坠到底的空旷。

"哪儿都去不了,"她说,"一扇哪儿都去不了的门。"

"的确。"他把门关上后,走开了,"我猜,那只有一扇进出的门了,除非你想走一次踏上就完蛋的绝路。"

"我不认为我们现在已经绝望到这种地步了。"她俏皮地说,手中的光线落到屋子角落里一座老旧的古钟上。正如她之前看到钟楼外侧的那座大钟,这座钟的指针也是指向 12 点。要不要打个赌呢,她心想,这应该就是伊扎·威尔逊的幸运全部散去的那一刻?

---

①在传说中,六芒星是封印魔鬼的印记。——译者注

她强迫自己不去猜测这么凶恶的事件,好保持精力全部集中到解决眼前的谜团。童谣《扭曲的男人》把他们引导到地狱屋,那他们无意中找到的另外一首童谣呢,那首"扭曲"书页上的童谣呢?

"嘀嗒,嘀嗒,嗒,"她背起来,"这句究竟是什么意思?这些字符是无意义的拟声词,还是某种暗码呢?"她急切地想要解决这个谜题,大脑开始迅速运转思考:"嘀嗒,嘀嗒,嗒,(Hickory, dickory, dock)的首字母所写是 H-D-D,如果我们把这些字母放到字母表里,它们的顺序就是 7-4-4,或者说是 744,这个数字是四个连续质数的和[①]……我是不是联想得有点多了?"

"可能是有点多。"科尔说。

"好吧,那回到原点。"她说,"嘀嗒,嘀嗒,嗒,老鼠溜上钟。"她走到古钟的近前。"如果童谣里说的不是钟楼的钟,而是钟楼里的钟呢?"

"就像这座?"科尔也走过来,检查起古钟,"童谣后面怎么说的来着?'钟儿敲一下,老鼠又溜下'之类的。"他盯着钟盘上一动不动的指针。"这个老东西看样子一时半刻不会敲一下。"

"你说得对。这座钟已经停摆了有几十年了,如果它的指针曾经真能走的话。"卡桑德拉的眼睛怀疑地眯起来,"我们来补救一下吧,为什么不呢?"

她屏住呼吸,伸出手,将时针从 12 转到了 1。一开始,什么都没发生,卡桑德拉担心自己可能是猜错了,但接着,生锈的铰链发出"吱悠"的声音,就像一只受惊的老鼠,然后,钟盘的一块木板滑开,露出一个隐藏在钟身的小隔间。两道光束

[①] 744 是连续质数 179、181、191、193 的和。——译者注

都照过来，聚集在小隔间里，他们发现里面放着一本硬皮书。

"喔，真见鬼了，小羊——"

她撇过去警告的眼色。

"我是说，卡桑德拉，"他立即纠正自己的话，"真是大开眼界啊，下次如果我找不到车钥匙的时候，一定要带上你帮我找。"

"呃，我就是干这个的。"她急忙把书从钟里掏出来，举起来，看到封面上的书名：

《鹅妈妈童谣集——三部分之三》

"任务完成。"她松了一口气，说。这部分童谣书可不能落到鹅妈妈手中。"现在，我想起刚才我们说过不要在这里逗留的话来着。"

"我们是这么计划的。"科尔肯定地说，"我们赶紧离开这个地狱屋吧。"

"英雄所见略同。"

卡桑德拉把书夹在胳膊下，他们开始朝出口走去，就在那扇自杀式的假门对面。他们差几步远就能离开屋子时，忽然，假门被猛地打开，他们两人震惊地回头看过去，卡桑德拉的眼睛瞪得大大的，下巴震惊得掉下来。

"哦，不。"她低声说。

鹅妈妈站在打开的门中，兴高采烈地"咯咯"笑。一阵冷风吹得她的披肩和裙摆沙沙作响。一根疙疙瘩瘩的拐杖静静躺在她面前的地上，好像这位老太婆刚刚才把拐杖扔掉。卡桑德拉之前没有亲眼见过鹅妈妈本人，但她立刻就根据童书中的描述认出了老太婆。

"谁这么——？"科尔一时语顿，"怎么……？"

问得好，卡桑德拉心想。她越过老太婆，想要寻找鹅妈妈的大公鹅，但没在外面的空中看到大鹅的身影。那鹅妈妈到底是怎么来到钟楼高处进入这扇门的？

"是她吗？"科尔问，"鹅妈妈？"

"应该说，她是一个鹅妈妈的模仿者。"卡桑德拉双手紧紧把书搂在胸前，若非迫不得已，她是不会把书交出去的。她毫不畏惧地瞪着眼前的老太婆，"如果你是来抢书的，那你就再想想吧。"

"但你已经替我想过了，卡桑德拉。"老妇人奚落她说，"做得不错，亲爱的。我就知道，如果说有谁能把神秘屋的谜题解开——为我找到另一本我的书，那这个人一定就是你了。"

鹅妈妈知道卡桑德拉的名字，这就是大麻烦，而且根据鹅妈妈的话，似乎暗示她大概已经得到了另外两部分的童谣书。"对不起，我来找这本书不是为了你。"她轻轻推着科尔往门口走。"快走，乔治。我们赶紧离开这儿。"

"想走，可没那么容易！"

作为一位老人而言，鹅妈妈动作之快，简直可以说是神速，她迅疾地冲到屋中间，一把抓起桌子上的银烛台。然后，她的声音抬高，念起了童谣：

> 杰克敏捷，
> 杰克快，
> 杰克跳过蜡烛台！

忽然，"呼"的一下，六根黑蜡烛都被点燃了。鹅妈妈抓住烛台中间的支柱，把烛台指向打开的门。立刻，从烛台向门口喷射出一团团火焰。门口喷发出一面火墙,挡住了去往楼梯的路。

"跳过去吧,孩子们,如果你们敢的话!"

卡桑德拉和科尔面面相觑,无比沮丧。凶猛的火苗在他们中间肆虐,到处燃烧,将他们困在地狱屋,被迫和鹅妈妈一起留下。鹅妈妈朝他们挥动点燃的烛台,将烛台当作武器。卡桑德拉一见就明白,烛台被变成了魔法火焰喷射器。

"好好想想要不要把书给我,"鹅妈妈威胁她,"或者,让我们看看杰克到底能跳多高?"

卡桑德拉内心犹豫,思量着眼前的危险和让鹅妈妈得到另外一份童谣集的危险。她当然记得詹金斯之前警告他们的话,但詹金斯可没有面对被火烧死的危机,而且,首先也要考虑科尔的个人安危。她的视线落在桌子旁边被烧焦的椅子上,她明白自己别无选择。蛋头先生危机只是理论上的威胁,但乔治的生命遇到威胁是此刻的难题。

"对不起了,宇宙。"她一边嘟囔,一边走上前,把书放到鹅妈妈面前的桌子上。"给你。拿走吧。总会有一两个图书馆员比你更厉害,比你还可怕的坏蛋都吃过他们的苦头。"

"那我们就等着瞧了,亲爱的。"鹅妈妈突然伸手抓起桌子上的书,欢欣地举起它,"终于啊!我又完整了……现在,没有任何力量能超过我的童谣魔力!"

科尔看向卡桑德拉:"让我猜一猜。我们的鹅妈妈已经'扭曲'了?"

"恐怕是这样,"她说,"抱歉。"

如果是贝尔德的话,一定会尽力解除鹅妈妈的武器,卡桑德拉想,但她自己可不擅长对付手持烛台的敌人。她试着想出几条可行的解决方案，不让事情变得……更糟。

"我磨蹭太久了。"鹅妈妈说，她的声音忽然听上去更加沙哑了。她把烛台扔到一边："是时候飞回家了。"

鹅妈妈开始变形，她的衣服和面庞上忽然长出羽毛来。她瘦削的脸开始拉长，长成了一张尖嘴，然后立刻把书从手中拽出来叼在嘴里，随即，她的手也变成一对超大个头的鹅翅膀，尽管她还戴着帽子和披肩。她的尖嘴紧紧叼着抢来的书，一双长着鳞状硬皮的橘黄色爪子抓着掉落的手杖，鹅妈妈转过身，从自杀式假门飞了出去，飞到外面的半空中。巨大的白色翅膀带着她飞翔，拿走了第三份童谣集。一声洪亮的鹅鸣让卡桑德拉懊恼，大鹅已经飞离了他们能抓住的范围。

科尔眨眨眼，不敢置信地揉眼睛。"我刚才真的看到了那个？"

"恐怕是。"卡桑德拉没有对她的变形大惊小怪，因为之前她目睹过同样离奇的事情。她跑过去，踩灭掉落在地的烛台。"变形应该不是难事，她的魔咒力量越来越强大了，尤其是，她现在已经有了三份童谣书。"

就像普洛斯彼罗一样，当他得到之前失去的魔法力量以后，她想，就变得离经叛道了。

尽管她熄灭了燃烧的蜡烛，但门外的大火还在燃烧——蔓延。火焰引燃了墙上厚重的黑幕帘，快要将整个房间变成炼狱。地狱屋马上就要变成和它名字一样的地方，这意味着如果他们两人不想步威尔逊老先生的后尘，她和科尔就必须赶紧离开。

科尔凝视着墙上和楼梯上的火焰。火焰的热度让他的脸蒙上一层汗水。他犹豫着要不要从门口跑出去。

"如果我们快点冲过去，说不定……？"

卡桑德拉怀疑他们不可能全身而退地从这场大火中跑出去。她拽着科尔走到另外一扇门前,那扇哪儿都去不了的门。

"我有个更好的主意,"她拿出手机,"如果有人能及时接听电话的话。"

幸运的是,她把附件馆的电话号码设置成了快速拨号。即使这样,她仍然一面忧虑地看着火势蔓延,一面焦灼地听着铃音,等待着电话另一头接起来。

快点,快点,她在心里默念,我们没有时间了……

浓烟和火焰充斥着整间地狱屋,让她由衷感激从假门这边吹进来的新鲜空气。现在,大火已经吞噬了他们可以逃跑的出路,所以,他们只能等另外一条逃跑路线——除非有人赶紧接起来那该死的电话!

一声声铃音逐步瓦解了她活下去的希望。接着,就在她开始担心电话会被转接到语音信箱时,贝尔德的声音从电话另一端响起。

"卡桑德拉?什么事?"

"没时间解释了!"卡桑德拉被烟呛得连连咳嗽,"我需要你和詹金斯现在打开魔法门。"她停顿片刻,在脑中设想出地球仪,然后定位出他们所在位置的精确经纬度。"我已经把坐标给你发过去了……还有一张门的图片。"她立刻拍下门的照片,把门的规格也一起发送过去。浓烟呛进她的喉咙,让她难以说话。"快,伊芙!——咳——我们没有时间了……"

"我们?"贝尔德问,"发生什么事了?你听上去很糟糕——"

"门!请快点!"

她放下手机,满心期待地盯着打开的门口,门口没有任何变化,只有一条能掉下去的边缘。科尔站在她身边,背对着蔓延过来的火焰。大风吹进来,减缓了火焰攻击过来的势头,尽管大风也让他们后退了一点点。

大风起,她想起童谣里的话。

"怎么了?"科尔焦急地问,"你刚才说的魔法门是什么东西?"

她想这阵微风说不定能为科尔争取点时间。"等着看。现在任何时候……"

站在绝境和大火中间,她祈祷贝尔德能够及时打开魔法门——在准确的地点打开。这几年来,在她和詹金斯对目标定位装置进行不断的微调后,魔法门越来越精确可靠了,但有时,它仍然只是打开在近似的地方,而威尔逊的神秘屋有太多门可以接通了,必须一击而中,要不然就是死路一条。她真的希望在她和科尔被活活烧死之前,这次魔法门能连接上正确的门。

"我们要跳下去吗?"他问,从边缘向下望去,"别告诉我,我们得从这里跳下去。"

"等我的信号……还有,相信魔法的力量。"

六条腿的木桌已经成了一团篝火。古钟也已经危在旦夕。大火实际上已经燃烧到两人的后脚跟了,就在这时,一道刺眼的白光照亮了门口。白光中,门口还发出可怕的"噼啪"爆裂声音,声音之响一如后面火焰吞噬房间般凶猛。

谢谢你,伊芙。卡桑德拉拽起科尔的手。"现在!跳!"

他在门口犹豫不敢动。"但——"

"你刚才还看见一个老婆婆变成了大鹅!"

"说得对。"

为了逃开剧烈的火焰,他们跳出了门……

20

· 俄勒冈州 ·

……然后,落地到附件馆中。

卡桑德拉大口吸着图书馆里略微带有陈旧气息的空气,从地狱屋令人窒息的炼狱般空气过来,这里的气息闻起来简直太美好了。她的头发和衣服上都轻微被烧焦了一点,还残留着灰烬和明显的浓烟味。科尔在她身边大口喘着气,毫无疑问,看到自己活着而不是"啪叽"一声摔到扭曲房子外的地面,他既惊奇又宽慰。他松开了她的手。

"我的天嘞!"他惊叫,"真是超赞的魔法啊!"

贝尔德、詹金斯和团队其他成员都在这里,还有两个陌生人,卡桑德拉猜测这两位应该就是鹅妈妈的女继承人。当她和科尔戏剧般带着浓烟闯进来时,所有人都盯着他们两人。不知什么原因,一只小鸡被关在鸟笼里放在办公区,激动地"叽叽"乱叫。

"卡桑德拉?"贝尔德担心地说,"你还好吗?听上去你遇上了大麻烦。"

"刚才遇上过,"卡桑德拉强调说,"现在没什么麻烦了,幸亏有你。"

"但你发生——?"

"稍等一下。"卡桑德拉用手机拨通了迈阿密的报警电话。"你好,是911吗?我想要向你们报告威尔逊老宅发生了火灾……哦,你们已经接到了出警通知?警车已经在路上了?那太好了。不,我不想留下姓名和电话。"

她挂断电话,收起手机。她已经做了她该做的,剩下的,就看迈阿密消防局的了。她真心希望他们能拯救得了神秘屋,但考虑到那座老宅经历过的地狱之火和硫黄洗礼,如果老宅最后的命运和伊扎·威尔逊的命运一样——结局都是灰烬,她也不会感到奇怪。也许,这样的结局才符合建造时的用意。

"对不起。"她对贝尔德和其他成员说,"我们现在是什么情况?"

"等一下。"科尔四下张望新的环境,"我们现在在哪里?"

"噢哦,看看我怎么忘了应有的礼仪?"卡桑德拉说,很理解他的困惑。刚刚,他还在大陆的另一端的一间燃烧的钟楼里。"欢迎你来到图书馆。"

"这下可好了,"詹金斯皱着眉头说,"另一个访客。我没想到今天是可以带外人来上班的。"他不欢迎的目光扫过科尔和另外两位客人。"如果我知道我们还有这么多客人,本该穿得更端正一点。或许,我应该提前准备点可口的点心?"

他讥讽的口气没有逃过卡桑德拉的耳朵。"詹金斯——"

"可能我得重新提醒你们一遍,"他严厉地说,"图书馆可不是安全屋,更不是提供给不易管束的流浪汉的避难所。"

"嘿!"科尔抗议道,"你管谁叫流浪汉呢,带领结的家伙?"

"我们也是这么想的。"另外一位年纪稍长的女性说,卡桑德拉推断此人是玛丽·西蒙，俄亥俄州的儿童图书管理员。"詹金斯先生，你这样的态度很难让我称得上友好。"

"我同意你，玛丽。"年轻一点的女士也插进话来，从她的口音可以推断，她就是诺森伯兰郡的吉莉安·费尔博士。"我本来以为像您这样有教养、有学识的人，会有更友好的态度。"

"并非有意冒犯，女士们和这位先生，"詹金斯说，"我说的是某些欠考虑的图书馆员，并不是针对你们本人。"

"对不起，詹金斯。"卡桑德拉说，"但我没有其他选择。那个密室着火了，然后——"

詹金斯对她衣服上的烧焦味道皱起鼻子。"我能想象当时的情况很危急，基里安小姐，但图书馆的安全防护也不是小事。这一机构还没到对公众开放的时候。"

"我可以为吉莉安担保。"斯通说，贴近吉莉安，距离之近让卡桑德拉会意地挑起眉毛。他们两人的肢体语言让卡桑德拉疑惑他们在英国的时候究竟一起经历过什么。当然，这也不是斯通第一次被漂亮的脸蛋迷惑得不知所以。

反正这也不关我的事，卡桑德拉心想，只要她最后不像拉弥亚①一样是个可怕的刺客大师就好……

"我也相信玛丽，"伊齐基尔说，"她只是个顽固的老太太，就这样。"

"我会把你的评价铭记在心的，真是由衷感谢你。"玛丽·西蒙说，"但我还会时刻盯着你的，你这个小混混。"

"那么，你也可以相信乔治，"卡桑德拉脱口而出，她意识到自己真是这么想的，她甚至无法想象科尔能有什么不可告人

---

①拉弥亚，古希腊神话中半人半妖的怪物。——译者注

的动机。他只不过是一路陪她走过那栋扭曲的房子。"而且,我相信其他人把他们的客人带到这里也是有原因的,就像我。"

"也许是这样,"詹金斯说,"但是,仍然触犯了图书馆的安保底线。你们能信任你们相应的客人,这很好,但是——"

卡桑德拉内心感到无比尴尬,她担心他会提起以前的事,在她最初来到图书馆时,因为一时的软弱,她背叛了图书馆。自从那次以后,时间如流水,已过了很久,她倒是自认为自己已经赢得了所有同事的信任,但詹金斯一向记忆力超群。

"——这会开始一个很危险的先例。"他接着说完,完全没有提到她的背叛一事。

卡桑德拉感觉到一丝放松的暖意。也许,经过这么多事以后,她已经得到了原谅?

"你看,詹金斯。"斯通仍然把手放在吉莉安的腰间以示保护,"我知道你的原则是为了保护图书馆,而且我们之前确实被出卖过,但鹅妈妈已经盯上了他们三个。只要鹅妈妈还逍遥法外,我们不能把他们就这样留在险境……"

"另外,我们可能需要他们的帮助,"卡桑德拉争辩说,"如果没有科尔的话,我根本找不到童谣集的最后一部分……虽然后来我们没能保住那本书。"

"我和吉莉安的遭遇也是一样。"斯通附和说。

很多双眼睛一齐看向伊齐基尔,他满不在乎地耸耸肩。

"嗯,我可以完全凭我自己的本事找到这本书,"他坚称,"因为我就是这么优秀,但是,当然了,玛丽知道鹅妈妈童谣谜团里的线索,所以她还是帮了我一下。"

"谦虚是种美德,伊齐基尔·琼斯。"她责备他,"但我们确实是团结协作才找到书的,虽然,最后书不在了。"

"好吧,"詹金斯让步,用一声明显极不耐烦的叹息来表达自己的态度,"你们是图书馆员。归根结底,这是你们的任务。"尽管如此,他还是伸出一根手指晃了晃。"但是,让我们别把这种行为当作习惯,好吗?"

"这不是问题,"贝尔德指出,"除非我们能阻止鹅妈妈把蛋头先生重新组合到一起……不让宇宙进程毁灭。"

科尔愣了一会儿才恍然大悟:"你说什么?"

"我也许忘记把这部分讲给你听了,"卡桑德拉承认,"我给你解释一下……"

……

"毫无疑问,"詹金斯对在场的所有人说,"现在形势极其严峻。"

他站起来面对图书馆员、他们的守护者和三位鹅妈妈继承人,这些听众都坐在会议桌旁边。詹金斯仍然对附件馆出现访客不太满意,更别提带上这些人一起听他的简要汇报,但他勉强同意了,毕竟他们也和正在解决的困难休戚相关。他认真考虑了一下,的确这件事之前的图书馆员就和这三位访客的先辈有关。过去的图书馆员们和鹅妈妈以及她的后代一起解决了很多之前的危机,包括达成了微妙的协商结果——1918年的《鹅妈妈协议》,这一协议的有效期持续了几乎一百年……直到最近不愉快的事件让整个宇宙都陷入危机。

"尽管我们用尽力气,或者说是办法,那个声称自己是鹅妈妈的人还是得到了全部的魔咒书,这让她得以重组蛋头先生,也就是'宇宙蛋',让整个世界重新归零。"

"哦,关于这件事,"伊齐基尔打断他,"我们确定不是小题大做?我的意思是,一个玩偶蛋头先生就能让宇宙回到大爆炸时代？即使从图书馆的角度来说，这个说法也有点太夸张了。"

"如果仅仅是夸张就好了，琼斯先生。唉，当你和你的伙伴在全世界闲逛、结交新朋友的时候，我一直在监测宇宙的变化动态，我可以明确地告诉你，越来越多的证据表明我最初的怀疑是正确的。"

为了清晰地表达自己的观点，就在图书馆的大鹅骚乱平定以后，他就立刻进行了相关的调查，但詹金斯觉得没必要提及他之前对付疯狂的大鹅、狮子、独角兽和亡灵宝箱时的凶险困境。这些都和当前的危机无关，所以他略过不提。除非有人问及为什么角落里会有一只关在笼中的小鸟。

"什么样的证据？"贝尔德问。

"一些厄运来临前的征兆和怪事，在我少不更事的时候，人们就是这么说的。"他已经将一套老式幻灯机放在桌子上，用来展示他的发现。"请关灯。"

贝尔德主动关掉了电灯，这时，伊齐基尔嘲笑起这套古老的设备。"伙计，放幻灯片？你知道我们现在有PPT电子幻灯片演示设备的吧？"

"我是出生在发明印刷术那个时代的人，琼斯先生，所以，我很欣赏新技术的作用，但这个，可不是普通的幻灯片放映机。你已经听说过魔法灯笼了，这个特殊的机器要比魔法灯笼还要古雅、博大。"

他用手中的遥控器按下开关，展示在众人面前的，是一幅全息图版的夜空图景，就和天文馆中的天体灯光秀一样炫目。大小星座在太空中熠熠闪耀。

实际上，太过闪耀了。

"这是几个小时前的天空，"他说，"这是刚刚同一片天空。"

另一张幻灯片显示出更加明亮的天空，天空中的星星明显地比之前更大、更亮。两幅图的不同很容易让图书馆员和他们的客人都倒吸一口冷气。

"见鬼！"乔治大声说，"是'一闪一闪，亮晶晶，漫天都是小星星！'"

玛丽揉揉眼睛，又仔细瞧了一遍："我在想，这不是幻觉，也不是摄影恶作剧吗？"

"等一下。"吉莉安盯着詹金斯，"我还在想你说的出生在印刷时代的事。你刚才是不是说，你出生在印刷术发明的时代——"

詹金斯继续讲解他的要点。

"正如你们看到的，"他详细讲述，"随着整个宇宙开始收缩，所有星星都变得更大更近。"

卡桑德拉举起手，样子如同一个彬彬有礼的女学生。

"有什么疑问，卡桑德拉？"

"但这不符合常理啊。"她提问，"那些遥远的星光不是得花亿万年才能到达地球吗？我们不可能立刻辨识出它们的位置和发光程度。"

"你还刚刚迈一步就从迈阿密直接回到波特兰呢，"他提醒她，"你说对吗？"

卡桑德拉缩回座位："我收回刚才的问题。"

"自然，可不仅仅是这些恒星现象让人忧心，还有其他先兆，"詹金斯回到刚才被打断之前的话题，"我让你们仔细看看下面这个 YouTube 网站上的视频，这视频拍摄于 20 分钟前的威斯康星州拉辛县。"

他又按了一个按钮，把天体展示换成了一个大约有 180 厘米超豪华电视机大小的漂浮屏幕。屏幕中演示出一段视频——

一轮光芒四射的圆月挂在天上，按照当前年份和时间来说，这月亮未免太大太亮了。詹金斯忽然想起1548年的骷髅月，紧接着，他赶紧把脑中令人沮丧的往事挥去。那次悲壮的胜利和当前的危机毫无关系，不愉快的回忆更加提醒他：并不是上天注定每次都是美满结局。他祈祷今天的应战中，不要出现过去那么多的伤亡。

"我们要看什么？"斯通问，"是不是想看月亮比以往更亮了？"

"再等一下。"詹金斯要求。

有一样东西突然闯进画面，在闪耀的月亮上跳过一道弧线。詹金斯定格住画面，用放映机的特殊按键拉近镜头，仔细查看那个不明飞行物，结果，那东西竟然有着一双圆溜溜的棕色大眼，棕色和白色相间的兽皮，还有四只蹄子和一排乳房。

"哇哦！"贝尔德不假思索地喊出来。"这不是一头——？"

"奶牛跳到月亮上[①]？"詹金斯补充道，"是的，没错，就是奶牛，上校。"

"哦，上帝！"斯通说，"我还以为事情不会离谱到这种地步呢。"

[①]《奶牛跳到月亮上》，是来自《鹅妈妈童谣》中的一首童谣，该童谣原文为：
　　Hey diddle diddle,
　　The cat and the fiddle,
　　The cow jumped over the moon,
　　The little dog laughed to see such sport,
　　And the dish ran away with the spoon.
　　稀奇，稀奇，真稀奇，
　　小猫拉着小提琴，
　　奶牛跳到月亮上，
　　小狗看到哈哈笑，
　　碟子带着汤勺跑。——译者注

"接着看。"詹金斯说，让画面继续播放。

画面缩回正常的视觉范围，视频继续，画面中，违反地球引力规则的奶牛跳过了月亮，跳出了画面外。悲伤的"哞哞"叫声还残留在视频的音轨中，伴随着很多吃惊的吸气声和录制视频者的感叹声。屏幕外的欢笑声更加引起骚动，镜头接着对准了一只法国斗牛犬，这只狗凝视着天空，然后放声大笑——就像人类的笑声一样。

"我的神啊！"斯通大声喊，"这是开什么玩笑啊！"

詹金斯朝比他小（太多）的男士甩过去一个悲哀的眼色。"你看我的样子像是在开玩笑吗，斯通先生？"

"小狗看到哈哈笑。"卡桑德拉背起了童谣中的后文。

"没错，基里安小姐。"詹金斯按下按钮，关闭了视频画面，"有很多人报案称碟子和汤勺都一起不见了。"

"逃跑的餐具？"伊齐基尔难以相信地说，"好吧，真是新鲜。"

贝尔德重新打开电灯。"那，怎么办？我们现在干预是不是太晚了？"

"也许不是，上校。我认为这些都是预兆，预示着蛋头先生即将要复原，但我也不完全确定。这种量级的魔法需要在特定的时间和特定的地点起效，需要让所有关键因素共同作用。"

"那何时是特定时间？"贝尔德问，"我们还剩多少时间来阻止灾难发生？"

一如往常，詹金斯非常钦佩她还能继续关注任务的要点，集中精力在手头的工作上。图书馆聘用她当守护者是相当明智的。

"重新创造万物的起点应该发生在黎明日出时。"他打开怀表看了一眼，"也就是说，每年这个时候，大约是在6点钟。"

卡桑德拉盯着面前空荡的空气说:"准确来讲,是 6:08。"

"那地点呢?"斯通问,"我的意思是,地球上每时每刻都有不同的地方在迎接黎明,但你说的魔法起效需要一个精确的地点,不是吗?"

"你说得很对,斯通先生。"詹金斯看了一眼贝尔德,"你愿意冒险猜一下吗,上校?"

"不用猜。"她说,"我们要回到鹅妈妈魔法游乐园。那里是蛋头先生重新复原的地方,无论是象征性的,还是魔法里的。"

"两者大同小异。"詹金斯又瞟了一眼怀表,"离东部海岸的日出不到一个小时了。"

他看了一眼卡桑德拉,而后者完全没让他失望。

"只剩 32 分 14 秒钟,"她说出明确的期限,"方便你们有个时间概念。"

"换句话说,我们的任务进入倒计时了。"贝尔德忽然换成了坚决肃穆的语气,"这次,时差是和我们作对,见鬼。"

斯通露出严肃的表情:"那,让我们了结了这事吧。"

"还有件事,"赶在詹金斯宣布简要汇报结束之前,伊齐基尔问了一句,"我们现在还不知道这位'鹅妈妈'是谁吗?"

詹金斯真希望自己知道这个问题的答案。

"这个,琼斯先生,还有待探寻。"

21

· 新泽西州 ·

　　一道神秘的银白光束射进鹅妈妈魔法游乐园里，贝尔德和图书馆员们走过巨大的鞋屋门前，进入废弃的主题游乐园。天空已经放亮，无须打开手机的灯光功能。贝尔德焦急地看向东方，看到他们在日出之前到达，稍稍宽慰了点，尽管离太阳升起不差多少时间。红色的霞光线条已经清晰地洒到光秃秃的树上，地平线上已经映出红光，但太阳还没有探出它炙热的脑袋。

　　还好，贝尔德心想。这意味着他们还有时间阻止鹅妈妈，管她有没有魔咒书，都要阻止。但他们要怎么进行阻止行动，还在计划当中。不设定计划就临时抱佛脚，是弗林的行事作风，不是我的。

　　"哇哦。"卡桑德拉看到游乐园里荒凉的景致，不由得感叹一声。她放眼看去，全是废旧的陈列和人偶模型。枯叶在她脚踝下飘过。"我说不出这里是诡异，还是凄凉，或者两者都有吧。"

　　"我觉得是诡异，"斯通说，"很难想象人们过去常常带着孩子们来这里游玩。"

伊齐基尔做了个鬼脸:"真够脏乱差的。哪怕有一次呢,我们就不能在里维埃拉①或者蒙特卡洛②去阻止世界被毁灭吗?"

"也许等下一次世界末日的时候吧,"贝尔德说,"但我可不敢打包票。"

她忽然想到,图书馆员们都没游览过这个游乐园,除了最近什么时候来过这里的弗林。在她的坚持下,他们让三位鹅妈妈继承人留在了附件馆,由詹金斯照看。吉莉安、玛丽和乔治都因为被拒绝参与任务而极力抗议,不过,贝尔德已经坚定地否决了这三位的提议,她信任图书馆员们说他们的客人会守规矩,但让三位不可预测的平民来执行这么危险的任务,她绝不会同意。她脑袋里已经有足够多需要解决的问题了,这个时候,就不要再在她的任务单上增加不确定的变数了。

另外,她认为,如果我们需要他们的话,还有魔法门可以随时带他们过来。

每过一秒,日出就越近一步,这意味着他们可没有时间参观游览。她又拿出之前用过的魔法探测仪,将探测仪指向蛋头先生的方向。让她担忧的是,指针几乎完全偏向右侧,指示在红色区域的最大值,探测仪探头上的银色小球像打蛋器一样疯狂旋转。因为旋转速度过快,都冒出烟来。贝尔德把探测仪扔到一边,防止遭受魔法电击。探测仪落到野草上,在关闭前,一直发出"噼啪"的爆裂声。

"呼,这可不是好兆头,"她说,"虽然它告诉我们肯定是来对了地方。"

她并不是质疑探测仪的精准度。根据詹金斯的说法,蛋头

---

①里维埃拉,法国的地中海海滨地带,是度假胜地,环境优美,纯净悠然。——译者注
②蒙特卡洛,摩纳哥著名的旅游城市。——译者注

先生的复原仪式需要特定的象征性地点,充满了相应魔法能量的地点,而鹅妈妈的魔法游乐园正好符合这一要求。几十年来,游客们在游乐园里畅游,吟诵起童谣,已经把这里赋予了数量足够多的鹅妈妈魔法,更别提这里还是最近被重新激活的地脉一个重要连接点。暗野魔法会抓住任何机会显示自身的强大,所以,一度无害的游乐园就变成了一个真正的魔法能量聚集地。

"这边,"她说,返回之前走过的路,"随时小心周围会不会出现:黑鸟、巨型蜘蛛、会喷射火焰的蜡烛、饥饿的海盗宝箱,反正就是类似这些的吧。"

卡桑德拉留意到最后那个物品。"饥饿的海盗宝箱?"

"以后我再给你讲。"贝尔德说,"现在问题是,我们不知道鹅妈妈还藏着什么伎俩对付我们,所以,保持高度警惕,好吧?"

"不用你强调,"斯通咬牙切齿地说,"我们已经见识过那个老巫婆的手段了。"

伊齐基尔露出自负的笑容。"她上次只是攻击我个措手不及。这回,我已经准备好了。"

"希望如此,"贝尔德说,"看在我们大家的分儿上。"

夜晚即将过去,他们没有时间耽搁,赶紧走进游乐园。野草丛生的路上,随处可见腐坏的小屋和破旧的人偶,这些物品让整个荒园子的氛围更加诡异。一股不安的感觉浮上贝尔德的心头,这种奇怪的不安让她后脖颈汗毛全都竖起来。

我们被监视了。我能感觉到。

贝尔德向来珍视自己的感觉,很相信自己的直觉,正是她的特有直觉让她在世界各地的战区历经险境后,活了下来。她的视线四处扫视,寻找敌人,但她见到的,只有摆着各种姿势的腐烂人偶,在路面静默地站着。

也许,没有那么静默?

她发现眼角处有略微的动作。她迅速转身朝那个方向看过去,瞧见"澡盆里的三个人"正直直地盯着她,她发誓在一秒前还不是这样子。它们不怀好意的表情让她感觉到,它们比之前的样子更凶恶。当然了,当这里还是孩子们游乐玩耍的主题游乐园时,它们不可能一直是这副冷酷阴险的模样。她不禁猜想,现在这三位的尊容简直是噩梦的典范。

"喂,伙计们。"她朝人偶一扬头,那三个人偶过去在一个发霉的爪形支座浴缸里,现在这个浴缸却出现在一团荆棘丛中。"现在看不出来,但我想,我们被人监视,进入圈套了。"

所有人都回头看向三个人偶,那三个人偶也转过头看着他们。看到破旧的玻璃纤维人偶会动是贝尔德见过最诡异的事情之一,换句话说,她见过的诡异事情太多了。毕竟,就在最近,她还刚刚处理过吸血鬼酸奶的大爆发。

"哦,也对,"她自言自语,"我早该料到会有这种事。"

一个接一个,"澡盆里的三个人"爬出浴缸,向贝尔德冲过去,而其他图书馆员也毫不意外地遇到大麻烦。穿着血淋淋工作服的屠夫挥舞着锋利的砍肉刀。厨子,戴着高高的厨师帽,穿着面粉一样白的围裙,高举着一根擀面杖。蜡烛匠,帽子上奇怪地竖着一根蜡烛(这样游客就可以轻易辨认出它的身份?),手里拿着一根沉重的铜烛台。所有人偶的外表都很糟糕——布满划痕、凹痕、褪色严重,油漆脱落,沾有灰绿色的霉点,估计没有浴缸能把它们清洗干净。灰尘和腐烂的苔藓让它们看上去长满了癞疮,让贝尔德起了一身鸡皮疙瘩。她可不想触碰到它们——也不想让它们接触到她。

"另一个烛台？"卡桑德拉说，"真的假的？"

"真是应该感谢童谣里没有什么电锯，"斯通说，"或者乌齐冲锋枪。"

"你知道吗，我一直不太了解这首童谣的意思，"伊齐基尔说，"为什么三个人挤进一个浴缸？难道是缺水还是什么其他原因？为什么它们还穿戴整齐呢？"

"最初的版本里，童谣中说的是三个女人一起洗澡，"斯通告诉他们，"但是被后来的儿童书给净化了，就成了三个男人。"

"太糟糕了。"伊齐基尔说，"要是女人的话，就更有趣了。"

男人啊，贝尔德白了一眼："没时间闲聊了。看起来我们需要一路打到蛋头先生那里。"

"我能打。"斯通握紧了拳头，"放马过来吧。"

卡桑德拉退缩了一步。"我真的不太擅长打架啊。"

"我可以打，"伊齐基尔坚称，"但动武实在是浪费我的天赋。"

"别以为我们还有其他选择，"贝尔德拔出她随身佩带的小手枪，"好在，我们人数上占优势。"

斯通绷紧了身体，环顾四周："呃，我不太确定这点。"

他们周围的灌木丛发出沙沙声。当更多的人偶从昏暗的树林和花圃中出现时，细枝被折断，发出轻微的"咔嚓"声，落叶也被踩得"咯吱"响。杰克·斯布拉特和它更健壮的妻子拿着餐桌上的叉子和刀朝他们这群闯入者逼近。小小杰克和小蓝孩布鲁联合起来，准备一起进攻图书馆员和他们的守护者。就连小小淑女玛菲特都放弃坐在她的小圆凳上……不管圆凳是什么样子的。

"噢！"当小小杰克用一个像石头那么坚硬的假梅子派打伊

齐基尔时,伊齐基尔发出痛苦的尖叫。那个由小小杰克扔过来的派打到伊齐基尔的肩膀。"真疼啊,你个臭木偶!"

人偶们将他们团团围住。

"有没有什么战术建议?"斯通问贝尔德。

"撤退绝对不在考虑之列,"她严肃地回答,"狠劲打它们,小心别被它们打死。"

……

过去的经验告诉贝尔德,对待魔法敌人的时候,子弹很少能派上用场,但她觉得值得试一次。第一枪是警告,打爆了蜡烛匠头顶的那根蜡烛,但子弹似乎完全没吓住三个男人,它们继续前进。

"后退。"她大喊,"这是给你们的最后一次警告。"

沉默的人偶没有理会她的命令,逼迫她又朝它们开了一枪。第二枪后,子弹的爆破声打破了清晨的宁静,她射穿了蜡烛匠的玻璃纤维脸,但活动的人偶几乎没有停下一步,依旧和它的浴缸同伴往前走,它们都没有致命器官这种东西。击中头部没有让它们减慢脚步。它们似乎无所畏惧,也不怕疼痛。

这和以往有什么不同?贝尔德心想,上帝啊,有时候我真想念敌人是恐怖分子的时候。

第三枪打掉了蜡烛匠手里的烛台,但三个男人已经走到她近前了,逼迫贝尔德进行近距离的肉身搏斗。应战多个敌手的招式,她知道,要不停地移动,并且不停地进攻;不幸的是,锁喉、撞击和反关节压制和其他传统的攻击方式,似乎对这些走路的人偶来说,不起任何作用,所以,她只好依靠速度、制衡和摔倒。低头弯腰躲过屠夫挥过来的刀后,她扫过厨子的腿,将它推向已经没有武器的蜡烛匠,让它们撞到一起,摔倒在地。

它们狠狠摔到地上，雕塑的胳膊和腿缠在一起。

两个倒下了，她心想，暂时是。

剩下一个屠夫还需要处理。它走得足够近好使用手中的武器，她用一记完美的过肩摔把屠夫也摔倒在地。屠夫的后背着地，"砰"的一声摔在小路上，但几乎立刻，它就又站起来了，就像杀人狂电影里那个戴着假面具的疯狂人。

好吧，贝尔德心里暗自叫糟。现在该怎么办？

她的武术招式不可能拖三个男人太久。她以为人偶缺乏她这样的近身搏斗训练和经验，但毕竟它们是三个人，而且还带着武器，所以，她必须找到个武器来扳回一局，扭转劣势。这下，三个男人都爬起来，从三个方向朝她围过来。一截生锈的钢筋从附近的废物堆里突出来，进入到她视线中，她翻了个空翻，越过敌人，从废物堆里拽出了那截钢筋。76厘米长的钢筋在她手中刚好合适；当然，它和武器级警棍相比还差得很远，不过有它当武器也不赖。

我可以用它来次大破坏。

她手持钢筋，冲回战场，用手里的简易武器既防御，又实施进攻。就在她躲闪开厨子的擀面杖时，她的钢筋打歪了屠夫手里的砍肉刀，反手一挥，又敲碎了蜡烛匠的右膝盖。跛腿的人偶踉跄地歪到一边，没能再站起来。粉碎的渣滓溅落到小路上。

好哇，贝尔德心里想。现在让我们来说说怎么对付这群人偶。

她看清了其中门道。

"你杀不死，也打不晕它们！"她冲其他人大喊，"你必须把它们敲个粉碎！"

她继续使劲捶打她的其余敌人,把钢筋当作大锤来挥舞。屠夫的砍肉刀被打飞了,它的脑袋也被敲碎了,她举起钢筋,用全力砸向它的手腕,把它的手也给敲碎了。但它仍然顽强地朝她走过来,厨子也一样,毫不放弃。看来这样行得通。

先缴武器,再拆毁,贝尔德在心里默默地想,这样就对了。

但这样的打斗要持续多久呢?世界末日就要来临,他们有更重要的事情需要做,而不是留在这里敲碎魔法仿制品!

……

杰克·斯布拉特和它的妻子是最初童谣中的奇怪夫妇。它这个人偶四肢瘦长、面色青黄,穿着老式衣服。而它的妻子身材十分矮胖、敦实。现在,它们两个看上去都不太关心是吃肉还是吃素,只想要阻止斯通和他的同伴,不让他们到达蛋头先生那里去拯救宇宙。

绝对不行,斯通心想。他在全世界跳来跑去的,还差点成为一只"萌萌小"蜘蛛的腹中餐,做了这些,可绝不是为了在最后一刻,被童谣里饮食有特殊限制的人物耽搁住。见鬼啊,我可是曾经干掉大坏狼的人。

斯布拉特比它笨重的老婆跑得快,试图用他手里尖锐的叉子捅死斯通。斯通弯腰,迂回跑动,躲闪开瘦削人偶的刺杀动作。斯通的打斗招式没有贝尔德那么灵巧利落,却总是很有效。在他还没被聘用到图书馆工作时,他常常在酒吧打架中获胜,尽管这次打架比任何时候都令人讨厌。这也不是第一次有人拿着叉子要来攻击他。到现在,他身上还有一个几年前被塔尔萨那个嫉妒的女服务员刺伤的疤痕。

不过那次,我大概预感到会是受伤的结局。

斯布拉特扑向斯通,但斯通已经准备好了。他用自己一侧的手臂夹住斯布拉特拿着武器的胳膊，然后用手抓住人偶握紧叉子的手，接着，他用自己的头使劲撞上斯布拉特的头，就像他平时应战血肉之躯的对手那样。

但斯布拉特可不是血肉之躯的人类。斯通把脑袋撞向坚硬的玻璃纤维之后，他自己也疼得"嗷嗷"直叫。这一撞击让斯通摇晃了片刻。他的脑袋在脖子上来回摇摆。他的前脑门上开始显现一块丑陋的瘀青。

哦好吧，这主意太差了，斯通心想，我可不能再这么干了。

他手仍抓着斯布拉特，没有留意斯布拉特夫人的踪影，直到一个叉子从他背后刺进身体。斯通痛苦地尖叫起来，一脚向后猛踢，把它踢得退后了几步。他以为会将它踢翻，但斯布拉特夫人矮墩墩的身体太大，重心太低了，他用了那么大力气，也不过是让她后退了几步，暂时不会把叉子继续往他身体深处扎进去。它又挥起刀朝他的腿刺过来，但它胖乎乎的胳膊太短了，没能够到斯通。斯通心里感谢那些不知名的雕塑家在几十年前如此塑造这对胳膊。

回想起来，也许我低估了它们两个。不论怎样，我可是轻松地撂倒那只大坏狼的人。

被斯布拉特夫妇围在中间无路可逃，斯通用尽全身力气撞向杰克·斯布拉特，把瘦长的人偶仰面撞翻在地。怪诞的是，当斯布拉特倒下去的时候，它没有发出任何声音——没有抱怨的哼声，也没有疼痛的呻吟，就连它奋力要站起身拿回武器的时候也是完全沉默。斯通松开斯布拉特的手，跳过摔倒在地的人偶，冲向斯布拉特夫人的锋利刀刃。

"喔哦，"斯通说，"你自己留着餐具吧。"

杰克·斯布拉特的手抓住了斯通的脚踝，阻止他逃走。斯通一边嘴里咒骂着,一边牺牲掉自己左脚的牛仔靴,好逃脱人偶的控制,他使劲从靴子里拔出脚来,别扭地蹒跚着走路,一只脚穿着靴子,一只脚光着,这画面好像是一首童谣里讲的,尽管他一时想不起来是哪首童谣。

摇啊摇,晃啊晃……哦,去它的吧。

摇摇晃晃地逃脱开斯布拉特夫妇的围追堵截,斯通撞见一个不加管理的花圃中的杂乱废物堆。没有银色的铃铛和美丽的贝壳[①],而是豚草、野蓟和荆棘在花圃上泛滥。他在昏暗中被什么东西绊倒,当他摔倒在地时,不由得大骂一声。他回过头,看见刚才自己撞到的是一把很久以前被遗忘在花圃野草丛中的锄头。他在脑海里无数遍咒骂那个把锄头遗落在这里的园丁。

就像噩梦一样不得休息,斯布拉特夫妇已经追赶到花圃这里。他伸出手,拔出了插在他疼得要命的斜方肌上的叉子,后背像火烧一样灼痛。他赶紧站起身,目光在手中的叉子和奔过来的人偶间流转,心里在犹豫到底要怎么样才能阻止它们。

"你杀不死,也打不晕它们!"贝尔德大声喊,"你必须把它们敲个粉碎!"

斯通冒险瞧了一眼贝尔德,看到她正用一根不知从哪里搜寻来的钢筋痛打那三个浴缸里的男人。当贝尔德拼命地用钢筋击打人偶时,人偶的玻璃纤维肢体像折断骨头一样脆弱,贝尔德把它们击个粉碎。挥动两次,就把厨子的右胳膊给砍断了,也缴了它的擀面杖。碎片和粉屑到处飞。

——看到此景真让人高兴,他想。

[①]《鹅妈妈童谣》中一首童谣中描述花园时有这样一句:How does your garden grow? With silver bells and cockle shell.(你的花园怎么样?里面有银色的铃铛和美丽的贝壳。)——译者注

他没有立刻在他周围看到钢筋,但有一把锄头。他扔掉叉子,屈身捡起锄头,紧紧握住锄头的铝把手,迎接正朝他奔来的斯布拉特一家人。锄头的顶端是个叉子状的尖锐金属横断面。他握紧锄头,把它当作武器来应战面前的瘦敌人和胖敌人。

"粉碎行动,现在开始。"他自言自语。

……

小小淑女玛菲特欢快地朝卡桑德拉快速移动过来,它被塑造成扎着马尾辫、穿着无袖连衣裙的模样。人偶的身上挂着蜘蛛网,就像从童谣里出来的一样。它没拿其他武器,只有一个大木勺,但它的样子太怪诞了,卡桑德拉心想,就像一个被魔鬼附身的洋娃娃或者口技表演时的假人——那种她在应该睡觉时看到而后又后悔的恐怖电影里出现的东西。卡桑德拉可不想让一个有生命的假人抓住自己,并不仅仅是因为她怕被玛菲特殴打或者其他形式的欺负,还因为她是被所有人偶中最没有攻击力的玛菲特追打,难堪到不敢去想……

"我猜,我们是不是能好好谈谈解决这事儿了,"她说,"或许,我们可以先吃点可口的乳浆和布丁?"

玛菲特小姐捡起一块石头,扔到她身上。

"嘿,别这样!"卡桑德拉退缩了一下,石头"嗖"的一声从耳边掠过,"这可不是友好的态度!"

她四处寻找自己能用的武器,朝一个野餐区附近的松散白色尖桩篱栅跑过去。她不怕尖桩扎到自己,费力地拔出一块木板条,她举起尖栅栏条指向玛菲特小姐,把板条当作木棒挥动。

我不再是友善的图书馆员了,她心想。接招吧,淑女玛菲特。

木板条敲到人偶身上——然后,碎成了两截。

是木板条,不是淑女玛菲特。

卡桑德拉的脸瞬间拉长。好吧,她想。我早就该想到两者相应的密度,一边是腐烂的木头,对方那边可是铸模的玻璃纤维……

玛菲特小姐没有被她的打击吓到,直接踢了卡桑德拉的小腿一脚。

"噢!"

卡桑德拉受到木勺不停地敲击。玛菲特小姐贪婪的手指已经抓住了她的下裙摆。卡桑德拉急忙后退,挣脱了人偶的控制,扯坏了下裙摆。

这不公平,她心想,我很喜欢这条裙子呢。

贝尔德的确是说过绝不能后退这种命令,但玛菲特小姐却追着卡桑德拉到处跑。卡桑德拉一瘸一拐地躲到一个野餐区,玛菲特小姐追着她围绕风化的桌椅间团团转。这个令人讨厌的人偶动作极快,还很顽固,所以卡桑德拉费尽全力才保持了一两步的距离,但这样周旋下去,可不让她或者其他图书馆员接近蛋头先生,蛋头先生才是任务的关键。玛菲特小姐只是为了分散她的注意力,是鹅妈妈使出的拖延伎俩。卡桑德拉绞尽脑汁,想解决现在令人沮丧的童谣人物问题。

也许,这是一场与虚构人物的对决,她想,那么,你需要运用虚构人物在故事中的对手来对付它们?她在脑海中迅速回想整首童谣:

> 小小淑女玛菲特,坐在小小圆凳上,
> 吃着布丁和乳浆,
> 过来一只大蜘蛛,爬呀爬到她身旁,
> 玛菲特小姐被吓跑,哇哇哇哇喊得响。

卡桑德拉手边没有什么蜘蛛,也不想马上去寻找蜘蛛,但也许,她没必要找。她爬上其中一张野餐桌上,伪装出恐惧的模样(在当前环境下,都无须刻意假装),然后慌乱地指着玛菲特小姐的身后。

"啊呀!"卡桑德拉尖叫着喊,"有蜘蛛!"

她的吓唬计策立刻像魔法一样见效了。不出所料,玛菲特小姐惊慌地挥舞胳膊,疯狂地乱跑开了,用她小短腿的最快速度消失在昏暗的晨光中。想到作为图书馆员的自己,真的能用头脑转危为安,卡桑德拉满意地咧嘴笑起来。

如果你找到了正确的解答办法之后,谁还需要动武把它们敲碎呢?

她站在桌子上查看四周的动静。她看到贝尔德和斯通用各自无可比拟的方式已经快收拾完他们的对手了。破碎的人偶在地上没有攻击力地抽动和颤抖。斯通单脚跳着,从碎片中抽出另一只靴子,重新穿上。贝尔德手里还攥着那根致命的钢筋。卡桑德拉开始寻找伊齐基尔的身影,就在这时,斯通大声提醒大家。

"都小心点,伙计们!我们还没处理完人偶们……我的意思是,很多人偶们!"

更多的鹅妈妈军团成员出现,包括穿着睡袍的小威力·温奇,叮当兄和叮当弟,哈伯特大婶,红心国王、王后和武士,三个聪明蛋,小汤米·塔克,玛丽和她的小羊羔,吹笛人的儿子汤姆,他胳膊下还夹着一只偷来的小猪崽,还有很多卡桑德拉没有立刻认出的人偶。三只小猫咪,它们的手套还没有找到,它们堵在去往蛋头先生的路上,亮出爪子。猫咪们的胡须下是锋利的尖牙。卡桑德拉忽然希望鹅妈妈的童谣如果没有这么丰富该多好。

如果童谣作者才思枯竭了，我们的工作能更容易点。

但伊齐基尔去哪儿了？她最后看到他时，小小杰克和小蓝孩布鲁一起向他那边聚集。她知道他不会抛弃同伴逃跑的，所以，卡桑德拉不由得担心起他的安全，于是，她扯开嗓子喊。

"伊齐基尔？如果你听到了就回答我！"

——

一声震耳欲聋的汽笛回应了她的呼喊，紧接着，一辆发动起来的约翰迪尔牌推土机出其不意地出现了，伊齐基尔坐在车里，开着车从大树和灌木丛间出来。他用汽笛声警告了同伴，然后直接掉转头，将吵人的推土机直接朝鹅妈妈的后援军团碾压过去，斯通和贝尔德顺势跳开。推土机沉重的金属铲刀将人偶们都推到一起，像打保龄球一样将它们都推倒，就像之前小小杰克和小蓝孩布鲁的遭遇一样，几乎没有人偶能在推土机的铲刀压迫和钢铁车身的强力碾压下幸存。当人偶军团被推土机无情摧毁时，更多的玻璃纤维被碾碎发出巨大的破裂声。为保险起见，伊齐基尔用车又碾压了所有人偶一遍，然后，他把发动机挂到空挡上。他从驾驶室里召唤其他同伴，他们都惊奇地盯着他。

"怎么样？"他自信地说，"反正它们早晚是要拆毁的嘛。"

"琼斯？"斯通不敢相信地说，"你在推土机里干什么？"

听上去，他没有感激，反而是暴躁；伊齐基尔觉得斯通应该是懊恼自己为什么不在他之前想到这个法子。

"拜托！"小偷被惹恼了，"在我拿到驾驶证之前，我就已经偷开过工程车了。它们用来拖走自助提款机和汽水售卖机相当不错。"

他正要邀请其他同伴爬上来,或者跟在他身后,忽然,推土机的发动机卡住了。黑色的油烟从排气管里冒出来,发动机上面也冒出白色的水雾。他急忙摆弄换挡杆,试图让"咯咯"作响的发动机正常运转,但发动机颤动了几下,然后熄火了。"咝咝"冒出的白雾似乎在嘲笑他的努力白费。

"真见鬼,琼斯!"斯通抱怨,"你把发动机给烧坏了。"

"我没有!"伊齐基尔拍了一下汽缸和点火装置,但是推土机仍然固执地没有反应,就像无论你试过多少组合都打不开的一把锁。"这肯定是……用魔法破坏的……或者其他什么东西破坏的。空气中到处弥漫着坏巫术,你知道的吧?"

"坏巫术?"斯通激动地把花圃锄头丢到一旁,"你怎么经常把这些推责任的话挂在嘴边呢?"

伊齐基尔从驾驶室跳下来:"就像你能做得更好似的?"

"当然,我能做得更好。我在建筑工地干过的活儿可比你多——"

贝尔德吹起响亮的口哨,吸引两人的注意力,"够了,男孩们。等我们拯救完宇宙,你们再去争。"

东方,天空越来越明亮,红光也越来越明显。

伊齐基尔明白,这是一级警报的含义。这相当于在偷窃的过程中,警报响了,一切都搞砸了。

"那我们还等什么呢?"他问。

22

他们顺利地走到目的地,沿路没有再遇到其他险阻。贝尔德希望鹅妈妈已经黔驴技穷了,但她知道,也不能寄希望于这种天真的想法。因为轻敌,之前他们战斗失利了很多次,所以,贝尔德手中还紧握着钢筋。她和图书馆员们快要到蛋头先生的场地时,她招手示意大家停下来。她压低嗓音,避免被人偶或者其他什么东西偷听。

"好,计划是这样。如果鹅妈妈已经在目标地点,我会尽力吸引住她的注意力,你们三个要从她旁边包围,然后把她手里的书抢回来。听明白了吗?"

"明白了。"斯通低声说,"但我不喜欢这个主意,你又把自己放在最危险的火力线上。"

"鹅妈妈并没有直接攻击过人,"贝尔德说,"所以,似乎正面攻击不是她的行事作风。我只是通过和她讲话吸引她的注意力,好让你们有足够的时间潜到她身边。"

"呃,她是真的把一个烛台变成了喷火器,"卡桑德拉指出,"还用喷火器威胁我和科尔。"

"是这样。"贝尔德说,"但据你所说,她并没有在拿到书和拿走书这些可以动手的时候,伤害你们两个。不管怎样,我是守护者。在你们完成高难度使命的时候,把敌人的炮火引过来,就是我的工作,基本上就是这样,所以,我们就这么决定了……再啰唆就太晚了。"

图书馆员散开,走进前面的树林和花圃中,贝尔德则匆匆转过路口,向南走去,那里是破碎的蛋头先生所在之地——也许只是暂时是破碎的。没有头的人偶还坐在砖墙上,它一分为二的脑袋静静躺在地上。两块面部相距有几米那么远。

目前还好,贝尔德心想。它还没有被拼起来。

当然,这个世界上还有很多蛋头先生的人偶,这个特别的雕像并不是真正意义上的宇宙蛋,但根据詹金斯的推断,它是宇宙蛋的最合适象征表现物。他如此解释,这是一种交感巫术的施咒方法,就像巫师手中的巫毒娃娃或者带符咒的蜡像假人。贝尔德疑惑,为什么鹅妈妈会选择这个特定的蛋头先生呢,但也就想了一会儿,因为这和当前的危机没有什么关系。

蛋头先生并非一人。

"你又来了,守护者?"鹅妈妈向贝尔德打招呼,"我记得我已经警告过你,让你少管闲事,离我的游乐园远一点!"

老太婆站在砖墙上,就站在无头人偶的旁边,样子和贝尔德上次见到时一模一样,当然,听说她最后被人看见时变成了一只大鹅。眼前的鹅妈妈又是人类外表,每只手各拿一本抢来的童谣集,另外一份童谣书就悬浮在她面前的半空中。忽然刮起一阵迅疾的大风,搅动起地上干燥的落叶。树枝摇来晃去,不停地摆动。晴朗的天空忽然发出"隆隆"的雷声,此刻雷声还很远。黎明就在眼前。

"对不起,做不到。"贝尔德小心翼翼地凑到近前,"我想,可能你没有你认为的那么了解我。"

"这可不一定,伊芙·贝尔德!"

鹅妈妈做了一个夸张的动作,"砰"地把三本薄书合到一起。书中闪出一道刺眼的白光,让贝尔德不敢直视,只好将目光转向别处;当她回过头来,三本书已经变成一本大书,悬浮在半空。书页神奇地自行翻动,直到翻到了正确的那页。

"啊,终于,这就是那一整首童谣,"鹅妈妈"咯咯"笑着说。她夸张的波士顿口音让贝尔德听着十分难受。鹅妈妈冲着升起的太阳咧开嘴笑了,她开始吟诵起书中的童谣:

蛋头先生坐墙头,
栽了一个大跟头……

"喂,喂!"贝尔德打断她,放下了手里的钢筋,掏出手枪。当她的双眼重新转过来时,蓝色的斑点在她水汪汪的眼睛中跳跃。"够了。把书交出来,鹅妈妈,如果这是你真名的话。"

内心仍然感觉拔枪对准鹅妈妈不太对劲,即使贝尔德知道自己在做什么,而太阳正在升起,他们没有什么时间了。如果幸运的话,亮出手枪就足够吸引鹅妈妈的注意力,好为潜伏图书馆员的行动争取足够时间。

"枪?真要这样吗?"鹅妈妈遗憾地摇摇头,"我真对你失望,伊芙。你是个聪明的姑娘,何必采取这么平庸的计策呢。"

"真抱歉让你失望了,"贝尔德说,"但你的话改变不了什么。把书交出来,否则——"

上空忽然传出一声"嘎昂"的叫声,让她吓了一跳。她抬起头,看到一只巨大的公鹅暴风骤雨般朝她扑下来,发出粗厉的叫声。她开始重新瞄准目标,把手枪对准飞下来的大鹅,但公鹅速度太快了。她手中的枪被迫松开,飞进了一旁的灌木丛中。扇动的翅膀将她推倒,让她摔倒在地。她用拳头回击,试图让公鹅松开她的手腕,但她总是打不中。羽毛拍打着她的脸。

见鬼,贝尔德心想。当你需要一把里面装满返老还童魔法泉水的水枪时,它在哪儿呢?

"够了,我的宠物!"老太婆大声命令,"没必要让这个可怜的乖孩子受伤。她今天早上已经吃了不少苦头了。"

听从了女主人的命令,大公鹅松开了贝尔德的手腕,飞回到大树上,俯瞰一切。衣衫凌乱的守护者匆忙地站起身,四处搜寻了一圈,没有看到自己的武器,钢筋和手枪都被丢进了浓密的树林和灌木丛。她吐出嘴里的一片白色羽毛,在意念中责备自己忘了还有只公鹅——还被这只大鸟缴走了武器!

"你知道。"贝尔德盯着鹅妈妈说,"一般,我不会粗暴对待像你这么大年纪的老太太,但现在,你可不再受老年人的优待了。"她一边握起拳头,一边留心天上防止大公鹅突袭她。"准备好兑现你的医疗保险金吧。"

"退后,伊芙!"老太婆用恐吓的口吻说,"你们其他人也一样。"她的目光扫视了一圈周围的灌木丛。"你们不必再躲藏了。这里是我的游乐园,我能看到所有地方。我不惧怕任何人,尤其是一群粗鲁的学徒图书馆员!"

"学徒?"伊齐基尔从附近的一丛灌木中跳出来。"你说谁是学徒呢?"

"说那个甚至都不会用卡片目录的小偷。"鹅妈妈嘲笑他。她在墙上转过身,指着另外两个地方:"还有这个石油工人,和这个弱不禁风的小姑娘……"

"弱不禁风?"卡桑德拉从藏匿的地方现身,她的伪装明显失败了。"我好多年前就不再是弱不禁风了……"

"你说得对,卡西。"斯通从鹅妈妈身后的一处灌木丛站起身。他按得手指节"咔咔"响,迫不及待地想打一架。"我们对付过比她更粗暴的敌人。让我们把这只鹅烤了。"

他们谨慎地围攻过来,但鹅妈妈快速念起童谣:

> 玫瑰花环绕圈圈,
> 满口袋花,把花环编,
> 阿嚏,阿嚏,我不怕,
> 你们全部都倒下!

贝尔德的腿忽然变成了一团橡胶,她摔倒在地上,就在蛋头先生碎片几米远的地方,脸朝下地趴着。落叶垫在她身下,但忽然跌倒还是撞得她一阵晕眩。响亮的碰撞声、叫喊和咒骂传入耳际,她的图书馆员们也都趴到了地上。她想站起身,但四肢根本无法动弹。她唯一能动的就是头,她抬起头看发生的一切。天空落下了仿佛雪花一样的灰烬,重重地压住了她,让她鼻子发痒。

"斯通?"她大声喊,"卡桑德拉?伊齐基尔?"

"我倒下了!"斯通喊着回应,"我想站起来,但是一点力气都没有。感觉就像被北京郊外那个神秘实验室的超重力圈套罩住一样……"

"更像是人造的黑洞边缘暗物质,"卡桑德拉在几米外纠正他,"感觉遭受了世界最严重的流感侵袭。我现在浑身无力,一点都动不了。"

"不管是什么,"伊齐基尔不耐烦地说,"我们现在全都脸朝下栽在地上……而且起不来！"

贝尔德想起不知从哪儿听说的关于"玫瑰花环绕圈圈"这首童谣的传说，似乎这首童谣的内容和黑暗时代的黑死病有关。一股寒意不由得爬上她的脊背。

"糟糕！"她脱口而出，"她让我们得了瘟疫！"

"胡说！"鹅妈妈说，"我的童谣和瘟疫没有任何关系；那些伪造的废话，任何严肃的学者都不会当真。"她转身，视线重新回到她悬浮在半空的魔咒书。"现在，如果你们不介意的话，我要继续了，刚才到哪里了？"她透过鼻梁上的老花镜向书页的方向张望，然后接着她刚才念过的童谣吟唱起来：

　　国王呀，齐兵马，
　　破蛋难圆没办法。

这就应该是童谣的结局了，但鹅妈妈继续读起贝尔德没听过的隐秘后文：

　　蛋头先生重复圆，
　　蛋头先生打开门，
　　黎明已到，生日好，
　　旧世已去，新世到！

魔咒一念出来，就立即起效。忽然，空中出现电光，仿佛风暴将至。一团玫瑰色光圈笼罩在蛋头先生的两个部分，这两半开始颤动，然后朝着对方靠近，就像它们有磁力吸引对方一样，而坐在墙上的无头身体也开始活动，伸出脖子，好像在期待它遗失的脑袋回归。摇晃着立起来的左右两个部分，最终还是拼到了一起，它们碰撞在一起，组成了一个巨大的椭圆形脑袋，下面是它宽宽的身体底座。模型蛋头先生苏醒了。圆蛋脸上挂着巨大的笑容，笑容灿烂得让贝尔德起了一身鸡皮疙瘩。它碟子大小的眼睛冲她眨了一下，她只能无助地看过去，因为身体被童谣里的魔咒固定在了地面。

"快停下！"贝尔德冲着鹅妈妈大喊，"我们知道你的计划是什么，还有——"

"计划？"听上去鹅妈妈感到被冒犯了，"我从不计划，我只行动。我顺着童谣走，没有任何理由。我只按照内心所想而做事。我根据自己的冲动行事，我是唯一真正的鹅妈妈。我不会做计划，只由天马行空的幻想来支配我。"

听上去这话像是弗林会说的，贝尔德想，接着，被冰封在地面的她忽然响起很多零散的细节。

像是弗林会说的话……

她的心脏停止了一下。一个大胆的完全疯狂的主意钻进她脑袋，这个主意好像之前隐藏在她意识的最深处，忽然一冲出来，就推翻了她所有习以为常的固有想法。她记起之前在图书馆詹金斯从鹅妈妈文件夹里发现的那张度假老照片，她心里忽然知道了照片里的男孩是谁，也明白了为什么他看上去莫名地熟悉。她惊奇地盯着鹅妈妈。

"弗林？"

23

·几天前·
俄勒冈州

弗林·卡森火急火燎地跑进附件馆,好像有七重炼狱的诅咒在追赶他一样,实际上,确实是这样。一把玉质匕首"嗖"的一下从他头顶掠过,紧随他跨过魔法门,那是他从中国大陆的江苏省地下深处的九重紫禁城逃脱时招致的,匕首同他一起进入地球另一端这间杂乱的办公室。神秘的电光一闪而过,魔法门帮他隔绝了后面追赶的人和遥远的东方大陆。飞行的玉匕首"啪"的一声扎进入口旁边光亮的木围栏上,深深扎进木头里。弗林觉得,这件神秘的武器自身应该有什么历史价值吧,或者仅仅是个致命武器,用于刺杀无畏的冒险进入禁闭墓穴寻找危险魔法的图书馆员。

我需要查阅德拉米洛夫①的《致命工具指南》看看这把匕首的内容,他想,等我有空的时候。

弗林停住滑行的脚步,停下来喘口气。他是一个身材瘦削,

---

①德拉米洛夫,全名:伊万·德拉米洛夫,虚构的人物,是杰克·伦敦遗作《国际暗杀局》中的主人公,作为暗杀局头目,他向下属下达暗杀自己的命令。——译者注

稍显笨拙的年轻人,一张娃娃脸和随性的举止掩饰了他四十岁出头的年纪,他穿着在沙漠里盗墓的行装,一顶遮阳帽,一条短马裤,一双齐膝高的登山靴,外穿一件已经穿过好多年的皱巴巴狩猎夹克。可以说,此刻的夹克已经轻微磨损了,被凶猛的陶俑猫锋利的爪子给撕破的,这只猫现在被关在一个塑料宠物箱里,弗林正一只手提着这个宠物箱。陶俑猫因为被关更加暴躁,愤怒地发出"咝咝"声,又是咆哮,又是挥舞爪子狠命地挠宠物箱内壁,虽然它只是两千多年前用陶土烧制出来的。它发怒时的暴躁让宠物箱都晃来晃去,让人很难握住。

好在,这只陶俑猫没有那么重。

"坏猫咪!"弗林斥责它,"再等一会儿,你就能好好地睡上一个大觉了。"

他把宠物箱放在最近的能放稳的平面上,恰好,就是会议室的桌子。他另外一只手抓起一卷古代竹简,用手腕轻轻晃动,将竹简展开。最近他对汉代隶书已经有些生疏了,但他仍然能不费力地解读古竹简上的汉字。他清清喉咙——嗓子和他逃出的遗失古墓中一样干燥,开始吟诵起神秘的咒语,这段咒语自从长城还只是屏障时就再未被人大声读过。

"以《图书馆协议》之名,重编汝之咒语。"

一道蔚蓝色的光束从宠物箱里面发出。陶俑猫发出最后一声哀怨的猫叫后,就逐渐变得僵硬,倒向一边,不再是最初活生生的模样。一股无疑是乌龙茶的味道残留在空气中。

"哇哦。"弗林拔出门边的刀,然后快速看了一眼。"真是比我想象的要棘手啊。谁知道我叫陶俑猫的时候它没出现呢?"

他掸掸肩膀和帽子上的灰尘,把陶俑猫和宠物箱放到一个储物柜里,然后他才有时间和精力走过大半个图书馆把这猫搬运到人造宠物和野生动物收藏区。他也把背井离乡的玉石匕首收进了储藏柜。刚才真是太险了，他甚至都不敢回想匕首"嗖"的一下飞过来时距离他脑袋有多近。

这是职业风险，他心想。

回想起来，这次任务他真应该召集团队成员做后援。最近这段时间，出于对伊芙和图书馆员新成员的尊重，他已经在努力学习团队协作，但有时候，他仍然喜欢按照往日的习惯单独行动。而且，一次常规的似乎很寻常的墓室探寻不太像是需要整个团队的工作。

说到他们……

"哈喽？"他大声喊，"有人在吗？"

他很快发现，图书馆空无一人，没有人欢迎他，更别提会有人祝贺他又完成了一项死里逃生的任务了。不过很快，他想起来，美国的时间比波特兰要早15个小时，这也就意味着——他在心里算起来，没有看一眼时钟——大约是美国西部标准时间的凌晨3:35。

难怪这里一个人也没有。

他看了一圈空荡荡的办公室，实际上这里比刚才他逃出的墓室还要安静。因为是后半夜，这里没有人也不奇怪。图书馆员们和他们迷人的守护者都不住在附件馆里，尽管人们总是感觉他们随时在这里待命。弗林感觉到，即使詹金斯今晚都休息了，假设这位永生的看管人真的像凡人一样需要小睡的话。

詹金斯需要睡觉吗？弗林心里疑惑，从来都没有问过他呢。

对他而言，因为之前神经太过紧绷，现在根本无法上床睡觉，更别提和图书馆当地还有15个小时的时差呢，所以，他决定要充分利用这点完全宁静的"私密"时间——一个人拥有整个附件馆。他想得越多，就越感觉到自己应该抓住机会好好放松，冷静下来，也许，看看新闻不错。

没错，他心想，正是我需要的。

他把（轻微破损的）头盔放到衣帽架上，架子上还有工业用安全帽、猎鹿帽、天鹅绒毡帽、印第安人头饰、潜水面罩、武士头盔、威尼斯的鸟嘴面具、主教的法冠、夜行护目镜和时尚的黑色丝绸礼帽，最后的礼帽非常适合正式的场合，在某些特殊场合时，礼帽还变出来过一两只兔子。他把破烂的外衣换下来，穿上一套酒红色的家居便服。

这回好点，他想，终于不像命中注定波折不断的考古学家，而是一位休闲的文雅绅士，惬意地享受放松的夜晚。

轻微受损的便携式魔法探测仪还挂在他腰带上。弗林不喜欢太过依赖这些小玩意儿，担心会失去自己的独特直觉，但在受特殊封印保护的墓穴中，穿过迷宫式的地道和暗道追踪陶俑猫时，这东西确实很方便。他解开探测仪，放到附近的桌子上，就放在之前放陶俑猫的地方。

"现在，"他高声通知图书馆，"我完成工作，正式休息了。"

他担心地瞥了一眼剪贴簿，防止上面有新的任务通知，但很明显，它还是那些页面，没有新的新闻。这样就确保自己不会被打扰了，他信步来到附件馆摆放整齐的报纸书架前，从书架上拿起《纽约邮报》的晚报。图书馆几乎订阅了全世界所有的报纸和期刊，包括那些服务于龙、妖精和神秘人群的媒体，但从心底来说，弗林还是个纽约客，在其他同龄孩子刚会认字的时候他就已经开始读《纽约邮报》了。这是他家乡的报纸，虽然最近他一直生活在波特兰。

这已经算不错了，他安慰自己，至少没去南极。

他拿起报纸,走回到他和伊芙共用的办公桌前,坐下来,慢慢细读。伊齐基尔曾经嘲笑弗林在电子时代还读"死树"版的报纸新闻,但弗林不在意他的评价。他仍旧喜欢沉浸在翻报纸的乐趣中,就像他还喜欢纸质书胜过电子书。有时候,用传说的方式阅读更让人放松。

你可以让书虫远离20世纪,但你无法把20世纪的习惯从书虫身上夺走。

也会放松吧?读一读当下发生的和危险任务、超自然危机毫不相干的事件。弗林喜欢自己的工作,用所有奥帕①的珠宝都换不来他的工作,但偶尔脱离工作放松一下,也很好,这样才能提醒他世界上的寻常生活仍在继续,即使近年来暗野魔法四处作乱,重启了蛰伏已久的地脉和长期静止的魔法物件。因为要紧事有剪贴簿提示,所以,他只想要找一些普通的小新闻来放松神经。

越普通,越好。

他略过了头版新闻和世界大事,开始寻找当地的小事件新闻。他翻到本地新闻版块,停下来,一条标题意外地映入他眼帘——在他心上重重捶了一下。

《没有美满的结局:鹅妈妈主题游乐园即将拆除》。

"哦,天哪。"他嘟囔着,悲伤地摇起了头。在苦乐参半的怀旧之情作用下,他从办公桌的抽屉最底部找到一本旧相册,这个抽屉里面保存着很多他的个人记忆,包括二十二个学位证书,一本高中年鉴,一条蓝丝带,那是他五年级时拼写比赛中赢得的奖品。大多数人会把这些纪念品放在家中,他想,但说

---

① 奥帕的珠宝,出自埃德加·赖斯·巴勒斯1916年问世的小说《泰山之奥帕的珠宝》一书,是人猿泰山系列中的一部。——译者注

实话，十多年来，图书馆已经成为他唯一真正的家，所以，他会把最珍贵的物品都放在这里，和其他文物一起，留在图书馆。

他掸去相册上的灰尘，心里带有一丝负罪感，因为很久没有翻看这本相册了。他母亲过世已经很多年了，但有关过去的物品仍然会提醒他，他真的很想念她。他浏览起相册，直到在一张他要找的照片前停住。那是一张他自己的照片——一个小男孩，站在真人大小的蛋头先生前，咧嘴笑着，后面的蛋头先生坐在装饰可爱的砖墙上。

弗林嘴角浮现一抹伤感的笑容。他记得那个下午。鹅妈妈魔法游乐园与他从小长大的地方——皇后区只隔着一条河，那里过去曾是夏天游玩的最佳场所，不论是他父亲去世之前还是之后。弗林叹了口气，回忆起那时简单的生活，那时他还没长大，还不知道神秘、魔法和传奇的故事都是真实的，那时候，鹅妈妈可不仅仅是故事书中的角色。

鹅妈妈……

他忽然想起贾德森曾经告诉过他的《鹅妈妈协议》，马上就要到一百周年了。弗林从来没有亲身检查过那份协议，那是之前图书馆员的工作成果，但那份协议里会不会有什么限止日期，或者有什么特殊条款，又或者有规定了一百年以后该怎么执行的附加条款？

检查一下肯定没什么错，他心想，而且，我也需要把这卷竹简佛经归档……

他把相册和报纸收好，退出附件馆，在图书馆内走了很远，来到档案馆的第九分馆，这里存放着稀有的、独一无二的文件和典籍，一般不会查阅到，例如《查特极端分子协议》《阿克图尔斯盟约》《变体声明》《亚历山大大帝图书馆首版契约》，当然还有理论上著名的《1918年鹅妈妈协议》。

看看我,他自豪地想,这次赶在了潜在危机之前。伊芙一定会钦佩我。

实际上,找到协议比想象的要困难。他知道协议应该放在哪里,但图书馆经历过几次厄运,导致了一定程度的混乱。走廊和分馆自行重新布置,门和地毯没有提醒任何人就自己换了颜色,交叉引用的物品真的通过一个藏区联通另一个藏区,某些特定的古器物神秘消失了,直到从别的地方找回来。弗林真希望所有东西都回到它原来的地方,大概就是这个意思吧,但图书馆是个相当大的地方,而整理老旧的档案馆绝不是首要任务。

协议会在"鹅,妈妈"还是"鹅妈妈"的标题下呢?

这是他今天第二次扮演起考古学家的角色,从落满灰尘的古老文件和对开本典籍中寻觅难找的协议。换作新来的图书馆员,一定已经放弃了,但高难度只会更加鼓舞弗林,激起他将协议追寻到底的决心。

任务进行中!

操作起来可不简单,但最终,他见到一个装满文件的储藏柜,藏在档案馆一个不显眼的角落中。他迅速翻阅起这些文件,发现一份标示着"家禽—协议"的密封文件夹。

说正经的,就这么标注?

他找到后,一阵熟悉的兴奋感涌上心头。弗林已经习惯了这种时刻,每当过去埋藏的秘密被发掘出来时,他就会有这种感受。文件夹的封口被蜡密封住,但他用口袋里随身带的小刀划开了。

"嚯!"

弗林打开文件的瞬间，突然出现一股神秘的力量，闪出耀眼光芒，吓了他一跳，他惊异地看着被释放的协议从文件夹中跳出来，一跃到空中，这期间，他愣神了片刻，让文件得以自己跑出去。他赶紧丢下文件夹，去够那份协议，但没有成功。

暗野魔法，他猜。比起协议被封存起来的一百年前，现在周围空中弥漫着更多的魔法。打开封口就将协议直接暴露在魔法中，立即引发了它自身的魔力反应，至少这是此刻弗林能够找到的最恰当解释。鹅妈妈魔法被唤醒了——它正要释放魔力！

飞行的羊皮纸像一只纸飞机在档案馆里胡乱地飘荡，被一阵非自然界的微风吹拂着。弗林懊悔自己为什么没有预料到会有这般魔法难题，他大跳，试图抓住半空中逃跑的协议，但只感受到一股触电式的震颤从胳膊传来，一直传遍全身的神经系统。他笨拙地站在地上，浑身抽搐，身体发生痉挛，他手中被抓住的协议自己紧紧卷起来，变成了一根疙疙瘩瘩的木拐杖。弗林想要松开这根协议—手杖，但这东西就像是高压电线一样：他的手根本不听使唤。

好吧，他推断，这可不太好。

他能感觉到被压抑的魔法贯穿他的身体，被禁止了这么久后，它迫切地想要寻找表达出来的机会。他感受到被拆解的魔咒书渴望重新组合到一起。被封存了几乎一百年足以重塑世界的魔法，从协议中释放出来。有一项重大的工作，而有人需要将它完成……

一道刺眼的光芒照亮了档案馆，照亮了档案馆里甚至图书馆最隐秘的地方。光芒暗淡下去后，弗林不见了，他原来站立的地方出现一位干瘪的老太婆，戴着帽子，系着披肩，穿着裙子。她兴高采烈地举起手杖。墙上回荡起欢快的"咯咯"笑声。

"稀奇,稀奇,真稀奇!"她欢快地大叫,"我回来了……充满活力!"

鹅妈妈沉浸在重获自由的喜悦中。她的魔法和乐趣,被懦弱的法律条文和附加条款封禁起来远离人世太久了。持有她的魔咒和遗产的好几代后人,拆分开了魔咒,他们堪称是不配鹅妈妈名号的冒牌货。她再也不被那无聊的协议束缚。鹅妈妈获得了重生,拥有足以重启创造万物的神力。

当然,这要等她拿回她的书,把书合三为一。

是时候把她的合法遗物收回来了,而她,很清楚从哪里开始。她伸出一只手,张开手掌。魔法闪现,她手中出现一张相片——一个小男孩站在蛋头先生的墙前面。老太婆盯着照片许久,看到这个男孩感到很奇怪,不过很快,她的视线就转移到别处。

这个男孩没什么关系,她心想,这是我的游乐园,不是他的。

地上静静躺着一个空文件夹,是之前图书馆员遗落下的。鹅妈妈整理了一会儿,把照片放到文件夹中,然后把文件夹放到原来的地方。

"这个地方真是什么东西都有,现在所有东西都物归其位,"她轻声笑着说,"那些新的小图书馆员们没人会知道这事的。"

鹅妈妈迫切地想开始她的计划,在重返世界的途中,她急匆匆地从静谧的图书馆赶回附件馆。当她大步走过时,听到弗林的魔法探测仪发出"嘀嘀"的警报,让她心烦不已。她皱起眉,转身朝探测仪走过去,刚想要将它扔进大海里,又忽然停下来,想到或许可以充分利用它。这件聪明的小发明也许能告诉她往哪里走方向更正确,当她要寻回她的魔咒时,跟随外面世界看不见的魔法暗流走,是个不错的主意。

"物尽其用,不浪费。"

她用胳膊夹起探测仪,然后向魔法门走去。

她的游乐园还在等她……她的命运也是!

24

·新泽西州·

"弗林?"贝尔德又喊了一遍,"是你吗?"

这个想法太疯狂了,但她越细想,越觉得是这么回事:

鹅妈妈知道他们所有人的名字,似乎还对新图书馆员有点反感……这些正是弗林也许会做的。

鹅妈妈卖弄学问地纠正她童谣无关黑死病……正是弗林也许会做的。

鹅妈妈做作的波士顿口音有点像弗林那糟糕的伊丽莎白式口音,那次他们及时赶回来见到莎士比亚时,他就说着一口蹩脚的伦敦腔英语。

鹅妈妈情绪暴躁,行事鲁莽,不受管教……就像弗林受到"争端之源苹果"致命影响时的行为方式,放大了他性格中的弱点。而且弗林还有一部分性格——无限的好奇心,狂妄自大,他热爱魔法、奇迹、神秘知识和秘密,他是那种遇到密码就一定要解开、看见隐秘古墓就一定要打开的人,也会是那种抵挡不住诱惑,想把蛋头先生重新组合然后看看会发生什么的人。

而且,一定是有人把那张照片放进了图书馆的文件夹里,作为鹅妈妈真实身份的线索……

会是这样吗?

她凝视着鹅妈妈的眼睛,想要找到她认为无比熟悉的那个男人的一丝闪烁目光或者一点痕迹。然后,没错,真的有——确定无疑的天赋,还有天才般轻微疯狂的灵感,这种特质是别人没有的。

"是你,对吗?在所有……鹅大婶的伪装下。"

"胡说!"老太婆回应,"我是鹅妈妈……傻子都能清楚地看出来。"她拿起拐杖,指向被固定在地上的守护者。"现在,做个乖女孩,让我继续完成我的工作。我无心伤害你,伊芙。"

"对!"她说,"实际上,你没有真正伤害过任何人,即使身为鹅妈妈。你对吉莉安、玛丽和乔治的攻击也是……那些事故的确很吓人,但你让你的'受害者'都活了下来,完好无损。如果你真的想排除掉其他竞争者的话,像你想的那样行事,那你做的可真够差劲的。后来,当你埋伏其他图书馆员时,你也给他们留了一条出路,你知道他们有能力拯救自己。"

难怪我一直下意识地不愿朝她开枪,贝尔德想。也许,在我意识深处,我早就感觉出来"她"的真实身份。

"而且,你甚至给我们留下了线索,让我们辨认出你到底是何人,所以,我们要把你从不管是什么魔咒里解救出来。"典型的弗林,她想。"你的意识还在那里,弗林,快阻止这一切。我知道你一定可以的!"

"我不知道你说的是什么胡话。"鹅妈妈坚定地否认,也许防御的态度有点过头了。她用手杖指着贝尔德:"你脑筋明显不正常,伊芙·贝尔德!你疯了,我说你疯了!"

"抱歉,打断一下,"卡桑德拉插嘴,和其他图书馆员一样，她也被童谣固定在地上,"我这么理解有错没？鹅妈妈就是弗林？"

贝尔德肯定了她的话："他现在中了魔咒，或者是着了魔之类的，就像你那次变成白马王子的时候，或者就像那次莎士比亚意外地变成了他创造的人物！"

那次是联合了三位图书馆员的力量一起把巫师普洛斯彼罗重新变回威廉·莎士比亚。所以，她相信，这次也需要他们的帮助来把弗林恢复成他自己。

"我们需要唤醒他脱离魔咒！"她催促其他人,"所有人，一起来，趁一切还不算太晚！"

她看了一眼天空。太阳已经从东方升起了，玫瑰色的光芒渐渐渗入月亮和群星，天空中的月亮和星星比以往都更大更近。宇宙在收缩，就像詹金斯之前预测的那样。朝霞出，水手哭[①]，她想起来这句。这句是不是也是鹅妈妈童谣里的？

贝尔德不敢确定。

更麻烦的是，蛋头先生马上就复原了。她惊恐地看着重新组合到一起的脑袋在地面上跳起来，想跳回到无头人偶的空空肩膀上。蛋头先生带着手套的双手伸出来，把脑袋安了回去。鹅妈妈见到此景，开心地鼓掌,"咯咯"笑起来。

"就是这样，真是颗好蛋！把你自己拼好！"

贝尔德的心一沉。

"我不明白，弗林！"她紧急喊出声,"你为什么要这么做？整个宇宙都在崩塌，你这么多年来拼了命保护的所有东西都将要摧毁了！"

[①] "朝霞出，水手哭"（Red sky at morning, sailors take warning.）与中国气象谚语"朝霞不出门，晚霞行千里"同一意思。——译者注

"如果不打破一个蛋,你就不能重新创造万物。"老太婆咯咯笑着,似乎在欣赏只有自己才懂的笑话,"你看到我在做什么吗?"

"但想想你会失去什么,"贝尔德说,"那些书、知识、秘密、历史,所有你付出了全部生命保护的东西。"她看向其他人,向他们求助:"支援我一下,伙计们!"

"艺术、建筑、形式、功能,"斯通插话进来,"泰姬陵、帕特农神庙、吴哥窟、巴黎圣母院、西斯廷大教堂,印象主义、超现实主义、达达派、米开朗基罗、达·芬奇、伦勃朗、凡·高、毕加索、达利、罗克韦尔、法拉捷特——"

"代数、三角函数、微积分,"卡桑德拉大声喊,"微分方程、爱因斯坦的相对论、量子物理学、超弦理论、膜理论、数理魔法——"

"还不够。"贝尔德紧急地说。

"'希望之星'钻石,诺克斯堡基地,皇室珠宝,"伊齐基尔补充道,"暗号、密码、谜题、谜团,还有那些如果你足够快速、足够聪明的话就能得到的亮闪闪奖品……"

很好,琼斯,贝尔德心想,有点刮目相看。你太了解弗林的喜好了。

他们的共同努力似乎有点作用。鹅妈妈的脸上露出一丝迟疑。悬浮在半空中的魔咒书开始摇摆起来,它的书页开始随意翻动。她的拐杖从一只手中脱落。

"不!"老太婆说,她的伪装口音不知不觉已经消失,"你们不能阻挠我的计划。一个新的世界即将到来,一个以鹅妈妈为纪元的时代……唯一的真正鹅妈妈。"她的信念开始动摇了。"我,真的是吗?"

"有作用!"贝尔德大喊,"我们快把他释放出来。继续说!"

"阿尔罕布拉宫!"斯通大声说,"圣索菲亚大教堂、巨石阵、拉斯科洞穴的壁画!"

"反双曲函数!"卡桑德拉喊道,"双螺旋曲线、哥德尔定理、超导电性理论!"

"寻宝图!"伊齐基尔说,"密室、隐藏的墓穴、机关陷阱、警报!"

"闭嘴!"鹅妈妈的拐杖完全从她指缝中脱落。她双手捂住耳朵,"你们都给我闭嘴,你们这群粗野的家伙,否则,我就要用鞭子狠狠抽你们,把你们都赶回去睡觉!"

悬浮的魔咒书掉落到地上,好像她的力量正在减弱。鹅妈妈的身体开始扭曲变形。她站在砖墙上抓着脑袋,来回旋转,摇摇晃晃。她嘴里冒出痛苦的呻吟声。

"听我说,弗林,"贝尔德用恳求的语气说,"不要用你的大脑思考,要听从你的内心。想想那些对你来说无比珍贵的人和地方,所有人、所有东西都希望你回来:图书馆、贾德森、埃克斯卡利伯……还有,我。"

老太婆的脸泛起波纹,逐渐模糊,变得半透明,你能清楚地透过这层伪装看到里面有另一副面容。这副面容贝尔德十分了解,个人也特别熟悉。鹅妈妈最终冒出一句熟悉的声音。

"伊芙?"

希望瞬间点亮贝尔德的心,她听出了那是弗林的声音。

"就这样,弗林。你可以打败魔咒。快回到我这儿来,回到我们所有人这里!"

摇晃的老太婆不敢置信地低头看了一眼自己的身体,好像是第一次认识自己。她伸出手,摸了摸自己的脸,仔细地看着双手的轮廓。吃惊的眼睛——弗林的眼睛——从鹅妈妈摇晃的虚幻外壳里露出来。

"这全错了。"她说,"这不是我——"

一团闪耀的蓝色火球围绕住鹅妈妈,火光比正在上升的太阳还要明亮。随即发生了爆炸,发出的冲击波将贝尔德和其他人都震得滚落到其他地方,野草和灌木都泛起巨大波浪。爆炸的冲击让贝尔德一时无法呼吸,也让她耳朵轰隆作响。

真见鬼,她在心里抱怨,为什么大魔法施展的时候总是这么……有爆炸性?

但是,起作用了吗?

尽管仍然被强烈的气流拍打,她意识到自己的胳膊和腿已经不再被魔法压得无法动弹。她爬起来,不顾身上的划伤和瘀青,急切地想看看墙上面的境况如何:

是弗林·卡森,不再是鹅妈妈。

巫婆消失了,随之替代她的是恢复图书馆员身份的弗林,他茫然地低头盯着自己的身体。他穿的这身紫红色家居便服比鹅妈妈的披肩和裙子更适合他。凌乱的褐色头发可爱地乱成一窝。他晃晃脑袋,摆脱了缓慢消失的身份危机。

"好吧,这感觉……真不一样。"

鹅妈妈的手杖也变形了,变成了一份卷起的羊皮卷,被微风吹起。

"哦,不,你可别跑!"弗林从墙上跳下,踩到羊皮卷上,防止它被吹走,"你哪儿都别想去,只能跟我回档案馆!"

这就是丢失的协议,贝尔德心里暗想,所以,事情就是这样。

弗林抬头看到贝尔德,他们两人的目光隔着一段距离交会。"谢谢你。"他轻柔地说,这时,其他图书馆员冲过去围住了他,上上下下地拥抱住他。

"弗林!"卡桑德拉一边尖叫着一边抱住他,"是你啊!你回来了!"

斯通拍拍他的后背:"真高兴又见到你,哥们儿!"

伊齐基尔一如既往地故作冷静:"你欠我一顿酒哦,哥们儿,因为之前害我被一大群黑鸟袭击……"

"真的抱歉,各位!"弗林懊悔地说,"你们知道那不是我的本意,对吧?全都是魔咒、童谣和……哇哦,我真的一度变成了一只真鹅?"

卡桑德拉点点头:"还飞进了空中。"

"那,乖乖,我的胳膊好累,"他带着做作的笑容,开玩笑地说,"真是的,还是飞累的呢。"

贝尔德也想加入他们重逢的喜悦中,但他们的任务还没有结束。

"没有时间庆祝了,伙计们。看样子,我们的时间还是很赶。"

她本以为打破弗林身上的魔咒,就可以驱散鹅妈妈的魔法,结束所有危机,蛋头先生不会造成什么威胁。但越过弗林和其他人,贝尔德看见鹅妈妈变形大爆炸并没有把蛋头先生从墙上移走。它的大脑袋迎着东方,露出期待的笑容。

鹅妈妈的超级魔咒依旧有效,贝尔德意识到,如果蛋头先生组合到一起后再次孵化,就会引发新的宇宙大爆炸。

她急速冲上去,捡起掉落在地的魔咒书,塞到弗林手中。

"欢迎回来,"她说,"你能阻止它吧?"

"我不确定。"他猛地打开书,但是疑惑地看着书上的内容,好像根本不知道从哪里开始寻找反向咒语。"魔咒已经起效了,魔力正在发挥作用,一切只能顺应魔力而为,我也不再是鹅妈妈。我不认为我能终止它。"

贝尔德开始绝望,忽然,她发现他眼中闪出一丝灵感的亮光。他脸上露出希望的笑容。

"但我知道谁能办到!"

25

· 新泽西州 ·

当魔法门把弗林、贝尔德和三位鹅妈妈继承人带回游乐园时，升起的太阳发出刺眼光辉，让弗林睁不开眼。他们一同出现在吃南瓜的彼得的巨大南瓜壳房子前。一道白光在他们身后一闪而过，就又立刻消失了。

贝尔德看了一眼四周，找到了自己的方向。"南瓜屋，不是鞋屋？"

"这里更近。"他回答。他胳膊下夹着鹅妈妈魔咒书。"相信我。"

玛丽、吉莉安和乔治都还没有习惯瞬时跨越整个美洲大陆的魔法旅行，需要一点时间适应他们来到的新环境。他们的脸上都露出既惊奇又害怕的表情。

"又一个南瓜，"吉莉安打了个冷战，"可真好。"

"但这只是个假南瓜，"乔治说，"比我第一辆车还要破旧。"

"只要别有一群恶心人的老鼠也在这里就好，"玛丽说，"我把切肉刀落在家里了。"

想到之前让玛丽和另外两位鹅妈妈继承人遭受的折磨，弗弗林在心里揪了一下。他要以某种方式弥补他们,等他们拯救完宇宙吧。

假设他们可以完成这一挑战性任务。

"快点,快点!"他催促他们,"时间有限,蛋头先生可不等人,不管是男人还是女人,还是男女组合。"

玛丽机警地瞥了他一眼:"你是谁来着?"

"就是另一位图书馆员。"贝尔德避重就轻地回答。

"呃,也许,不仅仅是另一位图书馆员这么简单。"弗林不太同意她的介绍。

他很感激贝尔德想要避免把"暂时被鹅妈妈魔法附身"的事情牵扯进来,但从图书馆层面来说,他的资历已经高到不能仅仅称为图书馆员……

"你确定我们之前没见过?"乔治看着弗林,"因为我看你很眼熟……"

弗林紧张地扯扯衣领:"我猜,可能是因为我长了一张大众脸吧。"

"不,不是这样。"吉莉安也说,"我也感觉在哪里见过你,但就是想不起来——"

"我们过后再解决你的疑问吧,"贝尔德打断她的话,赶紧帮弗林解围,"弗林说得对,现在没有时间可耽搁!"

她说得没错,字字为实。他们来到蛋头先生的砖墙这里时,发现其他图书馆员正拼命阻止摇摇欲坠的蛋头先生从墙上栽下来——然后再次打破。斯通用胳膊勒住了蛋头先生的头,卡桑德拉和伊齐基尔正往反方向推这颗圆蛋,试图按住这个活过来的人偶,把它固定在原地,但事实上,蛋头先生可没那么容易撼动。因为不满被束缚住,它朝图书馆员们又是踢又是打。它由涂料描绘的脸露出生气的表情。微笑变成了皱眉。光滑的眉毛愤怒地拧到一起。它的眼睛里布满参差不齐的红血丝。

"喂！"当蛋头先生戴着手套的手又给了伊齐基尔一个巴掌时，伊齐基尔大叫出来，"小心，你个疯狂的……蛋头！你就这么想摔下去，大爆炸？"

"你说的，应该就是它的想法，"斯通憋着气说，"他迫切想要孵化！"

"不行！不应该这样。"卡桑德拉用尽力气紧紧拉住摇摇欲坠的圆蛋。她的脚在地上打滑，后退了一步。

"万物……所有……不应该这么结束。根据可靠的理论推断，我们的宇宙还有数亿年的寿命。不能这样结束。我们不能让年轻的宇宙这么消亡——就因为一首愚蠢的童谣！"她看了一眼蛋头先生，"对不起。"

"我正使劲儿！"伊齐基尔就在她身边，并肩用力推，"我不确定我们能坚持多久。说实话，现在我们要是有国王所有的兵马多好啊！"

弗林钦佩他们拼命的努力，但看到这一幕又担心起来。

"小心！"他大喊，"不要打破蛋壳！"

"说的容易，"斯通说，"你试试和这玩意儿较劲！"

这不是我说了算的，弗林想。他转过身看向三位鹅妈妈后人，他们都惊异地盯着眼前怪诞的景象。他们被眼前的景象吓得拥抱在一起，就如同血缘把他们牵引到了一起一样。

"哦，天哪，"玛丽说，"我真的看到了这种事？"

"我以为是做梦。"乔治晃晃头，"老天，真是够糟糕的。"

"你说了我想说的话。"吉莉安也说，然后无助地看了看弗林和贝尔德，"我还是不明白。你们想要我们来这里做什么？"

"你自己问的,"弗林回答,"我需要你们,你们三人,说出解除魔咒的魔咒。你们是鹅妈妈头衔的法定继承人。你们是唯一可以让魔咒逆转的人……只要创作一首新的童谣!"

他们三人的脸上同时露出震惊和不敢相信的神情。

"你不是认真的吧?"玛丽说,"我不会施展魔法。我只是一个小镇上的图书馆管理员。"

"我是位学者。"吉莉安说。

"而我,只是一个会剪树的说唱歌手,"乔治说,"你们找错人了,哥们儿。"

弗林摇摇头。"不会错,在我看到……不,我的意思是,听到你们的表现以后,没有弄错。你们只要一起合作,绝对能做到。别管什么协议。别管什么你们先辈们的划分派别、彼此敌对。"他拿出重新组合好的童谣书——《鹅妈妈童谣集》,完整如初,"这本书,这里的魔力,这份遗产……属于你们三个。"

虽然我临时霸占了它一会儿,但那时我并不是我自己,他想。

"虽然你这么说,"吉莉安不敢确定,"但还是……"

"听他的,吉莉安,"斯通鼓励她,"你比任何人都懂民俗和童谣。你已经研究了一辈子。如果有谁能做到,那这个人就是你。"

"多谢你的鼓励和支持,"吉莉安说,"现在这种鼓励太有用了。"

"我也想这么说,玛丽。"伊齐基尔扭着头说,"虽然我不想承认,但弗林说得非常有道理,说实话,我们这儿真的需要帮助。"

"你很有男子气概,琼斯先生,"玛丽说,"你比我之前认为的要英勇得多。"

"还有你，乔治……波比，"卡桑德拉说，"你是一个天生的说唱歌手，记得吗？韵律天生就在你的血脉里。"

"见鬼，说得太对了！"他接过弗林手中的书，把书拿到他久别的堂姐们跟前，"好吧，女士们，让我们把鹅妈妈魔力演示出来。"

他把右手放到书上，好像宣誓自己加入这次任务，接着，玛丽和吉莉安也把手搭在他手上。魔法书封面的金色标题发出魔法般光亮。

"哇，真没想到！"吉莉安喘了一大口粗气，"我们真的能启动魔法？"

"我想，我们能，亲爱的，"玛丽说，她的眼睛在眼镜后面瞪得大大的，"我丈夫一定不会相信我竟然能做到这个。"

"我也正想要说，"乔治说，"真的有魔法啊！你只需要用心寻找，就能找到！"

魔咒书"啪"的一下自己打开。三个继承人都吓了一跳，他们的手被推开，书依旧自己在他们面前的半空中悬浮。书页一页页翻动，过去一首童谣又接一首童谣，直到书翻到蛋头先生那页。童谣上面的字体都已经重新排版，在底部留下了一段空白，等待续写新的句子。

"哦，这真是一点都不诡异。"吉莉安说。

"没有时间调整写作障碍了。"弗林在他们身后莫名地烦躁，坐立难安，探头从他们身后往前看。"时间一分一秒地过去……宇宙蛋马上就要孵化了。"

他朝砖墙那边看去，尽管图书馆员们拼命地用力，但蛋头先生的壳依然开始出现裂缝。新一天的光芒——还有新宇宙的光芒，加速从裂缝中透出来，每一秒钟都变得更加明亮。蛋头先生的眼睛出现狂躁的惊喜。它欢快地咧嘴笑起来。裂缝蔓延开,在它脸上形成一道疤,让它看上去就像是蛋形怪人。它就像世界末日一样让人产生噩梦。

"它裂开了!"卡桑德拉大喊,"我们阻止不了!"

贝尔德用一把改进后的新型魔法探测仪扫描蛋头先生,结果,探测仪上的蜂鸣就像盖革计数器到了核试验场地正中心。看着测量的数值结果,她的眼睛惊恐地睁大。

"随时,伙计们!"她提示大家。

乔治点头:"你们两个听到她的话了。让我们结束这场圆蛋末日吧!"

他首先念出一句:

"蛋头先生,留壳里。"他用有节奏的语调说。

"蛋头先生,好如昔。"玛丽继续说出童谣。

"安睡好梦,夜与日。"吉莉安接着说。

他们的话刚说出口,书页上就闪现出他们说的内容。三人惊喜地交换目光,然后一起说出最后一句:

稳坐墙头,请安息,
直至万世,永不灭。

补充的童谣在书页上发出光芒,越来越亮,亮过刚升起的太阳,然后,光芒渐渐淡去。游乐园陷入一片肃静。狂暴的大风缓和下来,电闪雷鸣也平息了,打着旋飘落的叶子重新回到树枝上,杂乱的树木仍然静默地矗立在那里。宇宙还是原来的模样,周围都沐浴在温暖的晨光中。鸟鸣"啾啾",欢迎新一天的到来。

没有大爆炸？弗林想，这真是好事。

他看了看蛋头先生。正如希望的那样，人偶不再敲打，也没继续裂开。它破损的外壳已经修复如初，好像一直是温和笑意盈盈的安静模样。它安全地坐在墙头，回到过去繁盛时期的模样，一如他童年照片里的样子。蛋头先生的右手又抬起来，好像是过往岁月在和他打招呼。

弗林的喉咙哽咽了片刻。

"就这样？"玛丽问，"我们成功了？"

"是的。"弗林克制住，没有轻松地叹口气，"完全不用怀疑。"

出于保险考虑，贝尔德用手里的探测仪扫描了一遍蛋头先生。"没有任何魔法能量的数值，"她向大家汇报，"安全。你们可以退场休息了，伙计们。"

其他图书馆员松开还放在蛋头先生身上的手，小心地走离这个人偶，好像生怕把装睡的人偶再次吵醒，但蛋头先生哪儿都不会去，它再也不活动了。

"呼，"斯通擦掉额头的汗水，"真是个强壮的蛋。"

"呃，"伊齐基尔耸耸肩，"我一点都没担心。"

"是，没错。"斯通对他的朋友挤出一点嘲讽的笑容，"换个谎来说嘛。"

卡桑德拉担忧地看着天空："星星怎么样了？宇宙还是和蛋头先生的魔咒关联吗？"

"不再是了。"弗林自信地说，走向砖墙，"魔咒被打破了。它不再是宇宙蛋了——或者说，它不再代表宇宙蛋。它现在只是个被世人遗忘的旧人偶。"他用手指敲敲人偶，以验证自己的观点："噢，好疼，它比看起来要硬得多。"

贝尔德也站到人偶前弗林的旁边:"但我们大概仍然需要把蛋头先生拖到图书馆,甚至包括这面墙。为什么要冒险呢?"

"是合理的预防措施,"弗林同意,"又不是说我们没地方。"

"做得好,大家。"贝尔德大声宣布。"任务完成。感谢你们及时的帮助,"她补充道,对鹅妈妈继承人三人组说,"没有你们,我们无法完成。"

"那位鹅妈妈怎样了?"玛丽问,仍然为其他人捧着魔咒书,"她还没被抓住?"

弗林大口咽下一口气,低头看着自己的鞋,不知道该怎么回应她的问题。被鹅妈妈童谣魔咒支配所做的恶事让他良心不安,即使这些根本不能怪他。

可能是任何人,他想,任何拿到100年前的魔法和平协议后被附身的人……

"你再也不用担心她了,"贝尔德圆滑地回应,"她已经被……解决了。"

"怎么解决的?"乔治问,"她发生什么事了?"

"还有,她到底是谁?"吉莉安问,"是另一位远房亲戚……继承了鹅妈妈身份?"

"不是这么回事。"贝尔德安慰他们,"她只是一个冒名顶替的人,一个假扮者,但她现在已经不是麻烦了。"

"怎么回事?"玛丽刨根问底,"她去哪儿了——?"

"我想,现在我们没必要详细解释这个了。"弗林说。

26

· 俄勒冈州 ·

"你们确定要这么做？"詹金斯问。

"当然。"在乔治和吉莉安的注视下，玛丽把重新组合到一起的魔咒书交给詹金斯，其余两人纷纷点头同意。鹅妈妈的继承人，还有图书馆员和他们的守护者在结束了鹅妈妈魔法游乐园的任务后，都回到附件馆。"我们三个已经讨论过了，都一致认为：经历了这么多险阻才把遗失的三部分都寻回来，若再把书拆分开，会很可惜。"她依依不舍地递过书，"虽然我个人非常想把这本珍贵的书收藏到我家乡的图书馆，但我认为，在你们图书馆会更安全。"

"我的大学也一样，没有你们图书馆安全。"吉莉安说。

"我的公寓也如此，"詹金斯用开玩笑的口气说，"毕竟我住的不是诺克斯堡。"

詹金斯庄重恭敬地接过这本大书。

"请放心，放在我们这里，它会很安全的，"他说，"另外，我们无比珍视你们交托给我们的荣誉和责任。"

"这话你可是要记住哦，詹金斯先生。"玛丽退回一步，如释重负,她用了好一会儿时间敬佩地欣赏附件馆满屋的书架和老式卡片目录。"你的图书馆真的很不错,但我猜你没有安排给孩子讲故事的时间?"

"天啊,千万别来孩子。"想到这个主意,詹金斯都禁不住打了个冷战,然后他尖锐地盯着他的图书馆员们。"我手头已经有够多任性的年轻人了。"

玛丽耸耸肩:"那真是遗憾。"

最后处置好《鹅妈妈童谣集》的归属问题后,图书馆员和他们的客人漫无目的地在附件馆里乱转,以此来庆祝他们在太阳完全升起之前最后一刻拯救了全世界。遗失已久的"幽灵大书"此刻安放在詹金斯的臂弯中,他相信,万物创造已经被无限期地推延了。他能想到的是,在现在回归到正常以后,仍旧有很多工作需要做,尽管大鹅、狮子和独角兽已经回到正常状态,都在他们的围栏中祥和地居住,而亚瑟王的王冠也回到它原来的地方。

结果好,一切都好,他想,至少现在是。

他很想把《鹅妈妈童谣集》立刻就归档到合适的地方。也许在《大拇指汤姆的秘传》和《里普·万·温克尔梦游记》中间?

——

"在游乐场时,你做得很棒。"斯通祝贺吉莉安,两人来到办公室相对安静的角落,虽然也不算是斯通想要的那种完全私密空间。"在我看来,拯救了整个宇宙至少应该奖励你一顿晚餐,也许之后再来点酒,跳会儿舞?"

"我会把这个奖励当作约会的。"她回过头去望向附件馆的魔法门。"而且考虑到你们方便的门,你可没有任何迟到的理由……除非,你需要紧急去执行亚特兰蒂斯的任务,或者其他要紧的工作。"

"我以为你不相信亚特兰蒂斯的存在呢。"他逗她。

"自从我们相识,我见识了这么多神奇的事,我现在已经打开胸襟愿意相信仙境和世外桃源这种事了。"

"有意思的是,你竟然提到了仙境,"他正要滔滔不绝地讲起光辉历史,"实际上,真的——"

她把一根手指竖在他两唇之间:"留着约会的时候再告诉我吧。"

——

"我很高兴看到你在墙边拼命地拯救世界,"玛丽对伊齐基尔说,"也许,你还有希望。"

"只不过完成了另一件看似不可能完成的任务。"伊齐基尔说,好像之前的危机没什么大不了的,"而且,姿态很酷。"他一边倚靠在装满书的书架上,一边悠然地品味他最近不可思议的胜利。"谁让你是个这么固执的图书馆管理员呢?"

"拜托,"她反击道,"在你还是个到商店偷糖果或者其他你能偷到的小东西时,我就已经是个图书馆管理员了。虽然,我得承认,这种难以置信的冒险经历从某种程度上提升了我的自信,以至于我都想提笔写下我自己的故事,然后发表出来。也许,成为图书馆管理员和成为儿童书的作者是继承了家族的传统吧……当然,我的故事里不会有瞎眼老鼠。"

"很期待,"伊齐基尔说,"不过我更愿意等电影版本的。"

玛丽白了他一眼:"你们现在的年轻人啊……"尽管如此,她还是对他露出微笑:"你照顾好自己,伊齐基尔·琼斯,还有,别惹麻烦。"

他咧嘴也冲她笑。

"那人生的乐子在哪儿?"

詹金斯抬高了声音,才让满屋子人都注意他。

"西蒙女士,费尔博士,科尔先生,"他站在魔法门旁边的定位设备后面喊这几个人,"冒昧打断你们短暂的庆祝,按照你们的指示,魔法门已经调整好参数,随时准备出发。"

"看上去'领结男'给我下了强行驱逐令了。"乔治对卡桑德拉说,"我必须得走了,小羊羔。再会。"

她给他一个告别拥抱。"嘿,你干掉了坏蛋,波比老兄。继续你的精彩,继续你的摇摆,用你的音乐来表白。"她吐了吐舌头,对自己刚才说出的歌词感到难为情,"我不太擅长说唱音乐,对吧?"

"你还是用你超级费脑的女科学家方式说话吧,"他建议道,"这更适合你。"

"嗯,我也这么认为……"

她松开他,陪他一起往魔法门走过去,其他人也在那等着会合。"所以,我想,你现在要回迈阿密了?"

"还不是,"他说,和玛丽、吉莉安一同来到门口。"我们三个,要去一趟波士顿。"

"波士顿?"贝尔德惊奇地问。她站在弗林身边,紧紧抓着他的手,好像生怕他又马上跑开似的。

看看你能握住多久吧,卡桑德拉在心里猜。

"再去游览一次鹅妈妈伊丽莎白·古斯的纪念地,"弗林很快就猜到,"最后一位真正的鹅妈妈。"

"你说得没错。"吉莉安说,"经过所有事情之后,我们认为我们应该去她的墓地进行一次朝圣之旅,向她致敬……三个人一起。"

"类似家庭的重聚吧，"玛丽解释说，"也可以借此机会让我们三个更好地了解彼此，远离激动的环境。"

"不过，最好还是避免引起新的家族宿怨吧。"詹金斯谨慎地说。他的声音里不知不觉渗透进一丝忧伤。"相信我，我说的血脉亲情会比其他灾难更伤人，是真的。"

"不会发生这种事的，伙计。"乔治自信地说，"你知道他们会怎么说吗，因为一个坏蛋造成世界末日，整个家族的亲情才拉拢到一起，不会有比这种麻烦更大的事能破坏我们的亲情。"

"我们在卡利恩的时候，也是这么想的。"詹金斯轻轻地自言自语，然后深深吸了一口气，思绪拉回到手头的工作上，"无论如何，女士们，先生们，我希望你们都能有好运，旅途愉快。愿你们能继承杰出祖先的传统特质——智慧和想象力，不管命运最后把你们联合在一起还是各自分开。"

"很大程度上，你的话也适用于我们其他人。"贝尔德说。

詹金斯打开门。一道超自然的白光洒进附件馆。

"精妙，"吉莉安肃穆地称赞，"真是太精妙了。"

乔治示意两位女士走向发光的门口："女士优先。"

"不。"玛丽牵起他们的胳膊，站在两人中间，"一起走。"

他们一起迈进魔法门。

——

"终于！"詹金斯明显松了口气，"考虑到我们刚刚有客人，我希望现在再提醒你们一遍：这里是附件馆，更不要说图书馆了，允许进入的只有你们图书馆员。"他把头朝贝尔德扬了一下："当然，还有你们，备受尊敬的守护者。"

贝尔德赞同地点点头，非常理解他对图书馆安保方面的关切。她也不想让图书馆采纳"门户开放政策"，当然除了某些极其特殊的情况。她也更喜欢行为规范、纪律严明的工作态度。

"收到，"她说，"别担心。在忙着解决鹅妈妈危机而满世界跑后，我想我们中的任何人都不想立刻挑起另一项危机。暂时，我们不用追踪文物，也不用担心迫在眉睫的大灾难，可以休息一会儿了。"她把弗林拉到近前："我这话也适用于你，图书馆员先生。"

"我同意。"他说，"除非有什么紧急的事发生，就这样。"

她给剪贴簿抛过去一记警告的眼色："想都别想。"

"我也赞同你的话。"斯通打了个呵欠，伸伸懒腰，"我不知道你们其他人都怎么样，但我想，我们有资格休息一天……或者三天。"

"我不会和你争辩这个，哥们儿，"伊齐基尔说，"我穿越来穿越去的，甚至都不知道现在是什么时间了。"

"星期日的早上，7∶12，西部标准时间。"卡桑德拉解答，"我不是说准确的时间有多重要。我感觉，我能睡上一个星期。"

"我也超累。"弗林低头看了一眼自己变回来的身体，好像依旧在努力把自己的思绪从最近的变形中拉回来，"那个，我真的变成了一只鹅，一只母鹅……不是公鹅吗？"

"别去想这个了。"贝尔德把所有人都赶到前门，这扇门通向普通的波特兰，而不是世界另一头想要到达的地方，"上帝知道，我在努力不去想这件事。"

"啊哼！"

詹金斯忽然大声地清喉咙。贝尔德和其他人转过头，看到他从一个不显眼的简易储物柜里拿出各式各样的扫帚和拖把。他困惑地看着他们沮丧的脸。

"怎么了？"他问，"我们还是得打扫大鹅造成的狼藉啊。"

致谢

在我完成这本书的时候,"图书馆员"系列电视剧的第三季刚刚杀青,我的小说背景是以电视剧剧情为依托的,所以,我想,在此感谢以下实至名归的各位。

感谢我的编辑——克里斯托弗·摩根,还有 Tor Books 的其他朋友和同事,我无比自豪能和你们一同工作,时间甚至比弗林为图书馆工作的时间都要久。

同样感谢迪安·德夫林、约翰·罗杰斯、蕾切尔·奥森·威尔逊,还要感谢电子娱乐公司的所有员工允许我使用他们的沙盒,在工作中一直给予我帮助,通力合作。自 2004 年第一部《命运之矛》电影开始,我就成为"图书馆员"系列的忠实粉丝,对它的主角非常喜爱。我真切期盼未来会在银幕上看到更多图书馆员的探险故事。

同样,我还要感谢我的经纪人——拉塞尔·盖伦,运用他一贯的沉着专业帮我处理合同事宜。另外,一如往常,我要感谢我的女友——卡伦,感谢她一直以来的支持,愿意听我几个月来不停地谈论鹅妈妈童谣。我还要感谢我可爱的狗——莱拉,在我家与我们共同生活了十年后,它在我写这本书的时候去世了,还要感谢它的猫姐妹——索菲,幸运的是,它现在仍和我们住在一起。

敬请期待第三本书……!

THE LIBRARIANS AND THE MOTHER GOOSE CHASE
Text Copyright©2017 by Electronic Entertainment
Published by arrangement with Tom Doherty Associates. All rights reserved.
Simplified Chinese edition copyright: 2020 New Star Press Co., Ltd.
All rights reserved.
著作版权合同登记号：01−2020−4555

图书在版编目（CIP）数据

图书馆员与追寻鹅妈妈／（美）格雷格·考克斯著；赵阳译．
——北京：新星出版社，2020.9
书名原文：The Librarians and mother goose chase
ISBN 978−7−5133−3958−2

Ⅰ.①图… Ⅱ.①格… ②赵… Ⅲ.①幻想小说－美国－现代 Ⅳ.① I712.45

中国版本图书馆 CIP 数据核字（2020）第 097493 号

图书馆员与追寻鹅妈妈

［美］格雷格·考克斯 著；赵阳 译

责任编辑： 杨　猛
责任校对： 刘　义
责任印制： 李珊珊
封面设计： 宋　涛

出版发行：新星出版社
出 版 人：马汝军
社　　址：北京市西城区车公庄大街丙3号楼　　100044
网　　址：www.newstarpress.com
电　　话：010-88310888
传　　真：010-65270449
法律顾问：北京市岳成律师事务所

读者服务：010-88310811　　service@newstarpress.com
邮购地址：北京市西城区车公庄大街丙3号楼　　100044

印　　刷：北京美图印务有限公司
开　　本：910mm×1230mm　1/32
印　　张：9
字　　数：202千字
版　　次：2020年9月第一版　2020年9月第一次印刷
书　　号：ISBN 978−7−5133−3958−2
定　　价：40.00元

版权专有，侵权必究。　如有质量问题，请与印刷厂联系调换。